U0651546

欧蕨桥，1897

欧蕨桥庄园

欧蕨河

桥前道

欧蕨桥

齿轮之心系列

月亮项坠

［英］彼得·本兹（Peter Bunzl）著

徐莎 龙冰 译

CNS
PUBLISHING & MEDIA
中南出版传媒

湖南文艺出版社
HUNAN LITERATURE AND ART PUBLISHING HOUSE

小博集
BOOKY KIDS

MOONLOCKET

First published in the UK in 2017 by Usborne Publishing Ltd

Text © Peter Bunzl, 2017

Photo of Peter Bunzl © Thomas Butler

Cover and inside illustrations, including map by Becca Stadtlander © Usborne Publishing, 2017

Extra artwork for map by Antonia Miller © Usborne Publishing, 2017

Fir trees silhouettes © ok–sana / Thinkstock; Key © VasilyKovalek / Thinkstock; Brick wall © forrest9 / Thinkstock; Wind–up Key © jgroup / Thinkstock; Clock © Vasilius / Shutterstock; Hand drawn border © Lena Pan / Shutterstock; Exposed clockwork © Jelena Aloskina / Shutterstock; Metallic texture © mysondanube / Thinkstock; Plaque © Andrey_Kuzmin / Thinkstock; Burned paper © bdspn / Thinkstock; Crumpled paper © muangsatun / Thinkstock; Newspaper © kraphix / Thinkstock; Old paper © StudioM1 / Thinkstock; Coffee ring stains © Kumer / Thinkstock / Bikes © Ferdiperdozniy / Thinkstock; Picture frame © hayatikayhan / Thinkstock; Playing card © Maystra / Thinkstock; Back of playing card © Maystra / Thinkstock; Wood texture © NatchaS / Thinkstock; Swirl floral retro frames © milkal / Thinkstock; Jack of Diamonds © Teacept / Thinkstock; Wax seal © bmelofo / Thinkstock; Unicorn shield silhouettes © randy–lillegaard / Thinkstock

著作权合同登记号：图字 18-2021-232

图书在版编目（CIP）数据

月亮项坠 /（英）彼得·本兹（Peter Bunzl）著；
徐莎，龙冰译. -- 长沙：湖南文艺出版社，2022.3（2025.5重印）
ISBN 978-7-5726-0526-0

Ⅰ. ①月… Ⅱ. ①彼… ②徐… ③龙… Ⅲ. ①儿童小
说－中篇小说－英国－现代 Ⅳ. ①I561.84

中国版本图书馆CIP数据核字（2021）第267899号

上架建议：儿童文学

YUELIANG XIANGZHUI
月亮项坠

作　　者：［英］彼得·本兹（Peter Bunzl）
译　　者：徐　莎　龙　冰
出 版 人：陈新文
责任编辑：刘雪琳
策划编辑：蔡文婷
特约编辑：张丽霞　王佳怡
营销支持：付　佳　付聪颖　周　然
版权支持：刘子一
封面设计：程　语
版式设计：霍雨佳
版式排版：百朗文化
出　　版：湖南文艺出版社
　　　　　（长沙市雨花区东二环一段 508 号　邮编：410014）
网　　址：www.hnwy.net
印　　刷：三河市中晟雅豪印务有限公司
经　　销：新华书店
开　　本：875 mm × 1230 mm　1/32
字　　数：211 千字
印　　张：10.25
版　　次：2022 年 3 月第 1 版
印　　次：2025 年 5 月第 4 次印刷
书　　号：ISBN 978-7-5726-0526-0
定　　价：36.00 元

若有质量问题，请致电质量监督电话：010-59096394
团购电话：010-59320018

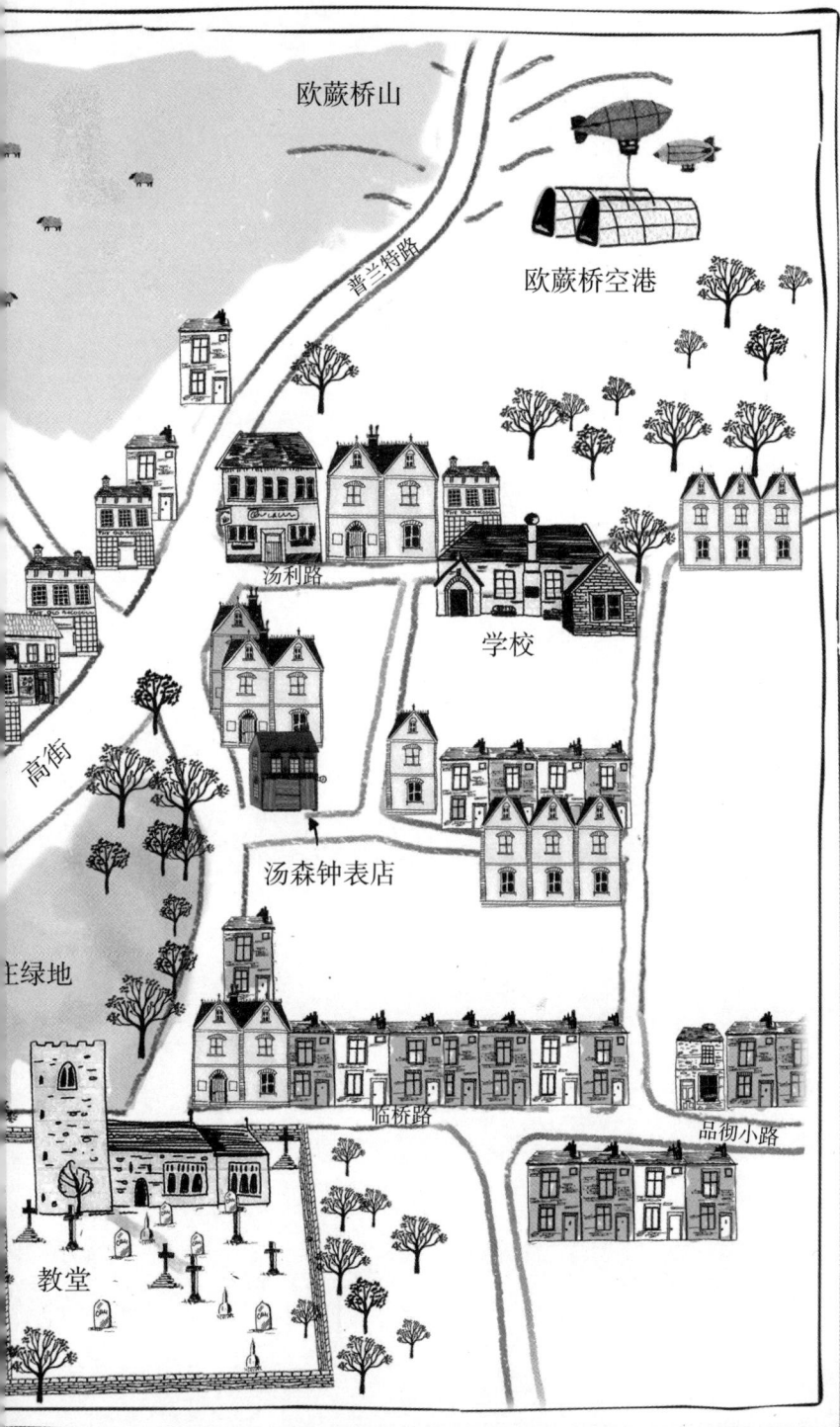

欧蕨桥山

普兰特路

欧蕨桥空港

汤利路

学校

高街

汤森钟表店

主绿地

临桥路

品彻小路

教堂

序曲

　　杰克从一道窄缝里挤出来，踏入黑夜之中。外面的院子里寂静无声，暗云沉沉，不见月光。

　　他在门边蹲下，从一个小泥坑里捧起几把泥浆，糊在满头白发上。软乎乎的泥浆顺着他满是伤疤的脸往下淌，滴在他的眼睛、鼻子和嘴巴上，那股难闻的气味让他一阵恶心。

　　一道探照灯光扫过，照亮了几扇用木条钉死的窗户。杰克俯身紧贴在地上，眼睛飞快扫视四周。在监狱的庭院和牢房之外有看守塔哨，有高高的栅栏，大铁门坚不可摧，四壁石墙巍然矗立，这一切都难以逾越。彭顿镇监狱，这座拥有显赫名声和历史的大牢，还从来没有人成功逃脱过……

　　但是，过去即使在比这更糟糕的情形下，杰克都没失过手，他可不是等闲之辈。被转到这座监狱之前，他被关在另外一座监狱长达十五年，受到最高级别的安全控制，时刻处于监视之中。他们把他转到彭顿镇这座普通监狱真是失策。上周，狱警们都没怎么在意他，甚至还同意让他出来放风。他们真是不知道他的厉害。现在，由于他们的愚蠢，他即将成为本地历史上越狱第一人，兼天下第一的逃脱术大师！

他爬上栅栏，双手搭住铁丝网面，轻巧地攀上顶端，向栅栏外面纵身一跃，扑哧一声落进泥地，接着飞快地朝大门和外墙方向冲去。

监狱门房的侧面有一根弯弯拐拐的排水管。杰克把满是泥浆的双手在胸前蹭了蹭，深吸一口气，开始向上爬。

爬到顶上之后，他抓住排水沟檐边，翻上滑溜溜的屋顶，爬过一大排层层叠叠的柏油瓦片。黑暗中，高大的外墙影影绰绰地矗立在他眼前。瓦片的缝隙间，或是落了一堆堆的树叶，或是生长着一簇簇绿苔，要是有人想要藏匿些小物件，这可是个绝佳的位置。

杰克在缝隙中摸索了一会儿，拽出一团抹了柏油的绳子。这是他过去七天里陆陆续续从麻絮棚那边跟人讨价还价换来的，足够他做一套逃脱工具了。他开始动手把这些绳子系在一起，仔细查验每个绳结，一一拉紧。

很久以前，他教过芬洛打结。他当时告诫孩子，绳结打得好不好，可能就是生与死的差别。这对于一个逃脱术表演者，或上了绞刑架的人来说，尤其重要。幸运的是，他还从来没遭遇过这种生死一线的威胁。

回忆着过去，杰克不禁想起了他的妻子，想起很久以前与她一起定下的那个藏匿血月钻石的计划。阿特米希亚现在可能已经死了，但是，那块美丽的钻石还是会重新回到他的手中，很快了，要不了多久。啊，那一天一定会是个完美的钻石纪念日！

杰克检查完最后一个绳结，在绳子末端系上一块重重的石头。他站起身来，把系着绳子的石头像套索一样向上抛旋，逐渐增加绳子的长度。石头绕圈的速度越来越快，等这个圈变得足够大了，他松开了手。

石头在空中划过一道弧线，向外墙的另一侧落下。一瞬间，绳子拧绞起来，像蛇一样扭动着，似乎要挣脱他的掌握，可杰克始终抓得牢牢的。石头终于扑通一下远远砸在高墙外的地上。

他凝神侧耳，等了一会儿。

嗷呜！嗷呜！

是猫头鹰叫——这个信号表明线路安全。

探照灯又一次快速扫射过来。

杰克迅速趴倒在瓦屋顶上。等灯光扫过，他一跃而起，使劲拽了拽绳子，看绳子够不够结实。

绳结够紧——一如所料。

他把鞋底在屋顶的柏油中蹭了几下，这样，爬墙时鞋底就有黏性。

他开始爬墙。

石头之间的细缝很好蹬脚，这堵墙往上还有四五米高，可他三两下就爬到了墙顶，轻轻一跃，跃过墙顶的尖刺防护带，朝墙外飞落而下。

芬洛戴着一顶破旧的礼帽，站在墙下。他比父亲略高一点，但真没高出多少，德沃家的人个个矮小。十五年前，还是个少年的时候，他那会儿瘦得皮包骨，个子也矮，不过这些年他倒是又长了几厘米，总算是有了点男人样。杰克想，也许在自己这次行动中，芬洛终于可以派上些用场了。

杰克落在他儿子身旁的人行道上。他起身抱住芬洛，还用力地嗅着空气里的气味。"芬洛，闻闻这刺激的味道，我十五年都没闻到过这味道了呀！"

芬洛也使劲闻了闻。"什么味道？"

"自由的味道！"

杰克的脸上闪出一丝微笑。他大步走向几米外的监狱大门，正在这时，警铃大作。

"爸，快！"芬洛轻声喊他，"我们得走了。"

"别出声！我还有最后一件事要办！"杰克不知从哪里抽出一张扑克牌来，把它摁在监狱大门上。

他松开手，芬洛才看清楚那是一张钻石J[1]。

"现在，"杰克说着，迅速隐入阴影之中，"我们消失吧。"

---

1. 方片 J，英文别名也叫"钻石杰克"。

第一章

在莉莉·哈特曼短暂的人生中，她不止一次徘徊在死亡边缘。她两次从死亡的国度重回人世，每次都是九死一生。第一次的经历，她不愿再回想；第二次的经历，她也每天都在祈愿自己能够忘记。

第一次发生在她六岁时。一场可怕的车祸夺走了妈妈的生命，也让莉莉身受重伤。

第二次发生在去年冬天，当时她十三岁生日刚刚过了三个月。在那个寒冷的十一月，自己曾经十分信任的一个人向她开了一枪。要不是她的朋友罗伯特和芒金勇敢相救，要不是爸爸发明了神奇的齿轮之心，她是活不下去的。

齿轮之心让莉莉起死回生，但她也因此成为一个异类。作为改造人，她体内装着一颗齿轮之心，嘀嗒嘀嗒，也许永不停歇。

她是个心怀秘密的女孩，这个秘密永远不能公之于众。毕竟除了她的家人之外，周围每个人都认为改造人和机械人要低人一等。

不过她不愿意为这些事情多烦心。就像今天早晨，什么烦恼啊忧愁啊，统统都被抛在脑后。莉莉躺在越来越暖和的泥土上，惬意地感受着生命的活力，漫长火热的夏日即将到来，她不禁畅想起该怎样愉快度过接下来的美好时光。

她的宠物芒金，是一只机械狐狸。他正蜷在莉莉身旁，只睁开一只亮晶晶的黑眼睛，关注着周围的动静。他周围有许多玉米秆高高矗立着。

"我们不是该回去了吗？"芒金满脸倨傲地啃着自己毛茸茸的爪子，有些不耐烦了，"现在是早餐时间了啊。"

"芒金，你又不吃早餐。"另一个声音说。

罗伯特是莉莉在这个世界上另一个最好的朋友，他正在几米远的地方摘采蒲公英那些毛茸茸的小伞头。他别了一支在纽扣眼里，看上去几乎跟莉莉火红头发上的雏菊花冠一样好看。几乎一样好看，但还是稍稍逊色一点点。

芒金"噗"地吐出一团乱糟糟的毛球，好像机器卡壳了一样。"但我闻到早餐的味道了，"他不死心地继续劝说，"主要是锈夫人今天做了疙瘩粥。早饭可是一天里最重要的一顿饭啊，你们总不能错过吧。"

也许他们今天真的会错过早餐。他们像往常一样，一大早就起床出门，就是为了来等那艘一早从伦敦起飞运送夜间邮件的飞艇。如果飞艇按时在七点半左右经过欧蕨桥上空，莉莉就会知道一切正常，然后她和罗伯特就会冲向他们的自行车，骑上车，一路猛蹬，冲过村庄，越过山坡和小溪，一直冲到机场去为爸爸取邮件。

可是今天早晨，夜间邮件确实来晚了。他们在这片低洼地上已经坐等了足足四十五分钟，飞艇一直没有出现。

莉莉从她衣兜里拿出一枚六便士[1]硬币，在手里掂了掂，说："正面我们留下，反面我们就回去。"

她把硬币抛向空中，让它落在裙摆上。

"是正面，我们再等等吧。"

"你都没让我看一下，"芒金有些不满，"刚才到底是正面还是反面，都有可能。"

"嗨，就这么巧啊，恰恰是我希望的正面。"

"怎么总是这么巧啊？"芒金没好气地说道。

"芒金，"罗伯特插话了，"你怎么这么容易拧啊！"

莉莉大笑起来："是啊！大家还以为你全身都是发条做的呢！"

她手肘支地，舒舒服服地撑住后倾的身体。越过屋顶望去，天空已经变成亮丽的嫣红色，而月亮还在天上。她向右边看去，是正在慢慢爬升的太阳，向左边看去，则是月亮隐隐约约灰白的脸，有好大一块隐没不见了，看上去像极了许愿池里人们抛入的弯硬币。莉莉把硬币对着月亮，眯缝着眼睛，模拟月食的景象。

"月亮里的男人今天看起来好像维多利亚。"

---

1. 英国等国的辅助货币。

"那就应该算是月亮里的女人了。"罗伯特一把抓过这枚六便士硬币，像莉莉一样，玩起了同样的游戏。

"硬币里的女王鼻子大些。"他若有所思地说道。

莉莉嚼着一根草秆儿。"但你得承认，确实还是挺像的。"

"你怎么知道？"芒金还是有些不开心，他开始啃他另外一只爪子。"你可从来没有见过女王。"

罗伯特把硬币递还给莉莉，莉莉把它放回裙兜，兜里还有她的怀表和一块中间镶有小块菊石的石头——这块石头是妈妈给她的礼物，她总随身带着。"你们知道吗？"她说，"女王有两个生日，像我一样。你对这个总没异议吧？"

"你可没有两个生日。"芒金没好气地说。

"我就是有两个生日啊。"莉莉正了正滑到一边的雏菊花冠说，"第一个是我真正的生日，还有一个生日就是爸爸把我从死亡边缘带回人世的那天。要是算上被枪击的那次，就有三个生日了。我跟别人不一样。"

"生日不是这么算的，"罗伯特说，"不能那么算，哪怕是……"他小声说道，"改造人的生日也不是这么算的。"

莉莉的手下意识地抚上心口的伤痕。"别这么叫我。"

"为什么？"

"我不喜欢。"

一只蚱蜢落在她裙角上，她呆呆地望着它。它看上去如此真实，可又那么机械——就像她一样。她讨厌改造人这个词，她希望自己就是个普通人。

芒金向那只昆虫扑咬过去，它飞跳起来，从玉米穗之间跑走了。

"你要干吗？"莉莉大声问道。

"你也操太多心了，"他嘟囔着，"再说，我又没得手，不是吗？"

"因为你不够快。"罗伯特又摘了一支蒲公英的绒毛头。

"这算不算快？"芒金一口咬住罗伯特手里毛茸茸的蒲公英伞头，蒲公英种子顿时随风飞散。

"嗨！"罗伯特生气地大叫起来，"你怎么不——"

话音未落，一阵螺旋桨转动的嗒嗒声打断了他。一艘巨大的飞艇正从上空经过，机身上有皇家飞艇公司的标志。

"夜间邮件！终于到了！"一片嘈杂声里，莉莉欢欣雀跃，"我知道它一定会来的！"她掏出怀表，打开表盖看了看时间。"晚点了一小时。"

"晚来总比不来好！"罗伯特说着戴上了他的鸭舌帽。"快，我们出发。"他在身边一圈倒伏的玉米里扶起自己的自行车，推着往外面走。

"快走啊，芒金。"莉莉一边掸着裙子前摆上的泥土，一边催促着。

"好吧。"狐狸跳起身，抖了抖身上的刺球果，看着莉莉也推上了她的自行车。

他们俩快步走出深深的草丛，来到大门跟前，罗伯特已经先把门打开，跨在自行车上正等着他们。

欧蕨桥村十分热闹，人们正忙着开始忙碌的一天，小贩推着车，店铺老板在开门，顾客们拎着柳条篮在排队，一边闲聊或寒暄。为了不惊扰人群，几个大户人家的机械用人走在路边的排水沟里。

罗伯特和莉莉加速向前，一转弯，来到主街，一个街灯夫正用彩带装饰灯柱，这是在为四天后的女王登基庆典做准备。他们从他的梯子旁绕过，肩并肩在鹅卵石路上颠簸向前，来到普朗特路，继续奔向欧蕨桥山。

当他们到达飞艇站的时候，邮艇正在盘旋，在着陆坪上投下一道长长的暗影。平台上的飞行员松开滑轮，降下了三面红色的旗帜。

"那是信号，"罗伯特说，"他们马上就要投下邮件了。"

一辆喷着蒸汽的车猛地停在着陆带的中间，从驾驶舱跳下来一个壮实的机械人。飞艇放下一根绳索，莉莉看见他把绳索连在车后。随即，他简短地抬手示意了一下，四个邮袋立刻次第朝他滑来。搬运工把邮袋一个一个地接过来抛入车厢。最后，他松开夹子，飞艇飞走了，消失在一团团淡黄色的云朵里。

搬运工回到他的蒸汽车内，向航空站的后部开去。一直跟着搬运工的芒金撒腿就跑，紧紧追着滚动的木制车轮。

"他想干什么？"莉莉大声喊道。她和罗伯特立刻跳上自行车，飞蹬起来向前追去。

他们一转弯，发现蒸汽车已经停在邮件库房外面。那位搬运工正在忙着卸下一袋袋邮件，芒金站在一旁，冲着他不停地吠叫。"嘘！"搬运工朝狐狸挥舞着一大捆邮件，大声驱赶着他。

信件纷纷散落下来，被风吹得散落了满院。

"嘘什么嘘！"芒金低声咆哮着，非常气恼，愤愤地哼了一声。

"不要打扰机械人工作，芒金！"罗伯特大声喊道。

"这小东西是你们的吗，先生？"搬运工机械人的脸上，洗衣刷做成的八字胡正愤怒地抽搐着。"赶紧把他带走！"

"芒金，小傻瓜！"莉莉呵斥道，"别胡闹！"

"他闻起来怪怪的。"芒金龇牙咧嘴地叫着。

莉莉挥舞着胳膊，急忙把狐狸赶走了。

"很抱歉，先生。我们可以帮你捡。"

"我也这么认为！"机械人开始收拾地上的信件。

莉莉弯腰帮忙时，瞥见机械人前臂上别着的铜制号牌上写着：

哈特曼和银鱼有限公司

提供优质机械人和机械动物

这个搬运工是爸爸制造的！莉莉递上她拾起的信件，仔细凝视着他的金属面庞。她确信，曾经在哪里见过他……

"你去年是不是还在曼彻斯特来的那条船上工作过？"

搬运工的脸庞一下子明亮起来。"哦，没错，是啊，我的各项功能可能衰退了，但我记得您。您是格兰瑟姆小姐，对吗？"

"是哈特曼小姐。"

"哦，对，教授的女儿！"他拉起她的手，热情地握住。罗伯特觉得，莉莉那小胳膊好像都快被他拽掉了。

"遇见你真开心，"莉莉说道，"你叫什么名字？"

机械人深深地叹了口气："哎，我没有名字，只有序列号：765GBJ407。有些拗口，所以有的飞行员管我叫铜鼻子，因为，嗯，就因为我的这个铜鼻子。"他自豪地用衣袖擦拭着鼻子，擦得鼻子在阳光下折射着铜色光芒，闪闪发亮。"也许，哈特曼小姐，您可以为我介绍一下您的朋友？"

"当然，铜鼻子先生，这两位是罗伯特和芒金。"

罗伯特脱帽向机械人致意，芒金不情愿地哼了一声。

"我看你们经常来。"铜鼻子先生说。

"如果你是在暗示什么，我可告诉你，我才不是什么飞艇爱好者。"芒金立刻回道，"对我来说，完全无法忍受飞艇这东西——多么粗暴的运输方式！这两位才是狂热爱好者。这位罗伯特先生了解每一条飞行路线，他甚至有个本子，记满了飞艇信息。给他看看，罗伯特。"

"哪有。"罗伯特的语气充满了戒备。他对铜鼻子先生说：

"其实，我们来这儿也不算特别频繁，每周只来一两次。"

"今天邮艇怎么这么晚？"莉莉问道，她极力想转换话题。

"什么都可能引起延误……"铜鼻子先生说，"但我听到有电报说报纸印刷由于什么突发新闻而中断。因为飞艇大半的运送空间都被舰队街那边包下了，所以起飞也就跟着推迟了。"

他用力从蒸汽车的车厢里拖下最后一袋邮件，罗伯特看见邮包上印着《齿轮日报》的标志。"能让飞艇晚点一小时，那一定是件大事，"铜鼻子先生打开邮包，递给罗伯特一份报纸说道，"可到底是什么呢？"

莉莉扫了一眼标题，就笑了起来，原来这个报道是她和罗伯特的一位朋友写的。

齿轮日报

石破天惊！
彭顿镇监狱之离奇越狱

伦敦，晨版，6月16日，1897　　　　　　　　售价一便士

本文由安娜·奎因报道

臭名昭著的逃脱术大师兼盗贼杰克·德沃，于昨晚成功越狱并潜逃，目前下落不明。

杰克·德沃是恶名在外的德沃一家的家主。这家人曾以他们精湛的招魂显灵表演和神奇的逃脱术表演而享誉欧洲各国。十五年前，在一次维多利亚女王钦点的表演中，德沃先生盗走女王的机械象爱丽芳姐额前的无价之宝血月钻石。他因此被判终身监禁，并一直在戒备森严的米尔班克监狱服刑，被单独监禁，并受到实时监控。

上周，德沃先生被转移至彭顿镇监狱的标准单人囚室等候听证。大约在半夜十二点至凌晨三点，他设法成功越狱逃脱。目前，除了他逃脱后有意留在监狱大门上的名片——一张钻石J的纸牌之外，警方尚未获得其他任何有关线索。

莉莉停下来，若有所思地抿住嘴唇。"他们掌握了这么多信息，却对他的下落一无所知，谁能相信啊？"

芒金摇摇头："至少我不信。"

莉莉仔细往下读："苏格兰场伦敦警察厅令人尊敬的费斯克探长认为，罪犯有第三方相助，他们或许已经成功出逃城外。他建议如果有民众发现德沃先生，不要擅自接近，因为他有可能持有武器，十分危险。民众可以记下他的行踪，并立刻报告给当地警局。"

"今天有我们的信吗？"芒金打断了她，"我可不愿大老远跑到这里来就听你读几段新闻。不管有没有可恶的犯罪分子，我们总该记得拿邮件。"

"我们来看看啊。"铜鼻子先生一一查看着地址，把另外一个袋子里的邮件全翻了一遍。"你们知道其实我们会送信上门的对吧。"他一边找一边说。

"我知道呀，"莉莉说，"但是我们正好就在附近……"

"而且你们也想顺便来看看飞艇进站。我懂的！"铜鼻子先生突然停下，从袋子里抽出一封奶油色的信件。"你们运气不错，这封是寄给你父亲的。"

莉莉接过信。信封上面用花体写着：欧蕨桥庄园，教授约翰·哈特曼先生　敬启。莉莉瞬间迸发出极大的热情，简直像有一把神秘的利剑在手中挥舞起来，同时她也多么希望这封信是寄给她的啊。

她把信翻过来。在反面有一枚红色封蜡，上面有华丽的盾形图案，盾的顶端是一项王冠，盾面上的浮雕是后腿站立的狮子和独角兽，它们脚下是蜡刻的文字：吾权天授。

罗伯特越过她的肩头瞟了一眼，说道："看来这是封重要邮件。"

"非常重要，"铜鼻子先生的眼睛闪着光芒，"你们最好立刻把它送到哈特曼教授手上。那可是女王的印章——你们手里拿的是一封皇家邮件！"

莉莉把信放进裙兜里。芒金用爪子抓起报纸，两人一狐急忙往家赶。当他们骑着车穿过村庄时，罗伯特落在了后面。他还惦记着另外一件事。

骑到主街尽头，快要转上临桥路时，罗伯特绕了一段路，穿过草坪，来到墓地和那座灰色的石头教堂前。去年冬天，他们把爸爸葬在了这里。那时天寒地冻，脚下的冰雪似乎永远也不会再消融。他心中一痛，捏下了自行车的刹车，犹豫了一下要不要在这里停下来，但是他今天的目的地并不是这里。他还是继续往前骑去，绕过街角，顺着街道来到了汤森钟表店。

这家店铺曾经是他父亲的骄傲和喜悦之源，而现在只能龟缩一隅，变成了欧蕨桥的一颗烂牙。经过那场大火，钟表店现在只剩一具烧焦的躯壳，窗户被木板封着，前门的玻璃残破不堪。罗伯特看一次，心就痛一次。可是，它阴暗破败的身躯又仿佛一块磁石，紧紧地吸住他的心。他黯然神伤，觉得自己就像一只迷失的小狗，只能徒然思念着父亲，追忆着大火中湮没的从前的生活。

有时候，他会想象他只是暂住在哈特曼家，等待爸爸有一天回来。他总觉得，撒迪厄斯只是突然远行出访，很快就会归来。只有当他看到眼前这一切，他才意识到，那都只是幻想。

他多少次回到这里，凝望这座被大火烧焦的店铺，但他没有足够的勇气踏入半步。哈特曼教授提醒过他不要贸然进入，里面不安全。他过去珍惜的一切已被火舌吞噬殆尽，而这大火留下的残垣断壁，则属于他那不知去向的妈妈。

赛琳娜。她离开的十年间，从来没给他寄过一张卡片或拍过一封电报，连他过生日的时候也不例外。也许她还不知道爸爸已经去世，或者她知道了但是也压根不在意。可在爸爸的遗嘱中，她却是店铺的主人……六个月前罗伯特得知这件事的时候，他倍感震惊，于是他一直等着妈妈回来正式结束这一切，收拾残局，也解答他心中无数的疑问。可她一直没有出现，所以汤森钟表店的废墟只能原样不动，他则搬去和哈特曼一家住在一起。他等够了。他不会再等了，他要转身向前，告别过去的一切。

他正要离开，突然注意到他以前那间卧室的窗户有些异样，心一下跳到了嗓子眼。

有什么东西在焦黑的窗户玻璃后面闪了一下。昏暗中似乎有个人影……

他定睛凝视。

千真万确。真的有个影子。它正在与他对视。

苍白圆脸，扁扁的大鼻子，灰白头发，凌厉的深色眼睛。难道是爸爸？可能吗？

他往前走去，可那个影子消失了，来无影、去无踪，就像个幽灵。那一瞬间，罗伯特暗自期盼着它也许会化成实体，出现在楼下门廊里唤他过去做早上开店的准备。他又等了一会儿，可什么也没有出现。

突然，芒金冲了过来，在他脚边一个急停。不一会儿，莉莉的自行车随着一声刹车响，也停在了他身旁。

"你刚刚跑哪儿去了？"她气喘吁吁地问，"我们正往家赶，一回头，你就没在后面了。"

"我一直在这里。"罗伯特回答说。我也要回家，他想说，这就是我的家。

他想告诉她刚才看见了幽灵，话都到嘴边了，可他还是没说，因为那也许是精诚所至，愿望成幻。他不是一直想着爸爸吗？也许只是自己头脑中幻想父亲在天堂看着他……

"你到底怎么了？"莉莉问，"看上去失魂落魄的。"

"不是，"他回答道，"我，我刚才就是突然有点幻觉。"

"是看到了以前的事情吗？"她追问道。

"可能吧。"

真是这样吗?

莉莉望着眼前的房屋,点了点头。"如果你想进去看看——"

芒金把嘴里的报纸丢在马路上,大声吼起来:"不,不行,约翰说过这座房子随时可能坍塌,快走吧!"他干燥的小鼻子在他们腿上轻轻推搡着。"我们回欧蕨桥庄园吧。早餐在等着咱们啊,无比美味的粥!再说,我们还得把那封女王的信送回家呢。"

望着芒金再次叼起报纸,罗伯特脸上慢慢浮上一丝微笑:"是啊,要不是你提醒,我都差点忘了。"

然而,他们蹬上自行车离开的时候,他还是忍不住转头,飞快地回望了一眼。在渐渐远去的店铺窗户幽暗的光影里,他发誓他是真的又看到了爸爸,那张模糊的脸在覆满烟尘的玻璃窗后面一直望着他们。

第二章

莉莉和罗伯特拐入欧蕨桥庄园的车道，芒金奔腾跳跃，一路紧紧跟在他们身后。他们对准敞开的门冲了进去，"噌"的一声，停了下来。

一辆蒸汽车车头下面露出一双金属脚，芒金抽抽鼻子，凑上前去嗅着。

"别乱动！"弹簧船长从车子底盘下面钻了出来。他的金属面庞上沾满了机油，这倒不稀奇，他是个机械人嘛。他将扳手扔进锡质的大工具盒里，踱着重重的脚步继续检查各处，看还有没有别的问题。"你父亲在找你，"他告诉莉莉，"你们早餐又迟到了。"他颇不赞同地喷喷了几声，听起来就像时钟的嘀嗒声。"小不点们，要知道，没有燃料，引擎可启动不了呀。"

"知道啦。"莉莉答道。她和罗伯特把自行车停在空隔栏里，然后赶紧穿过院子进屋去了。

爸爸已经在餐厅里坐好，正在吃着一盘熏鲱鱼。

"啊，流浪者们回来了！"他大声说道，"我猜猜看，是去看飞艇了？"

芒金跳上椅子，把《齿轮日报》放在餐桌上："只是去拿报纸了。给，还是崭新的呢。"他用鼻子把报纸推向约翰，然后跳下来，溜到桌子底下。

爸爸把皱巴巴的报纸拿过来展平。莉莉以为他会先看那个骇人听闻的越狱事件，可他却径直翻到科技版，戴上他半月形的眼镜，透过镜片，阅读小字印刷的文章。

"你不打算先读头条吗？"她说着，伸手去抽里面有智力谜题的那一页报纸。

"这则消息可要有趣多了。"爸爸咕哝着。

莉莉大声叹了口气，但她太饿了，没力气争论。而且，她知道他也根本不会听。他只会沉迷在那些报道不列颠各地发明创造的文章里，全神贯注，浑然忘我。

机械管家螺帽先生紧蹙着金属眉毛，匆忙走进门来，放下一只银盘，给他们每人端了一碗粥、一碟培根，还有鸡蛋和烤面包。

食物又做多了。大厨锈夫人总是拿捏不好食物的量，所以厨房里总会准备得太过丰盛。但今天，莉莉觉得她得吃上两份早餐才正合适。骑了半天的车，现在感觉有一支饥饿的队伍在肚子里转悠，千军万马，都在呼唤着军粮。

她狼吞虎咽，粥、烤面包、培根、鸡蛋，轮番吃了好几大口。她朝对面的罗伯特望去。他笑容憔悴，脸色十分苍白，压根没怎么吃饭。莉莉先前没注意到。他神色疲乏，脸上挂着青灰色的黑眼圈。

她可以肯定，这一定是因为他去了汤森钟表店的缘故。她思索片刻，开始怀疑罗伯特是不是经常偷偷去那里。他时常会莫名消失一会儿，大概觉得没人会注意，但是莉莉注意到了。她总能知道他在哪里——就像她有超能力一样。今天在汤森钟表店找到他，只不过证实了她一直以来的猜想：过去那些事带来的痛苦还在折磨着他。她清楚那是什么感觉，但是过于沉溺于往事只会使人迷茫不安。她很担心他。

莉莉几乎每天都会想妈妈。有时候是因为心口的疼痛，就好像那根连着妈妈的线被扯断了，有时候是因为想起过去的某个瞬间。那些快被遗忘的拥抱、已经记不太清楚的私语，细细碎碎埋藏在心底，时不时又会冒个头出来，如一丝缥缈的淡淡馨香，不知其所在，不知其所来，不知其所终。

失去至亲的痛苦，罗伯特一定感受更深，新鲜的伤口还在淌血，深可见骨。他也许每时每刻都会想起死去的爸爸。也许他认为他不该说出口，不能让她担心，也许怕她或者爸爸认为他不知感恩。可罗伯特怎么这么傻，他怎么就不能敞开心扉，多跟他们说说呢。

"看这个，"爸爸从报纸中露出脸来，"议会今天投票表决，要在伦敦肯辛顿和切尔西区的洛兹路建造一座新的电站，还计划在整个地铁系统和伦敦西区率先通电。"

"没意思。"莉莉说道。

爸爸扶正鼻梁上歪斜的眼镜说:"这怎么会没意思呢? 莉莉, 电, 就是未来。为什么? 自从十五年前爱迪生首次点亮霍尔本高架桥路灯的那一天起, 伦敦的工程师就一直致力于修建更好的电站, 以便可以把电输送到整个城市, 甚至在某一天实现全国供电。"

他开始在桌子上把调味瓶推来推去。"看啊, 假设这个胡椒罐是电站, 这把叉子是铁路上的火车, 或者, 比方说, 这把刀……"

"那是我的刀!"莉莉大声喊道,"快还我, 我正在用呢!"

爸爸手里拿着刀, 冲她挥舞着:"莉莉, 听我说……这很重要。在你有生之年, 可能不再会有齿轮发条引擎, 或是蒸汽车。事实上, 很快一切都会是电气驱动!"

莉莉从他手里拿过刀来, 又切了一片培根。

"这样一来,"爸爸继续说道,"像我这样的机械师就会失业, 机械人也会失业。众多的电气设备将会替代他们。"

后面传来"啪"的一声响, 螺帽先生端着的银盘掉落在地上, 摔了一盘熏鲱鱼。

"对不起!"他喃喃地说。当他忙着拾起扎入地毯的小鱼刺时, 莉莉听见他在小声咕哝着:"什么乱七八糟的胡话。"

"可是,"莉莉拿着她戳着鸡蛋的叉子, 轻轻敲着报纸上端, 沮丧地说,"本年度最刺激的新闻就在你眼皮底下, 你居然都不想看一眼吗？一名可恶的罪犯越狱了！来自我们朋友安娜的报道！"

爸爸盯着报纸名称底下的头条新闻。"哦，不错呀，我看她现在当上这家报纸的首席记者了。女性首席！不知道以后还会变成什么样呀！"

莉莉不屑地咂咂嘴："啧啧，很多首席记者都是女性呀，爸爸，你没听说过奈莉·布莱？或是伊丽莎白·比斯兰德？"

"当然，当然听说过！"爸爸瞟了一眼文章。"这个叫杰克的是什么人？这上面说，他偷了女王的东西！天哪！真不可思议！"

"是啊。"莉莉答道，"他被判了终身监禁。然后他就在牢里写了一本书，叫《恶徒杰克：不凡的盗贼和逃脱专家》！这本书还在《惊魂便士》里连载过，不过我是去年看的完整版的书，一口气从头看到尾。真是精彩极了。"

"精彩？难道不是恶劣？"芒金说。

"还有点可怕，如果按安娜这篇的说法，他当时还在监狱里，是怎么把这么一本小说传出来的呢？他可是受到最高等级的安全监视啊！"

莉莉咬了一大口烤面包。"谁也不知道他是怎么做到的？但如果你是一个逃脱术大师，当然就会身怀绝技啊，罗伯特。"

罗伯特把食物推到一边。他没吃多少，满脑子想着那个窗后的幽灵。不过莉莉讲的事情多少让他分散了一些注意力。"杰克的书就是讲这个的？"他问道，"讲他那些出名的魔术和盗窃案？"

"其实也不是，"莉莉一激动，嘴里的面包屑都喷进了她面前的盘子里，"这书主要是讲怎么撬锁。还讲了怎样挣脱牢不可破的索链……嗯，还讲了怎样打出能自动松开的假绳结。"

"我的天，可是你觉得你需要了解这些吗？"爸爸问道。

莉莉舔了舔手指头，从盘子里一点一点地粘起面包渣："我们去救你的时候就派上了用场啊，不是吗？"

"如果我记得没错，"从餐桌下传来另外一个声音，"说起来，在那次解救行动中，我才是劳苦功高的那个啊。"

莉莉没理会芒金，仔细读着第二页报纸上的内容："这里还有一点关于杰克生平的内容……说他曾经在伦敦西区和他的家人一起表演过。他夫人是一位招魂师，他呢，应该算是个魔术师吧，但也是逃脱术高手。他后来觉得这些表演没什么意思了，便开始利用他的身手技术从各处乡下庄园里盗取财物。再后来，他就顺走了女王的钻石。"

"除了钻石那个，其余的案子里面，别人怎么知道是他偷的呢？"罗伯特问，"完全有可能是别人干的呀。"

"噢，是这样，"莉莉笑了，"他会留下一张名片。他会在作过案的每一户人家的墙上留下一张钻石 J 的扑克牌。这就是为什么警察后来能够抓到他。哦，对了，除此之外，也因为有人把他的藏身之处告诉了警察。"

"真够蠢的，作案还能这么猖狂！"芒金颇为感慨。

"就是啊！"莉莉随声附和道，"他在舞台现场盗走血月钻石之后，还在大象尾巴上挂了一张钻石J，警察根本都不需要动用新的指纹技术来定罪。只靠那些扑克牌就已经证据确凿，足够让他把牢底坐穿了。"她瞟了一眼报纸上的报道，又接着说："安娜评价说，他这次可算是历年越狱史上最胆大包天的一次。"

"噢，我的飞艇和走马灯啊！"锈夫人端着一盘松饼进来了，"但愿他永远也别到我们这里来。没准这个恶棍出来之后，又要重操旧业了。"说罢，她就转身回厨房去了，路上还顺便停下来帮螺帽先生清理了一下先前打翻的那些熏鲱鱼。

"他对发明创造没兴趣，锈夫人。他只偷珠宝，我们家可没有这些！"

"哎呀，谢天谢地！谢谢鲱鱼骨头，幸亏没有啊！"锈夫人感慨说。

"真是谢天谢地！谢谢各种发条啊！"螺帽先生对致谢名单进行了补充。

"后面还有呢。"爸爸接着说道。他现在起了兴致，继续往下读起来。"这上面说，虽然悬赏高达一万英镑，那块钻石却再也没被找到。在钻石杰克长达十五年的监禁岁月中，他也从未透露过它的去向。"

"这是他的绰号，"莉莉低声对罗伯特说，"因为他每次都留下一张钻石J的纸牌。"

爸爸大声咳嗽了一声，示意他还没读完。"之前为了找回钻石，悬赏一万英镑，现在则在此基础上，再追加五千英镑，以期获得更多信息，将杰克绳之以法。"他把报纸推到一旁，若有所思地咬了一口烤面包。"这么大一笔钱，分我们一点点就够了啊！"

莉莉意识到，他也许不小心说了实话。虽然爸爸一直在遮遮掩掩，但是最近一段时间以来，家里经济状况颇有些拮据。这也许是因为铜绿夫人和森德先生去年出逃的时候带走了大批爸爸珍贵的专利论文，而且至今还没追回来。

这个念头看样子刺激到了爸爸，他一下子从椅子里站起来，收起报纸。

"好了，"他说，"我要去工作了。先得抓紧时间把嘀嗒小姐修好。"

通常，莉莉和罗伯特早餐后要在儿童房学习，由锈夫人来监督他们。但是，今天他们在做一篇特别无聊的阅读理解的时候，刚做到一半，机械人的发条就到头了，于是他们趁此机会溜出了房间，去看看爸爸在忙些什么。

工作室门上有一道闪电，本意是表示危险，但在莉莉看来，她更愿意把它想象成爸爸工作室里火花四射的灵感和活力。她转动门把手，和罗伯特一起走了进去。

这是个奇妙的空间，比罗伯特家的老作坊更大，这里有着比大本钟内部更多的发条和齿轮，就是少了一点温馨的感觉。

罗伯特私下觉得，欧蕨桥庄园的其他地方也都有类似的情况：有点太庄严，有点太华丽。这里不太像个家的感觉，而且因为空间太大，每个人都离得很远。

"你们这么快就把功课都做完了？"爸爸抬眼看向他们，而躺在他椅子底下的芒金正忙着撕咬他的鞋带。爸爸伸手拂开狐狸，站起身示意他们过来。"来看看这个，多么精密的齿轮大脑！"他说着，指了指工作台上的嘀嗒小姐。她端端正正坐在桌沿上，双腿悬空，头颅前端有块面板敞开着。她之前做家务的时候，不小心磕松了一个齿轮，后来这个齿轮就总是发出咔嚓咔嚓的声音，她的行为也变得怪异起来。

爸爸钩出那个坏掉的齿轮，拿起来冲他们挥了挥。"这些齿轮相互连接，就像我们大脑的突触连接。齿轮顺利转动，可以使她产生意识和思想。一旦有一个零件出了问题，她会连日期都记不住！"

爸爸的话让莉莉又想起了自己身体里的齿轮装置，还有她那些忧虑。她感觉自己像是个卡在圆孔中的方形楔子，无法完全契合。她体内那颗齿轮之心，随着每一次机械推动的心跳，把血液输送到全身，但是她并不仅是因为齿轮之心才产生了这种想法的。在拥有这台永动机之前，她就一直觉得自己跟别的女孩都不一样。而当她得知自己有可能永生之后，那种与这个世界格格不入的感觉变得越发强烈。她朝罗伯特看了看，发现他似乎也有些心不在焉。

罗伯特现在脑子里的问题是，他怎么都无法忘怀他爸爸站在窗户那里望着他的样子。那个会不会真的是父亲的幽灵？他甚至考虑了一下，要不要向哈特曼教授请教，是否真的有这种灵异可能，但随即他便打消了这个念头。他不想让教授担心。约翰有可能会说那只是他的想象，或者可能会怀疑他的脑子是不是也出了毛病。所以，他尽力集中精神去听约翰讲话，可是这些关于齿轮和发条的介绍，让他想起自己给爸爸当学徒的日子，这使他更加思念撒迪厄斯。

"瞧，好了。"约翰一边装嵌着齿轮，一边说，"这是整个复杂过程的最后一步。很快，她又可以嘀嗒嘀嗒地运行起来了。"

"噢，天哪，我居然把这个给忘了！"莉莉从裙兜里一把扯出小钱袋。因为用力太猛，兜里的信件、菊石、怀表和钱都一股脑飞了出来，乱纷纷地落在工作台上。她把自己那些零碎的东西拢做一堆，挑出那封信来递给爸爸。"这是我们早上拿回来的邮件！邮站的铜鼻子先生说，这是女王寄来的。"

"你居然把女王的邮件给忘记了？"约翰脸上现出难以置信的神情。

"我……"莉莉有点难为情，"那个越狱新闻把我给迷住了，就完全把这个事情给忘掉了！"

"不要紧。"约翰把信件放在工作台上嘀嗒小姐的身边，然后小心翼翼地把她头上的面板合上，开始逐个上螺丝钉。

"哎，"莉莉大声问道，"难道不先拆信看看吗？"

"我可以帮忙拆的，如果你需要帮忙……"罗伯特伸手去拿信。

"先等等，先等等。"约翰胳膊肘支在工作台上，双手向上举起。每当他准备开始说教时，就会摆出这个姿势。"你们要知道，耐心乃是一种美德。首先，我们得把嘀嗒小姐修好。"

"老爸啊，现在可不是说教的好时候。"莉莉走向父亲，想探过身去看看那封信。

"是啊，"罗伯特说道，"求你了，快让我们听一听到底是什么事情吧。"

约翰叹了口气，拿起信来，拆开封蜡，用螺丝刀打开信件。

莉莉和罗伯特靠拢过来，就连芒金也忍不住跳上工作台来凑个热闹。要知道，按他通常的做派，应该会假装女王来信什么的只不过是家常便饭而已。

约翰放下螺丝刀，对着他的观众做了个夸张又华丽的姿势，把手伸进信封，抽出一沓厚厚的奶油色的信纸。

他轻轻地展开信纸，才看了信的开头，脸上的笑容就逐渐褪去了。"我的天！"他低声说。

"怎么啦？"罗伯特问道，"是出什么事情了吗？"

"是啊，"莉莉说，"快告诉我们呀！"

约翰清了清嗓子："女王要我去伦敦，到机械师协会去修理爱丽芳姐。"

"你是说被杰克偷走了钻石的那只机械大象？"

"对，"约翰点点头，"她是最先问世的机械动物。当时是阿尔伯特亲王殿下为女王的加冕礼订制的。丢失的那颗血月钻石就是为她提供驱动的。女王似乎认为，我作为知名机械师和机械动物制作专家，也许能想出办法使她重获生机，让她能够参加之后的庆典活动。"

罗伯特吓呆了："可离庆典只有四天了！这任务简直不可能完成啊！"

"对爸爸来说就不一定啦！"莉莉说道，"如果说天下还有谁能把爱丽芳姐修好，一定就是爸爸啦。"

"莉莉，我还不知道能不能……"爸爸说道。

"你当然可以的。你是全国最伟大的发明家！女王邀请你去，就说明她也认同你的实力。"莉莉犹豫着，不知自己应不应该提出下面这个建议，"现在时间这么紧，你最好带上我们一起去伦敦，帮你一起完成这项任务。"

爸爸摇摇头："不行，莉莉，你和罗伯特要待在家里。我不想让你们再遇到麻烦了。我以个人的名义去伦敦就行，尽量不要让外界注意到你们。而且，你们想要什么，家里都有了，不用出去的。"

"可是，爸爸……"

"别可是了，我已经决定了。至于你提到的最伟大的发明家这个身份……我希望人们能忘记我。准确来说，是忘记我们。只有这样，我们才能保持隐逸的生活。莉莉，这世上总有贪婪的人，想要利用一切可能的机会，如果他们发现你的特殊之处，他们就会出价要你的命，更精确一点说，就是要拿走你的心脏。我绝不能冒这样的风险。我已经眼睁睁看着你遇到过两次生死威胁了，而且，我们还因此失去了你妈妈。我过去拥有的一切，现在就只剩下你一个人了，你是我最后的精神支柱。"

约翰扭过头去，吸了吸鼻子。然后他折好信纸，放回到信封里。"所以，我觉得，你们都留在家里是最好的选择。"

"你出门以后，我们至少还能去村里的学校上学吧？"罗伯特问，"在学校肯定不会出什么问题吧？"

"学习方面，可以让锈夫人和机械人继续教你们。"爸爸表示反对，"我呢，先动身去完成女王派给我的任务。要不是缺钱，我也不会冒这样引人注目的风险，但我会尽快完成任务，尽可能早点悄悄回来。然后，我们可以补课，把功课进度赶上来。"

莉莉听着他的话，心中冒出了万千疑惑。爸爸一直活在过去，总想把他们藏起来。她相信那些危险都已经过去了。更何况，难道他看不出，她现在已经长大了吗？她完全能够照顾好自己的。爸爸为什么看不出呢？他工作的时候，她都能给他帮忙了呢！但爸爸就是不这么想。在他眼里，她就该永远像个秘密一样，应该小心翼翼地躲起来，与世隔绝。

"我觉得，我们已经把她修好了。"爸爸拿起发条钥匙，给嘀嗒小姐上足了发条，然后大家等在一边……她慢慢地，非常缓慢地抖动着，醒了过来。

"以全天下的发条起誓！"她喊道，"我感觉简直沉睡了一千年！我都错过了什么？"

"没什么特别的，"芒金打着哈欠说，"就是收到了一封来自女王的信。"

"就只有这吗？！"嘀嗒小姐颇为遗憾地说，"好吧，还是谢谢你的汇报！"

莉莉不知道嘀嗒小姐是否真的听明白了芒金的话，但爸爸貌似非常确定现在的嘀嗒小姐已经一切正常。

"你现在就跟新的一样了。"爸爸告诉嘀嗒小姐，"莉莉会带你出去的。可以吗，莉莉？"

"当然可以。"

莉莉把嘀嗒小姐送出门之后，她和罗伯特继续帮爸爸收拾着他的工具。突然，爸爸停下手里的活，望着他们。

"罗伯特，一会儿陪我去趟书房可以吗？我想跟你聊点事情，聊聊……聊聊你的事。"

罗伯特的心突然一沉。他很清楚教授的暗示——刹那间，那个幽灵的脸、大火过后的店铺废墟、下落不明的妈妈……各种景象和人物，瞬间在脑海里循环往复，简直都快要满溢出来了。自从六个月前爸爸去世之后，教授一直在帮罗伯特寻找母亲，因为需要告诉她罗伯特现在的处境，而且联系上她本人之后，也方便他们来处理汤森钟表店的后续事情。所以，教授是不是有什么发现了？但是，如果他只想私下跟罗伯特说，那几乎可以肯定，会是个坏消息。

第三章

"来，进来吧，孩子，"哈特曼教授把罗伯特领到一张舒适的椅子前，搬走上面一捆纸，好让他坐下，"抱歉，我刚才说得含含糊糊的，今天的这些事情确实不大好讲，我也想和你一起商量一下。"

他抱着那捆纸，好像一时不知该往哪里放。书房墙上挂着一对象牙，象牙中间悬着一面很旧的锣。最后，他把纸捆放在锣下方的一张茶几上，然后，回到书桌前坐下，膝盖"砰"的一声撞到了桌子下面的东西上。

趁教授还在忙着挪腾，罗伯特环顾书房。这栋房子里，他最喜欢的就是书房了。橡木框的窗户和玻璃面的书柜让他想起自己家的老店铺，想起店里那些展示柜。书房的另一端，在大大的石砌壁炉架上，有一个小小的铜瓮，一幅鎏金画框的肖像画高高地挂在它上方的墙上，画中的女人对他们微笑着。她是莉莉的妈妈，格蕾丝·罗斯·哈特曼，在莉莉六岁的时候去世了。她看起来善良温厚，罗伯特很喜欢她。

罗伯特的爸爸从没提起过他妈妈离开的原因。罗伯特还只有三岁的时候，她就走了。他长大些后，对此十分愤恨，所以他也从未问过爸爸，妈妈到底是为什么离开了家。不过，至少还有撒迪厄斯照看他长大，一直守在他身边。可现在，爸爸也不在了，只剩下罗伯特孤孤单单一个人。

教授终于坐定了。他倾身看着罗伯特，目光专注。"不好意思，"他说道，"我在《齿轮日报》上登的寻人启事至今没有收到任何回音。而且，警方显然也没有任何进展。我也到村里到处走访了一番，但是只打听到了许多谣言，没什么真正有价值的信息。唯独教堂的牧师，他还记得你父母在村里教堂举行过婚礼。我当时想着，如果能从他们的记录中找到你母亲的娘家姓，也许会有用处。但等我们查阅婚姻登记时，却发现了一件怪事……他们登记的那一页不见了，被人撕掉了。"

罗伯特顿时从椅子里探起身来："那是怎么回事啊？"

"这说明，曾经有人非法撕毁了记录。"约翰说，"也许，就是因为他们不想让别人知道你母亲的娘家姓。"

罗伯特长吸一口气，倒进椅子里，这个新消息让他有点泄气。"太奇怪了！"他最后说道。

"可不是吗？"约翰说，"关于你妈妈，你还记得什么吗？看看有没有什么线索，说不定能用上？"

罗伯特努力地回忆。终于想起来一件事。"爸爸有一次说过，他们相遇时，妈妈能与鬼魂对话，她当时在剧院演出。"会是真的吗？应该不可能，听起来太不可思议了……可他清楚地记得，爸爸确实这么说过。

"事实上，"他告诉约翰，"她走后，爸爸很少再提起她。这个可以理解，毕竟是她先抛下了我们。但是我不明白，为什么爸爸还把店铺留给她？"

"这个我也猜不出。"约翰叹了口气，"但至少我们现在又有一条新线索了，可以试试。不过说实话，对这件事我真没有太大把握。似乎赛琳娜，或者某个和她有关联的什么人，一直在试图隐匿她的下落。"他咳了一声，接着说："这个真的有点讽刺，其实我也一直尽量想要把我们全家都藏起来。可能她过去也有某种甩不掉的麻烦吧。"

赛琳娜的事情，现在越来越让人捉摸不透了。也许约翰说得对，她有可能是为了摆脱某个不为人知的麻烦，而选择销声匿迹。但真相到底是什么，罗伯特完全无从猜起。

约翰给书桌吸墨板上的一支水笔盖好笔帽。"总而言之，罗伯特，虽然我已经尽力在找，但目前还没有更多消息，我们暂时还无法找到你妈妈。"

罗伯特坐在椅子上，不安地换了一下姿势："那我现在该怎么办呢？"

约翰叹了口气说："是的，你家里现在就只剩你一个人了。但是呢，我有个提议可以帮你解决这个问题……"

"什么提议，先生？"

约翰笑了，半圆镜片后面那双褐色眼睛亮闪闪的。"请别再叫我'先生'了，罗伯特，我的孩子。你就叫我约翰，或者……"他清了清喉咙，"你可以叫我爸爸，如果你愿意。我们实际上已经是一家人了。这也是我想跟你商量的，我的意思是就是多一个法律操作上的问题，……也就是说……自从你爸爸，可怜的撒迪厄斯去世之后，我一直在考虑该怎么让你开开心心地和我们一起在欧蕨桥生活下去。现在我觉得，对我们大家——对你、莉莉还有我来说，你明白吗？最好的方式就是……就是让我直接收养你。你觉得怎么样呢？"

收养！这个词如一道闪电般突如其来，让他毫无防备，完全没想过。事实上，搬过来后，他还没完全适应生活中的种种变动。而现在则要考虑，如果让这些变动变成永久的……

约翰对他非常好，莉莉也是，事实上，这里每个人都非常好。这座房子也非常漂亮，但是，如果就这样轻易地抛弃了过去，他的人生说不定什么时候就会瓦解坍塌……是不是应该维持生活的原样？那样的做法会不会更稳妥一些呢？

他张开嘴想要说点什么，但约翰抬起一只手说："呃，其实你不必马上决定的。我这次出门的时候，也会再问问律师有关手续的具体情况，以后如果你能决定下来，愿意加入我们这个家庭，我们就可以正式去办手续。"

约翰长舒一口气。看起来他应该已经计划了很久，包括刚刚这番话，可能都已经思来想去很多遍，现在终于得以全部说了出来。

罗伯特努力想回应一两句什么。可是话到了嘴边，就是说不出口。他们面前仿佛有一片沉默的海湾，他不知如何跨越。他非常喜欢教授——和对莉莉的亲近之情不相上下。他们几乎就跟家人一样，但这中间仍然夹着"几乎"一词。仿佛道路上的隆起，仿佛一堵砖墙拦住了他前方的路。

"是这样的，先生。"他说道，但他马上意识到他应该管约翰叫"约翰"，而不是"先生"或者"哈特曼教授"。"不是……我其实心里是愿意的，真的很愿意的。但是，对我来说，我始终觉得爸爸好像还在一样。我真的很感激你们这样为我着想，但就是……"

他不知道还能说点什么，他不想显得粗鲁无礼。一方面，他非常愿意让约翰成为他的父亲，让莉莉成为他的妹妹，但同时，他又觉得这是对自己父亲的背叛。而且，在他内心深处还有个小小的声音在耳畔低语：如果万一我妈妈回来找我，那该怎么办？

他意识到，一想到要成为另外一个家庭的成员，就让他感觉有点不对。他还是更想找回自己曾经的生活，回到他曾经属于的地方。虽然他对赛琳娜多年前抛弃他而且从此音信杳无的行为充满愤怒，但是，只要他还是她的儿子，他就仍然是爸爸的儿子，他不想让爸爸就这样从自己的生活里消失掉。

从目前所知的事实来看，更有可能是母亲在多年以前就已经做出了她的选择，并不想再见到他。他们已是路人，甚至有可能即使最后找到了她，说不定她也不愿意与他相认。但他总得努力试试。他总得知道她为什么离开。给她最后一次改变心意的机会。即使她不想改变心意，至少可以听听她的解释，听她说说她和爸爸相遇的经过，这样他就可以了解更多还没来得及听爸爸说到的来龙去脉，填上那些因为爸爸突然离世而留下的大片空白。他现在的生活，就像是一部失去了齿轮的机械，徒有一个空洞的外壳，还缺少了许多重要的零部件——这叫他该怎么往前走？

不，他还没有放下过去。在他接受约翰的好意之前，他必须先找到妈妈——要一直追查到她最后消失的地点。他可以先从调查钟表店着手。爸爸说过，妈妈能通灵，也许他也可以。如果当时看到的真是一个幽灵——当然，那更可能是他自己的幻觉，不过这也许昭示着汤森钟表店里可能有他需要的什么东西。不管怎样，他今晚就要去探个究竟。约翰那个时候应该已经启程，所有机械人的发条也已松开，而莉莉也睡着了——没有人会发现他出去了。

"我觉得我暂时还不能放弃寻找我妈妈，"他说，"打开另一扇门之前，我需要先关闭一扇门。"他一下子站了起来。当他转身要走开时，他还是回头看了一眼约翰。教授向他笑了笑，但在他半圆的镜片后面，眼神有些伤感。

那天下午，莉莉看到爸爸在房间收拾行李。

"现在就要出发了吗？"她看着爸爸从衣橱中取下衬衣，一件件折起来放进行李箱里。

"必须早点走，"他回答道，"庆典就在四天之后了，时间太紧了。"

看来他还是想要一个人去，莉莉感到十分失望。莉莉朝芒金伸出手，狐狸结实的小脑袋顶着她的手掌蹭来蹭去。"把我们带上一起去吧，"她说道，"有我们帮忙，修复工作会轻松些。"

爸爸本来正在叠着一件衬衫，这时停了下来。"我决定让弹簧船长跟我一起去。他做事最周详。"

"我和罗伯特也很周详。"

"莉莉，我不想跟你理论。没时间了。我得快点了，还要赶飞艇呢。"他干脆不叠了，直接把那件衬衣塞进了行李箱。"再说了，你和罗伯特也没法及时准备好行李一起出发的。"

"我就知道你会这么说，"莉莉说，"所以在你们俩谈话的时候，我就已经为我和罗伯特准备好了一袋行李，什么都备好了，正放在门厅里等你发话呢。你瞧，我做事多周详啊！我用行动证明了我们能够及时准备好的，而且一点都不会麻烦到你。你不能再把我当小孩了啊，爸爸。"

爸爸摇摇头："为什么你就是听不进去呢，莉莉？你不能去，罗伯特也不能去。他还在为他爸爸的事情伤心呢。对你来说，最危险的时候也许已经过去，但是，银鱼或者其他坏蛋，如章朗和梅俊，他们有没有把齿轮之心的事情告诉过别人呢？

我们根本不能确定。毕竟，总有人想要不顾一切地偷走它据为己有，我们必须时刻警惕着那些别有用心的人。"

莉莉帮爸爸盖上行李箱，扣好束带。他为什么总把她当小孩子？过去的一年中，她做了那么多的事情，简直超乎想象，可他却永远视而不见。难道他打算把她藏一辈子？天哪，那可怎么活啊？

她一下倒在床上："我不怕的，爸爸，我们不要再藏来藏去的了！如果天天为了某种危险的可能就吓得魂不守舍，那根本没法享受现实生活的自由了。"

爸爸从床上拿起箱子："事实上，坏人对齿轮之心的觊觎并不只是可能。话说回来，就算只是可能，有人想要你的心脏！这还不危险吗？！现实就是，机械人只被看作财物，改造人根本不被当作人——我可是听说过好几个案子，有人就在大街上公然骚扰那些改造人。"

"我的想法不太一样，"莉莉说，"而且我觉得，您总是低估我的应变能力。"

"也许吧，"爸爸说，"但还是小心为好。我已经决定了的事情，不管你说什么，我也不会改变主意的。"他顿了顿，看着她，"莉莉，有件事我还没告诉你……我问了罗伯特，问他愿不愿意成为我们家永久的一员。等我到了伦敦后，也会再跟律师咨询一下收养事宜。"

莉莉激动地跳了起来。"这真是个好主意！"她说道。不过她想起来，罗伯特最近总是很伤感的样子，她知道，他还在怀念着以前的生活。"但我们是不是应该给他妈妈最后一次机会呢？看她会不会来找他？"

"罗伯特的妈妈抛弃他的时候，就已经做出了选择，我不知道她还会不会回来。"

"人人都有幡然醒悟的可能啊，不是吗？"

"哎，我必须走了，"爸爸说，"不然就赶不上飞艇了。"

不过，约翰看见莉莉露出迷茫的神情，便停住脚步，放下行李箱走到她面前。他扶住莉莉的肩头，注视着她的眼睛。

"罗伯特需要一些独处的时间来考虑他的决定，也需要时间来感受并习惯这个新家。你也需要逐渐适应新生活的变化。我不想给他压力，莉莉，我想让他自己来做出决定。同时，你也要让他感觉到我们欢迎他，让他在这里找到归属感。"

他紧紧拥抱了莉莉一下："我不在家的这段时间里，这就是你的重要任务。你们要同进同出，就把他当你的亲哥哥来对待。"

"就这些吗？"

"就这些。"约翰亲了亲她的额头。

他们一起踏上楼梯的时候，莉莉觉得自己还是很生气。善待罗伯特根本不能算一项任务。无论怎样，她都会对他好的，因为她喜欢他啊。如果他们能跟爸爸一起去伦敦，那才算一场真正的冒险呢。

她讨厌这样被排除在外的感觉。她装作还有别的事的样子，停在楼梯那儿不往前走了，看着爸爸下楼后在门厅里跟锈夫人、嘀嗒小姐、芒金和罗伯特一一道别。

爸爸亲亲罗伯特，与他道别，向机械人们点点头，摸摸芒金的耳朵。他环顾四周，没看见莉莉，才发现莉莉还站在楼梯口。他被莉莉的倔强逗乐了，冲她挥了挥手，致以一个飞吻。

莉莉的心软了，但她还是板住脸，双手抱在胸前，忍住了向他挥手道别的冲动。

她看着爸爸走进门廊，螺帽先生为他拉开前门，他走了出去。

当她跑到观景窗前时，爸爸已经和弹簧船长一起登上了蒸汽车的后座。同时，螺帽先生也在驾驶室就位。开车可不是他日常负责的工作，所以启动引擎多费了些功夫。

芒金悄悄溜到莉莉身旁，跳到窗台上，昂起头，目送蒸汽车沿着绿树成行的车道开向远方。

莉莉抚摸着他的耳朵，凝视着蒸汽车烟囱里冒出的黑烟。突然间，她后悔刚才没去跟爸爸好好道别。她一直努力想做个符合他理想的女儿，但努不努力没什么不同，反正他也从来没注意过。

如果他能够做到不再总把她当作一台有问题的送修机器来看，那么她也许还有机会。他需要放手，不能再这么执拗，最重要的是他必须明白，天底下并不只有他一个人会修东西、会解决问题。

下次他们聊天时，她将想办法证明他的错误。要让他知道，走出欧蕨桥庄园的大门，她也能堂堂正正按自己的心意去生活；

她足够强大，可以照顾自己；她无所畏惧，至少比他更勇敢。

当时罗伯特的爸爸是怎么说的来着？克服恐惧对谁来说都不是件容易的事，罗伯特。必须有一颗勇敢的心，才能在真正的战斗中获胜。

是的，就是这样！虽然爸爸也许会害怕别人对改造人的歧视，但在莉莉内心深处，她明白，只要是她决心做的，她就能完成。

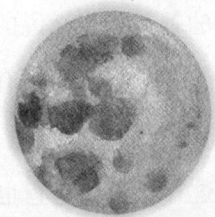

第四章

　　如水的月光唤醒了罗伯特，这正是他特意不拉窗帘的用意。他坐起身来，揉了揉眼睛。月亮坑坑洼洼的脸，正透过窗户往里探看，苍白厚实，像一片切开的水果。星星在月亮后面，闪闪烁烁，仿佛撒开的一把糖粒。月亮的注视让屋内染上一片银色：厚重的木头家具、书、四散的火车模型零件……一切都沐浴在月色之中。

　　虽然这里应有尽有，罗伯特还是一直无法习惯这里的豪华感，也不习惯这里的安静。他住过来的第一晚，就把房里所有的钟表都停下了，它们轻轻的嘀嗒声让他无法忍受。那些声音让他想起爸爸店里那些被大火烧毁的钟表，它们的形状和声音都已经融入了他的身体，像老朋友一样熟悉。再说，他不需要钟表，他天生就与时间为邻。他根据太阳的影子、月亮的弧度，或者星星的位置，都可以知道时刻。

他跳下床，来到窗前，鼻子贴在玻璃上，望向夜空，脑中闪现出一个又一个星座的名字：武仙座、处女座、天秤座、天蝎座、海豚座、天鹰座、蛇夫星座、巨蛇座。他记得爸爸的夏季星图，这些星座他都烂熟于心，根据它们在天空中的位置，估计现在大概是午夜。他该出发了。

罗伯特开始穿衣服，他迅速地提起长裤，套上衬衣和袜子，再系好靴子的鞋带。他停下来，带上了火柴和床边锡烛台上的半截蜡烛。他会等到离开房子的时候再点亮。他不想惊醒隔壁的莉莉，或者引起那些晚上说不定没有松开发条休息的机械人的注意。

爸爸的外套就挂在门背后，自从他来到这里，一直挂在那儿。他取下外套，穿在身上。今晚，他需要它的温暖——天上光秃秃的没什么云朵，像剪光了毛的绵羊，外面一定冷得很。

他扣扣子的时候，闻到衣服衬里上淡淡的烟草味。那是他爸爸的味道。这味道让罗伯特感觉撒迪厄斯好像就在他身边看着他。这样的想法，更加坚定了罗伯特走这一遭的决心。

他拉开门，悄悄溜了出去，走过图书室的入口。里面的书架都被摆满了，新书没有地方摆放，只能一堆堆码在外面。楼梯平台向上的空间很高，墙上挂着鎏金边框的油画。在这些画框之间，重重的橡木门通向许多不同的房间，它们的种种功能和用途，他清醒的时候都很难记得清楚，更别说此时了。在这寂静的深夜，他半梦半醒，心事重重。还好，他不去这些地方，他只是要回家。

他顺着仆人的楼梯间走到地下室，顺着铺着瓷砖的后门走廊来到了厨房。黑暗中，他停下来，点亮了蜡烛。

蜡烛光映出了一张脸。他的心猛地一惊。

是锈夫人，她僵直地坐在木椅子上，旁边是擦洗干净的橡木桌。她的金属眼睛紧闭着，有点脱漆的眉毛紧锁着。身为一个机械人，她一天大约可以运转十六小时，这会儿，她体内的弹簧和发条都松开了，根本不会醒来——要到早晨有人来给她重新上紧发条才行。

即使这样，罗伯特还是不由自主地放轻了脚步，小心翼翼地从她身边经过。她的脸在摇曳的烛光中显得非常逼真，好像只是在沉睡，让人感觉她就是活生生的人，其实罗伯特觉得她差不多也就算是活生生的人了。此刻他真害怕锈夫人会突然睁开眼睛醒来，问他这么鬼鬼祟祟地是要去哪里。

如果真是这样，他就需要找些蹩脚的借口或者做一堆解释，然后就会看到锈夫人一脸失望的表情，还少不了要给约翰拍电报。因为你想啊，如果你收留了别人，并且为他们提供了优越的生活条件，你根本无法想到他们居然还会乘人不备，半夜溜走，回到他们从前的家里去。

但罗伯特也许确实希望有谁能阻止他偷偷趁夜溜走。也许，他需要朋友注意到他失去亲人后的痛苦，也许他需要他们的建议和忠告……因为，他越想越觉得窗户里那张脸是过去的回响，是个信号，也许是店铺里有什么东西与他父母相关，呼唤着他去寻找。而现在约翰又提起了收养的事情，这也许是他最后的机会了。

他打开后门的锁，正要拉开门，背后传来一声咳嗽，简直吓得他魂飞魄散。

他转过身，以为会看到醒来的锈夫人瞪着眼睛看向他，肯定还带着满脸质询和不赞成的神情。但他却意外地看到了另一个人。

莉莉。

她斜靠在储藏室的门框上，穿着她那件长长的绿色外套和步行靴，好像要出门的样子。在她身后，面粉袋和蔬菜篮的阴影中，是芒金的小小身影。芒金打了个呵欠，又打了个小喷嚏，听起来像怀表发条的嘶嘶声。

"大半夜的，你现在是要去哪儿，能告诉我吗？"

"哪儿也不去。"罗伯特回答道。

"骗人。"她走过来，烛光照着她的雀斑脸。

芒金也走了过来。"你是觉得我们傻，不知道你要干什么吗？罗伯特·汤森，你想偷偷溜回你原来的家。"他生气地说道，爪子在厨房的瓷砖地上一通狂挠。

"是又怎样？"罗伯特说。

芒金抽了抽鼻子说："我们想知道为什么。"

"这个我没法告诉你们。"

"你可以告诉我们的。"莉莉捏了捏他的胳膊，芒金则咬住他的鞋带。

"好吧!"罗伯特不再坚持,"我之前跟你说过,我当时好像出现了幻觉。"

"看见了什么?"莉莉问。

"嗯嗯,看见哈?"芒金塞了满嘴鞋带,含糊不清地问道。

"看见窗户后面有一张脸,他眼睛直直地盯着我。我觉得那可能是个幽灵。"

"幽灵!"莉莉瞪大了眼睛,"是谁的幽灵?"

"我觉得那是我爸爸。"罗伯特嘘走芒金,"听起来太诡异了,对吧?我想,你们大概会觉得我是疯了,所以我想偷偷溜回家去看看。去证明我真的不是白日做梦,我也想知道那个幽灵是不是真的……是不是某种征兆。"

"真难以相信,你居然要抛下我们,一个人去寻找幽灵!"莉莉说,"不行,独自行动绝对不行。最好是我们跟你一起去。"

罗伯特斜睨了她一眼。但莉莉毫不理会。

"我们需要带个油灯。"她说着,从厨房碗柜架上取下一只油灯。她从他手里夺过蜡烛,揭开玻璃灯罩,点着灯芯。"现在,"她宣布道,"我们出发,去调查那个幽灵。"

夜色如漆,但星光闪烁,望月银辉灿灿。莉莉骑着车沿着房前车道,直冲向庄园大门,芒金在她旁边一路小跑,罗伯特跟在后面。莉莉这样反客为主,让他很生气,但她就是这样,总是把一切都变成她自己的冒险之旅。他加速蹬了几步，追上了他们。

在黑暗中骑行大约二十分钟后他们才到欧蕨桥村。他们经过一片零星错落的房子，罗伯特能隐约看见远处的河流弯弯曲曲的轮廓。过了欧蕨桥，他们沿着临桥路往前。挂满彩旗的街灯在长长的主街上洒下金色的柔光。当他们跨过草坪靠近他家的时候，他不由微微打了个寒战。

他提了提衬衣领子，不安地看向路对面汤森钟表店的窗户。天太黑了，他没法确定，但他感觉里面没人。

他们把自行车靠在店铺对面的街灯柱上，远处，一只猫头鹰在尖声啼叫。

"这地方什么也没有，"罗伯特喃喃低语，"不管我之前看到的是什么，一定都是我的想象。"

"要想彻底弄清楚，只有一种办法。"芒金支棱起耳朵，蹿到门边，对着门上钉的木条闻来闻去。"我闻不出什么，都是金属烧焦的味道。"

窗户也被木板封住了，狐狸立在后腿上，前爪搭上窗户下沿，从一条窄缝往里面看。"也许有人破门而入了，但里面看起来没有多少折腾过的痕迹。"

"也许我们应该绕到后面看看？"莉莉提议。

他们三个沿着狭窄的过道，走到店铺后面的院子里。绕过黑暗中依稀能看出轮廓的室外厕所和一小堆旧包装箱子，来到后门。门上钉着几张夹板，挡住了章朗和梅俊当初打碎的玻璃。

那个生离死别的夜晚，他们跟踪莉莉而来，放了那把火，杀死了他爸爸。

莉莉在漆黑的阴影中四下摸索，然后抓住了门把手。毫不费力，后门轻轻地朝屋内打开。"我的老天！"她低声说，"门被人撬开过！你看到的不是幽灵，那不是你的想象，罗伯特，确实有人进来过了。"

罗伯特靠在冰冷的砖墙上，剧烈地咳嗽起来。他突然之间丧失了勇气，一想到要走进屋里就全身发软。他记起约翰提到妈妈的时候，猜测她也许是有什么神秘的原因才躲了那么多年。如果她回来，她也许只会悄悄回来。那，房子里面会是妈妈吗？还是别的什么人呢？"我们该怎么办呢？"他问道，"我们不能就这样贸然闯进去。"

"芒金可以先四处嗅嗅，"莉莉说，"如果他惊动了什么，可以迅速溜掉。不管里面是谁，都只会认为他是一只不小心误闯进去的野狐狸。"

"我本来就是一只野狐狸，"芒金说道，"你们还没见识过我野性的一面吧，不过，你们应该感到庆幸，因为一旦我释放出我的野性，那可是凶残无比！"说罢，他就跳进门去，消失在黑暗里。

"里面到处都快塌了，小心地面上的洞！"莉莉在后面轻声叮嘱道，她想起爸爸叮嘱过他们好多遍的各种危险的可能。

一片寂静。夜晚安静得罗伯特甚至能听见自己的心跳……不过，也可能是站在身边的莉莉的心跳。在怦怦的心跳声中，他仔细地分辨，想听出莉莉心跳的嘀嗒声。不一会儿，他倒确实听到了嘀嗒声，却是芒金的。先是听到屋子里传出狐狸身上细小的齿轮转动声，不一会儿，芒金的鼻子从门缝里伸了出来。

"空无一人，"他吠叫着，"我听到几声吱吱嘎嘎的动静，但一定是因为这是座老房子，因为压根没人。有些痕迹表明，有人曾经在这里睡过一两天，然后肯定透过窗户看见你了，罗伯特，被你吓着了，就走了。"

罗伯特的身体一阵战栗。那么，他之前没看错……那张脸是真切的，不是幽灵或者自己的什么幻觉。也许那就是他妈妈，悄悄地回来过了。

"什么样的痕迹？"莉莉问芒金。

芒金正啃咬着自己橘红色皮毛上沾上的木炭灰迹。"哦，你知道的，就那些灰尘上的脚印啊、墙上的划痕啊、护壁板上的手指印什么的。前面卧室的地上好像还用几张纸板和旧毯子拼了一张床。"

"有什么看起来像是故意留下的东西吗？"罗伯特问道。他还在震惊中，猜测那人会不会也在找他。

"我没看出什么。"芒金吸着鼻子说，"你要不自己来看看？如果有什么有重要线索，你们可能看得更清楚一点。"

"你确定我们不会被人发现？"莉莉问。

"我都告诉你了，不是吗？"芒金不耐烦地说，"确实闻到了人类的味道，但此时这里没有人。我查过了。"

"好吧。"莉莉推开门，她手里的灯火摇曳着，光线变弱了。"灯快没油了。"她转向罗伯特说道。

"我们需要多点光线。"罗伯特从夹克中拿出蜡烛和火柴。他的手有些颤抖，火柴划着了，但是火苗飘来晃去的，他试了几次，才终于点着蜡烛，对莉莉点点头。

两人紧张不安地踏入这座损毁严重的房子。罗伯特深吸一口气……那一瞬间，他的过去扑面而来，如黑烟笼罩，透骨入髓。

　　罗伯特和莉莉跟着芒金，穿行在汤森钟表店烧焦的躯壳内。狐狸顺着走廊，轻快地向前跑去，在尘灰上留下他小小的爪印。

　　罗伯特屏住呼吸，和莉莉一起弯腰站在一根塌下的顶梁橡木下。六个月前肆虐的大火，席卷了整座房子，到处都是大火留下的痕迹：霉烂的墙上污迹斑驳，油漆烧烂后像长了疙瘩的油腻皮肤，石膏板破碎飞散，裸露着断裂的板片，像断裂的肋骨。

　　他望着工作室，看见那架坍塌的镜柜，五脏六腑都疼痛起来。当时，他和莉莉就是推着它抵挡章朗和梅俊的。他尽力不去想那个大火之夜在这里发生过的一切，但他做不到。空气中到处都弥漫着潮湿的烟尘色的悲伤和痛苦的回忆。

隔着镜柜的残躯，罗伯特看见了爸爸的工作台，它的框架都在大火中炭化变形了。墙上的工具也烧得无法辨认，只剩下白色的灰烬和扭曲的金属残骸。

"看那儿。"莉莉指着曾经挂过螺丝刀的钩子，现在螺丝刀不见了，只剩下钩子，而且钩子下的地面上，黑色烟尘有新近被剐蹭过的痕迹。"你看那是怎么回事？"

"不知道，"罗伯特嘶声答道，"但看起来不太对劲。像是有人在这间房里搜过一遍。"

他们弯腰钻过门框，沿着走廊走到以前钟表店铺的地方。被砸烂的几个陈列柜倒翻在地上，沉重的收银抽屉扣在柜台上，别的地方倒还好。有时候想想真是不可思议，有些东西经历了大火还能安然无恙，而有些东西却只余残烬。

"看样子，这个屋子也被搜过了。"莉莉弯下腰查看地上几个零星的新鲜脚印，突然，他们听见楼上传来微弱的吱嘎一声。

"什么声音？"罗伯特问。

"我跟你说过——老房子的动静。"芒金抬起鼻子，朝着天花板说，"上面有更多访客的痕迹。你们跟我来，我指给你们看。"

他们三个回到前厅，向上打量着楼梯。眼前一片狼藉，扶手只剩下几节支棱着的秃木桩，楼梯一片漆黑。

"这楼梯还能走人吗？会不会太危险？"莉莉问。

"靠着边走，"芒金建议道，"边上的木头承重好一些。"

他踏着轻巧的脚步走在前面，每一步都绕开了破损的部分。

罗伯特和莉莉在后面小心翼翼地跟着。

莉莉的耳朵里能听到血管怦怦搏动，就像一只发条上过头的怀表在加速走动。她紧紧握住衣兜里的菊石，手掌里石头冰凉的触感让她平静了一些。

罗伯特在咳嗽，他感觉喉咙里面干得扎人。多么熟悉的地方啊，每个角落都让他想起过去的事情。

楼上过道的地板上，如今到处是烧焦的窟窿。他们尽量沿着基本完好的主梁走，绕开破损的地方。他们经过了以前罗伯特和爸爸吃饭的厨房，现在已是一片狼藉，后面是被烧得焦黑的罗伯特的卧室。最后一间是撒迪厄斯曾经的卧室。

几束月光从屋顶的破洞照进来，照亮了破烂的楼板边缘上那副歪倒的铁床架，残存的木板边缘参差不齐，下面黑黢黢的，像是深不见底的深渊。房间里只剩下几处完好的地板，其中一处正好在壁炉炉膛旁，那边的地板上有几堆烧焦的破布。

房间几乎完全毁了。唯一安然无恙的只有铸铁壁炉。罗伯特记得，即便在冬天，爸爸都不会给他自己房里生火取暖。他总是省下煤，用在厨房炉灶上，或者用在儿子房间的壁炉里——那种时候，他就变得很大方。他总是会优先考虑别人的需求，把自己排在后面。

罗伯特的眼睛湿润了——也许有灰尘飘了进去。他抹了一把脸。"咱们走吧，"他说，"这间房里是不会有什么招贼的东西的。"

"等等。"莉莉说。

"怎么了？"

"那堆破布刚才动了一下。"

芒金警觉起来，支棱起耳朵："也许是只老鼠。"

"我觉得比老鼠可大多了。"莉莉说。

狐狸用力抽动鼻子闻了闻："那就肯定是只大田鼠！"

罗伯特举起蜡烛，小心地沿着变形的地板承重梁向前走，眼睛一直盯着那堆乱七八糟的破毯子。

"我没看见什么啊……噢……"

他看着壁炉。有点不对劲，小隔栅和壁炉石头底座上的烟尘似乎被擦拭过，与周围的环境相比，显得格外干净。罗伯特轻手轻脚地踏上那片完整的地板，拿着蜡烛在壁炉内部的下方照了照。

"奇怪，"他说道，"壁炉后的背板被推到边上了，这样应该是为了方便从烟囱爬进爬出。欸，这是工作间不见的那把螺丝刀，就放在隔栅上……"

"这里有什么会需要用到螺丝刀呢？"莉莉抱着双臂，踮着脚尖，顺着烧焦的屋梁，也朝罗伯特那边走了过去。

罗伯特蹲下来，一只手掌扶在隔栅边上，凑过去仔细看了看。螺丝刀上满是灰尘。"不知道为什么，"他说道，"好像这人是用螺丝刀在烟囱里面上上下下都戳了一遍。"

他推了推壁炉后的背板。一阵陈年烟尘如同暴风雪般落下，震得烛光闪烁，忽明忽暗，蜡烛差点熄灭。罗伯特使劲弯腰向前，向上一直看到烟道里面。"好像有个什么东西堵在上面了，不过我得要个更亮的灯，才能看清楚。"

莉莉踩着摇摇晃晃的地板，靠上前来。她手里的灯也快熄灭了，但她尽量把灯举到罗伯特肩上，让他多少能看清楚些。

芒金也走过来，站到梁上。突然，他冲向了那堆破毯子，龇着牙发出低吼声，用鼻子去拱那堆东西。莉莉敢发誓，自己真的看见毯子又动了一下。

"罗……伯特！"她压低嗓子，小声喊道。

"嗯？怎么了？"罗伯特正忙着检查烟囱。他歪着身子，左拉右扯，尽量伸长胳膊往烟道里面探去，灯光下投射出他歪歪扭扭的影子。

"我，我……"莉莉结结巴巴说不出话来，往后退了一步。

芒金颈项上的毛全都支棱起来，龇着牙冲着破布堆厉声吠叫。

罗伯特终于转过身来看看到底怎么回事。

破布堆下面有东西在向上拱动，越来越高，然后突然显现出人形。衬衣、裤子、床单从那东西的肩膀处纷纷滑落，最终现形出来的是个裹着脏毛毯的男人，毯子下面，那张满脸胡须的脸上蒙着泥巴，右脸颊上有一道长长的白色疤痕。

芒金向他猛扑过去，可这个衣衫褴褛的男人闪开了他的攻击，径直朝罗伯特奔去。

罗伯特仓促后退，手里的蜡烛掉落下来，火苗熄灭了。那男人一把掐住了他的喉咙。

烟尘染黑的指甲划破了他的皮肤，瘦骨嶙峋的手拽着他往上拖曳。"啊——啊——啊！"罗伯特大叫，"放开我！"

"老实点！"那男人吼道。

芒金又扑了上去，可那男人一脚就把他踢到一边，然后把罗伯特拖到角落，抵在墙上。

"叫你的狐狸滚开。"他低声怒喝，滚烫的呼吸喷在罗伯特耳边。

"你先放开我。"罗伯特咳呛着，他挣扎着想要摆脱控制，可这个男人把他的气管卡得更紧，他感到呼吸不上来了，难以抑制地发出一阵尖声咳喘。

"叫狐狸滚开，不然你就等着瞧。"男人眼睛放着凶光。

"芒金，退后！"罗伯特呼哧呼哧地说。

芒金停下来，回到莉莉身旁。

"这就对了。"那男人凶狠的声音放松了点，但他始终紧盯着狐狸。

罗伯特指了指门。去找人！他用口型无声地示意莉莉。

莉莉尽力控制住脸上的表情。她几乎不可见地微微点头示意，慢慢朝边上移动，沿着主梁往后退。

"都别动！"那男人把罗伯特抓得更紧，跳过地板上烧出的豁口，挡住莉莉的去路。这次他向莉莉冲了过去。

芒金咬住他的靴子，在他的两脚之间用力撞来撞去。

莉莉跳到旁边，抢先占到一块结实些的楼板。那人想要跟上莉莉，拽着罗伯特跌跌撞撞地向前走，但是他太重了，咔——嚓——他脚下的楼板突然一声响。

他停住脚步往下看去。"见鬼！"他气急败坏地喊道，把罗伯特拽过来紧紧挡在他的胸前。

突然之间，整个地板瞬间松了，楼板噼里啪啦，纷纷碎裂飞迸，彻底坍塌。莉莉和芒金在最后关头一跃而起，跳到了安全的走廊上。但是，那人扯住罗伯特一起，从豁口翻滚下去，随后，床架、烟尘和石膏板砰嗵一阵狂响，全都跟着落了下去。

楼板坍塌下去的时候，罗伯特耳边先是一阵噼里啪啦地乱响，紧接着一声轰隆巨响，他感觉好像被人用重锤敲了一下自己的脑袋。当乱纷纷的尘土灰烟落地，他才看清了周围。

这是家里的小储藏间。以前沿着墙边是一排木架，上面曾经摆满各种装置和钟表，但现在只剩下一点残骸。楼上的床和楼板就落在他身边，满地狼藉。他抬头向上望去。

上面的那层楼板完全垮了，他掉下来的那个洞现在几乎就跟房间本身一样大，木板断裂后参差的木刺从房间边缘伸向中心，有两张小脸正扒着木板边缘往下看，中间还放了一盏油灯。一个小脑袋上垂着红色的头发，另一个小脑袋上有着炭黑色的眼睛、脏乎乎的耳朵和毛茸茸的橘色嘴巴。

莉莉把灯高高举起，手有些颤抖，油灯咔嗒直响。

"你还好吗？"她大声喊。

罗伯特想要回答，但他说不出话来。他拍拍身体各处，发现自己仍然四肢俱全。好像没有哪里摔坏；其实，他摔下时，感觉自己落到了什么软软的东西上。

他立刻意识到，是那个男人。

罗伯特正躺在那人胸前。他们落下来的时候，一定是在空中上下扭转了，所以那人反而首先落地，正好被压在底下。他翻身下来，那人没有反应。

他站起来，先把储藏间的门拉了几下。但是门上了锁。也许，他可以踩着剩下的储物架和床架子当梯子爬上去和朋友们会合，但是那应该会颇有难度，而且楼板垮塌后四周留下的这些尖锐木板茬也不好对付。

他清清嗓子，声音仍然有些嘶哑："我出不去！"

"那个人怎么样？"莉莉冲着楼下喊道。

罗伯特用脚推了推那个人，顿时有一股混合着汗味的臭气飘上来，简直要把他熏昏。但那人还是一动不动。"他晕过去了，"罗伯特对着上面大声说，"快去叫个警察或者什么人过来帮忙，得快点，他说不定一会儿就醒了。"

莉莉点点头。"我先下来试试。"她带着芒金和那盏油灯从楼板坍塌的边缘上消失了。罗伯特听见他们走在楼梯上的脚步声，不一会儿，他前面的门吱嘎响了起来，是莉莉想从外面把门打开。

"烧化的锁罩堵在钥匙孔里了，我从外面也弄不开！"

"哦，从这边看锁倒是还好呢。"罗伯特说。"那你快去找人吧！"他恳求道，"快点啊！"

"好的。"她大声回了一句。接着罗伯特就听见她和芒金吱吱嘎嘎的脚步声走出了这座房子。

黑黢黢的储藏室里，现在只剩下罗伯特一个人，守着这个昏迷不醒的危险分子。

时间慢慢过去，可能只过了几分钟，也可能好几小时过去了。房里唯一的光亮是从屋顶的破洞里漏进来的月光。罗伯特尽量离那人远一点，抱着腿坐在角落里，心里有点害怕。他闭上眼睛试着深呼吸，想要平静一下。

"这是在哪儿，小子？"那人低沉的声音突然出现在他耳畔。他居然已经醒了！罗伯特完全没听见，更没注意到他什么时候过来的！

"我们从楼板上掉下来了。"罗伯特努力稳住声音不要颤抖，尽力显得镇定勇敢一点。"这房间被锁死了。莉莉马上就带人过来了。"

"哦，她叫莉莉是吗？"

"是。的。"罗伯特一字一顿，硬邦邦得像子弹。但他心里万分懊悔，自己怎么一下就把她的名字泄露出去了。"等她带警察回来，你就完了，这可是非法侵入，我们到时候再看你到底会怎样。"

这个男人放声大笑起来。那刺耳的笑声让罗伯特咬紧了牙关。"那我可不会傻等在这儿，小子！"他神秘地凑了过来，呼气吸气都喷到罗伯特脸上。

"你还是没猜到我是谁，是吧？"

"呃……不知道。"罗伯特摇摇头，满眼恐惧地看着那人意味深长地抚过他脸颊上的伤疤。

"要不要来个提示？啊，不过你很快就会知道了。"他踱进对面月光照不到的角落，罗伯特听见他晃了晃门把手。

"他们回来之前你是打不开门的，"罗伯特不知哪来的勇气，开口说道，"这是撒迪厄斯·汤森造的锁，非常——"

"结实！"那人帮他说完最后一个词。"你知道你在跟谁说话吗？天下没有我打不开的锁，小子！咱们先来点儿光吧？"他擦燃一根火柴，火光下他咧嘴一笑。他举着火柴凑近锁头看了一下，火柴就熄灭了。

"你到这儿来干什么？"罗伯特问。

"找一件属于我的东西。"那人恨恨地说道。"被人偷走的东西。"他嘶嘶出声，"我会找到赛琳娜这个叛徒的，一定会让她后悔当初背叛了我。"

罗伯特感到震惊不已。这人说的是他妈妈！那一瞬，他庆幸屋里只有月光，黑暗掩盖了他诧异的表情。

那人又划亮了一根火柴，仔细观察门锁。火焰慢慢地燃到了他的手指尖上，他若无其事地把火柴插进钥匙孔捻灭了。然后，罗伯特听到锁内响起了弹子的咔嗒声。

那人微笑着，摇摇握在手中的火柴盒，再张开手指时，掌中空空。火柴盒已经凭空消失。

罗伯特这才意识到，那些火柴是他的。那人应该就是从他这里拿走的，而他竟一点感觉都没有。这怎么可能啊？

罗伯特赶紧把手插进衣袋里。火柴盒果然不翼而飞。但是，他摸到口袋里多了一样东西——一张卷角的扑克牌。

他抽出纸牌，翻过来在幽暗光线里定睛看去。一张钻石J。

他心里一惊。"你是杰克·德沃。"他惊呼道，"那个著名的逃脱大师！"

杰克大笑："啊，终于猜到啦！就靠几把锁可拦不住我！"他从已经敞开的门走了出去，双臂一展，弯腰行礼致意，就像魔术师结束了一场表演。他顿了顿，似乎在等候某种被人认可的反映，比如，来自观众的掌声。而罗伯特意识到，那个观众就是他。

"好吧，小家伙，"杰克·德沃说道，"很高兴遇到你，可我现在得走了。我还要回来的，所以呢，如果你珍惜生命，就不要把我的事情告诉任何人！"

不等罗伯特回应，他径直走出门去，很快消失不见，只留

下月下影影绰绰的影子。

　　罗伯特跌跌撞撞地走出了黑洞洞敞开的房门。店铺一楼的走廊空荡荡的——杰克已经消失地无影无踪。他低头看着在手中颤动的纸牌。钻石杰克。他到底在找什么？他真的认识赛琳娜？哈特曼教授之前猜测，罗伯特的妈妈也许是为了摆脱麻烦而离开，比如，为了摆脱这位臭名昭著的罪犯杰克·德沃？但是，如果杰克还在找赛琳娜，这是否意味着，她其实还活着，而且很可能就藏在英格兰的某处？

　　罗伯特感觉自己像是松了一口气。他也不清楚自己的猜测是否正确，但所有这些奇思异想似乎还能自圆其说……目前，杰克·德沃显然还不知道赛琳娜的下落，可她到底偷了他什么东西？如果杰克找到了她，又会对她做出什么事？罗伯特双膝颤抖——根据那家伙可怕的名声来看，他敢肯定，那后果一定很恐怖。

　　这时，他想起报纸上那篇文章提到过，杰克是十五年前作为血月钻石盗窃案的主谋，被判处了终身监禁。难道杰克是在找那颗血月钻石？是赛琳娜从他那里偷走了钻石？不可能吧？他妈妈手里不可能藏得住这样一颗无价之宝呀。而且，为什么杰克会觉得她可能一直把宝贝藏在汤森钟表店里面？

　　但是，一切都已被那场大火吞噬……不过当时发现杰克的时候，他还在房子里四下搜寻。当时，他一定是躲在撒迪厄斯的房间，想等他们走了再出来，结果芒金却碰巧一脚绊在他身上。所有这些都说明，他要找的东西有可能还在那儿……

罗伯特想起了烟囱上面卡着的那个东西。

他小心翼翼地回到楼上。那个坍塌的大洞几乎横贯整个房间的地板，只有中间一根横梁还保存完好，但是月光下看得不太真切。他只能一寸一寸沿着横梁往前挪动，再次回到了壁炉前。

他蹲下身，手探进壁炉里，顺着铸铁后壁板，向上摸向烟囱深处。里面的烟道很窄，成年男人的手肯定探不进去，即便是精通柔术的杰克也不可能。但罗伯特的手小得多，他可以。

他尽力伸长手指向上够，真的触到了一样东西。

摸着毛茸茸的，满是灰尘，感觉有些地方已经朽坏了。会不会只是一只死鸟？罗伯特又用指尖摩挲一遍。他能感觉到这东西被他推了几下，已经松动了，还前后晃动了几下。他先缩回手，再猛地一顶，把那东西用力推了一下。

随着一大堆密集的煤尘，那东西从烟囱中掉了下来。无数烟尘直扑罗伯特的鼻子，呛得他直打喷嚏。那件东西落在他脚边，他弯腰捡了起来。

是个灰布裹着的小包袱，看上去像是已经在烟囱里藏了好些年头了，但是在这间破败的屋子里，有周围各种被烧得乌黑的东西对比着，反而显得挺干净了。

他急忙打开包袱，里面有个破旧的信封。泛黄的信封上面，用黑色墨水写着几个潦草的字：女王新月。

信封里还有个沉甸甸的异形物件，他倒出来，用袖子擦擦它的表面。它在手中闪闪发光。这不是他心里猜测的血月钻石，而是一件新月形的银质项坠。

月亮项坠的正面是个男人的侧像，周边镶嵌着象牙，侧像的鼻子圆圆鼓鼓的，就像小丑潘趣，笑起来的表情有点像杰克。在人像头部上方有个孔眼，穿着一条长链，让这个月亮项坠可以挂在脖子上。罗伯特把它翻过面来。背面一枚红色宝石熠熠生辉，镶嵌在纺锤型纤长树形的图案中。在图案之下刻着字。借着月光，他仔细地观察，似乎是外国文字，完全看不懂，后面还刻有一个小小的三角形：

fmqzw uofhvlxvcwn△

"这就是你要找的东西吗，杰克？"罗伯特摩挲着项坠，自言自语地说道，"现在它在我手里了。"

一阵急促的脚步声从楼梯那边传来，打断了他的思绪。他跳起身来，低头把项坠挂到自己脖子上。项坠在胸前晃来荡去，冰凉凉的。他匆忙扣上衬衫领，遮掩住它闪闪的银光，这时一个人影已经吱吱嘎嘎地走了进来。

"罗伯特？"一个轻柔声音叫着他的名字。

他松了一口气，不是杰克，是莉莉，后面还跟着芒金和锈夫人。

"我的煎锅和煮鱼盆啊！"锈夫人惊叹一声，"谢天谢地，我们终于找到你了！"

"我们以为你还被锁在储藏室呢，"莉莉喊道，"可我们去那儿一看，居然没人了。你是怎么逃出来的？"

"那个人把锁给撬开了。"罗伯特大声回答道。

"幸亏我们带着帮手来了，"芒金咆哮起来，"他现在在哪儿？"

"他跑了。"

"算他走运。"莉莉使劲挥挥手。"我刚刚飞快地骑车回了家！现在，螺帽先生就在外面的蒸汽车里等着呢。"她望了望四周。"他去哪里了？"

"凭空消失了。"罗伯特沿着横梁慢慢地朝他们那边挪过去。"这显然是属于他的特长！"他走到莉莉身边，抽出那张钻石J，在她面前一晃。

莉莉睁大了眼睛。"简直难以置信！"她低声说，"是杰克·德沃？这是他给你的？"

"不算是给的吧，"罗伯特回答道，"他从我身上摸走火柴的时候，在我口袋里留下了这张牌。"

"我的纺车和调味架啊！"锈夫人喃喃地说，"所以这个人可以随便偷光任何人的东西都不会被发现！"

"噢，说什么呢！"芒金说，"我才不信呢！"

莉莉把纸牌还给他："他当时是在找什么东西，对吧，罗伯特？可能就是藏在那个烟囱里的东西？"

"不知道他找到了没有？"芒金思索着说。

罗伯特摸了摸衣领。月亮项坠就在里面，紧紧贴着他的胸骨，悬在衬衣和皮肤之间，冰冰的、弯弯的，一道弧线。

"我猜，"他说，"他应该没找到。"

　　半梦半醒之间，罗伯特跌跌撞撞地穿过几扇门。一张被月色染上银边的钻石J纸牌飘在他面前，火焰般发着光。他伸长双臂，向前追去，眼看要够着的时候，它却飘走了，脚下的地面突然坍塌。一下让他摔回了现实，在床上惊坐起来，外面阳光明媚，天空蔚蓝。

　　他又躺了一会儿，努力让呼吸平复下来。光线透过窗帘流泻进来。现在已经正午了。他感到有个奇怪形状的东西压在他胸口。他起身坐起，那东西在胸前左右滑动。哦，是月亮项坠！在他皮肤上压出了一个红色的新月形印痕。

　　好吧，现在他都想起来了……当时莉莉和机械人带他回了欧蕨桥。回来后，锈夫人还做了牛奶甜酒，莉莉和芒金一直陪着他，看他感觉好点没——大概是清晨五点钟的时候，他们都被撵去睡觉了。

有人在敲门。

"进来。"他大声说，把床单向上拽拽，遮住胸前的月亮项坠。

嘀嗒小姐端着一罐子热气腾腾的水进来。

"终于醒了，小坏蛋？"她责怪道，一边把水倒进洗脸台上的脸盆里，"看你干的那些事情，我真该给你几个耳光。我们昨晚担心死了……你怎么能跟莉莉两个偷偷地跑出去呢？还惹到那样危险的事情！还从楼上摔下去，弄得浑身都是灰尘！"

"对不起。"罗伯特嘟囔着说。

"对不起？这次对不起在我这儿不管用啊！"嘀嗒小姐叹了口气，拾起地上的脏衣服。她脸上一副生气的样子，但罗伯特能看出她是在担心他。

"上帝保佑我的支架们！"过了一会儿，她说，"我生气极了。不是气别的，我们真是担心坏了。你差点就死了！"

"我现在没事儿了，真的。"

"真是发条保佑！"她把他所有的脏衣物都抱起来，"我先把这些衣服拿去洗，等你穿好衣服，把鞋子放到门外。我待会儿拿去刷。"

"好的，谢谢。"

她走后，罗伯特起身下床，小心翼翼地用手指尖试了试洗脸水的温度——跟她的唠叨一样滚烫！他拿起床边的水罐兑了些凉水，在手中打了些香皂，开始洗脸。

他洗完后从毛巾架上取下毛巾来擦干，洁白蓬松的毛巾上留下几道黑乎乎的烟尘印子。梳洗完毕，他注视着盥洗台圆镜中的自己。一缕午后的阳光照得胸前银色的月亮项坠闪闪发亮。

罗伯特来回摆弄着项坠，手指缠着链子，很是焦虑。他是在汤森钟表店的烟囱里找到这东西的，可它又是从何而来呢？而且眼下最让人放心不下的是，万一杰克还在继续寻找它，万一他顺着线索一路摸到罗伯特现在的住处来呢？罗伯特知道，这个前景可是十分不妙。

他松开手，项坠重重地落在他胸骨上，冰冰凉凉的，让他不由浑身一激灵，像石头落入水中，散开层层涟漪，一股寒意传遍了全身。

突然之间，他觉得这东西真是让人不堪重负。他把它取下来，放在床上。这镶嵌着象牙的银色项坠，在蓝色床罩的映衬下，恰似一轮新月。

项坠上这个侧像似乎在嘲笑他。人像的嘴巴上面，他之前以为是凹陷脸颊的部分，其实是撞出来的坑。这么看来，这张脸简直就跟真的月亮一样。

突然，罗伯特触摸到月亮人的鼻子下面有个小小的暗扣。他屏住呼吸，轻轻碰了一下，本以为不会有什么反应的。没想到，手上咔嗒一响——项坠轻松从中间打开了，里面有个小隔层，装着一张细小的人物画，色彩鲜艳，画幅只有他的大拇指那么大。

罗伯特仔细端详，低声倒抽一口气。

小像上有个小婴孩，深色的鬈发，浅褐色的眼睛——就跟罗伯特的眼睛一样，他被一个女人抱在怀中。在她身旁，站着一个年轻男人，他的手臂搂着女人的肩头，呵护着她。他看上去很快乐。为了能恰好嵌入这个新月形的盒子里，他的人像被剪切掉了一点点，但罗伯特一看就知道，毫无疑问，这就是撒迪厄斯，这幅画很有可能就是爸爸亲手画的。这个小婴儿就是他自己。而这个女人一定就是他的母亲，赛琳娜·汤森。

他顿时感到非常开心。原来这个月亮项坠是妈妈的。

这是关于妈妈的一条新线索。可它是被谁放进壁炉里的呢？他爸爸？如果是爸爸放的，这到底意味着他是打算在将来的某一天送给罗伯特，还是打算永远也不让他看到呢？这情况可比他一开始想象的要复杂。

他不想再自寻烦恼，于是合上了坠盒，翻过来再次细看它的背面。那棵没有叶子的树，在白天看得更加清晰。树矗立在一处用波浪形的线条勾出的山坡上，树身主干上生发出很多枝干。那颗红色的石头嵌在最上面的枝头上。还有下面那两个奇怪的外国单词：

fmqzw uofhvlxvcwn ◁

这到底是什么意思？罗伯特用手指触摸着这些字母。字母是突起的，像小小的青春痘，触手冰凉。把手指挪开后，他发现项坠表面有一点点油污的印迹，他把项坠翻转过来，在衣袖上蹭了蹭。擦干净的那个地方，有个十字形，十字上面有个小箭头，还有个表示北方的大写的字母"N"。这都是他昨夜没有注意到的。

他立刻意识到，这幅画应该是一张地图。一张杰克拼命要弄到手的地图。也许，赛琳娜知道这画上标记的地方是哪里？

罗伯特感觉一阵头晕目眩。他现在简直不知道到底哪种可能性更糟糕，是他再一次撞见杰克更危险，还是杰克可能伤害赛琳娜更可怕？但他意识到，无论如何，他必须尽快找到妈妈，问问这个项坠的事情，还得告诉她，要小心杰克。虽然赛琳娜也许什么也不知道，但她是罗伯特目前在这世上唯一的血脉至亲。罗伯特突然感到一股强烈的责任感，他一定要保护妈妈免受伤害。

他把之前装项坠的那个信封取出，仔细地再次查看。

女王新月

这两个词语，是否也是整个谜团的一部分呢？跟坠盒上的外文有关联吗？如果是这样，会是什么样的联系呢？

正当他思考这些问题的时候，莉莉和芒金急急忙忙地跑了进来。

"早上好！"莉莉大声叫道，"或者该说下午好？我得说，你现在看起来气色可好多了！"她在床头坐下。芒金跳到她身旁，在床罩上踩出好几个泥巴脚印。狐狸轻巧地走过来，砂纸般的舌头在罗伯特脸上胡乱舔着。罗伯特伸手在摇来摆去的狐狸尾巴下面，抓住了月亮项坠，递给莉莉。

莉莉不由得吃惊地张大了嘴。她冲着光举起坠盒，难以置信地盯着看。"真漂亮！这是什么？"

"很珍贵的东西。"罗伯特说，"昨晚你们去找帮手的时候，我在店铺里找到的。就藏在爸爸房间的烟囱里面。我认为，杰克就是在找这东西。当时藏在这个信封里。"

"女王新月。"莉莉念出声来，"那么，你觉得这是女王的东西吗？"

"不，我认为这是我妈妈的。"

莉莉打开坠盒，打量着里面的相片："这张照片不完整呀。"

"是的，"罗伯特说，"但我记得那张脸。我肯定，这就是她。那个搂着她的人是爸爸，她怀里抱着的就是我。"

"你怎么确定呢？"芒金问道。

罗伯特抿紧嘴唇："基于两个事实。一是这幅画是我爸爸画的；二是我妈妈的名字叫赛琳娜。"

"所以？"莉莉问。

"赛琳娜这个名字来自 selene 这个词，"罗伯特解释道，"在拉丁文中，就是月亮的意思。她如果有个坠盒，就应该是月亮形状的，你觉得呢？"

莉莉扣上坠盒，捏住盒子两端，翻过来看了看："这后面刻着的东西，还有这两个词，是什么意思呢？"

"一开始，我以为是一棵树或者一条河的装饰图案，"罗伯特说，"后来我看见上角有个指南针，我才意识到，那一定是张地图。"

芒金凑过来，用鼻子抵着坠盒："这两个词一定是关键，但不是来自任何一门我懂的语言。"

"也许这是一套密码？"莉莉用手指指着那行字说，"问题是，它们被边缘线切掉了一部分，还有地图的线条也断了。这颗钻石形状的红色宝石——有可能就像一个 X，标志着地点……"她晃晃身子，端坐起来，"对啦！这一定是找到血月钻石的地图。这就是杰克为什么要去找这个项坠的原因，他想找回他最重要的宝贝！"

"你真的这么认为？"罗伯特的脉搏加快了，他喜出望外。

"当然啊，"莉莉说，"要不然他怎么会去那儿？虽然我不明白为什么地图会在赛琳娜手里，也不明白为什么地图会被藏在你爸爸店铺的烟囱里……"

正说着，一阵敲门声打断了她，莉莉把项链递还给他。罗伯特把它套到脖子上，迅速地塞在衬衣领子下，芒金也从床上跳了下来。

"进来。"一切妥当后，他大声说道。门开了，是嘀嗒小姐。

"我的天啊！"她步履沉重地走进来，嘟囔着说，"从来没有过的呀，居然有两位先生要见你们，罗伯特少爷，莉莉小姐！

警察——千真万确,警察!他们正在客厅等你们呢。"

她递给莉莉一张名片。

"费斯克探长,"莉莉皱着眉头,念着名片上的信息,"重案组,苏格兰场。"为什么觉得那个警察的名字这么熟悉?她抿着嘴想了想。对了,安娜的新闻报道里面提到过的那个警官。

罗伯特不禁颤抖了一下,因为他立刻想起了章朗和梅俊。为了得到莉莉的齿轮之心,这两个坏蛋就曾多次装成警察。杰克·德沃看起来也是老奸巨猾的样子,他该不会光天化日之下找到这里来吧?说他就是要抓自己的人?这种做戏的程度也太夸张了吧?

"你确信他们是警察吗?"他问嘀嗒小姐。

"其中一个穿的是警服。"她回答道,"你感觉好些了吗,能有力气出去见他们吗,罗伯特少爷?要不我就让莉莉小姐一个人去?你的脸色看起来还是很苍白。"

"我没事儿。"罗伯特拿起他的短外套。只有一个办法能弄清楚。

"那我去回复他们,说你们两个马上就下去?"

"我们三个!"芒金说道。

"好的。"嘀嗒小姐说着走出了房门。

罗伯特打起精神。他还没想好该不该去调查月亮项坠背后的事情,他也没有多少时间来考虑。

他伸手去摸挂在胸前的项坠。"目前看来,"他告诉莉莉和芒金，"我觉得我们应该保守这个秘密。"

"听你的。"莉莉说道。

"你说了算。"芒金跟着说道。

两位警官正坐在客厅沙发上，享用着茶水和锈夫人烤制的杏仁薄饼干，薄饼干就摆在咖啡桌上，旁边放着一个马尼拉纸文件袋。莉莉、罗伯特和芒金走进客厅，他们放下杯子站了起来。

第一位警官，身材高大，气宇轩昂，长长的白胡须，他没穿警服，而是身着一套朴素的灰色粗花呢西装。莉莉敢肯定，这位就是费斯克警官。他身旁还有一位，除了上唇精致的八字胡，其他地方刮得干干净净。他身着蓝色的警官制服，头戴巡区警察的圆顶硬盖帽，上面镶着星星皇冠的银质警徽。她注意到他皮带上挂了警棍、警哨和一副手铐。

"啊，你们来了，年轻的绅士和小姐。"留着胡子、穿着粗花呢西装的男人说。

"还有……啊……这位狐狸！"另一位警官注意到了芒金，赶紧补充道。

"机械狐。"芒金纠正了一下。

"你们是来逮捕我们的吗？难道是因为昨天回我自己家的时候，我们是破门而入的？"罗伯特问道。

"我们是来调查杰克·德沃的案子的。"穿粗花呢衣服的男人走上前来，与罗伯特和莉莉——握手，"我是伦敦警察厅苏格兰场的费斯克探长，希望你们能够跟我们讲一下你们之前遇到那个逃犯的经过，我将万分感激，我这位同事将会给你们做笔录。詹金斯，可以吗？"

"好的，先生。"詹金斯警员从身上掏出便笺本和铅笔。

"请尽量讲得详细一些，只要是你们看到过的，无论觉得多么细微或者无关紧要，都请告诉我们，"探长接着说，"因为这对我们的调查有可能至关重要。我们需要尽可能了解这个嫌疑人。他非常危险，你们能够安然无恙地回来，真的很幸运。"

费斯克探长回到他的座位，端起自己的茶杯。詹金斯警官在他身旁坐下来，握着铅笔，做好了准备。

"你们怎么知道我们见过杰克？"莉莉问，和罗伯特一道在两位警官对面的座位上坐下。芒金跳到她腿上，她抚摸着小狐狸的耳朵。

"你们的父亲给我拍了电报。"费斯克翘起二郎腿，倾身向前，伸手拿过他的马尼拉纸文件袋。

"他不是我的父亲，"罗伯特打断他的话，"我爸爸是撒迪厄斯·汤森。"

探长点点头："好，当然。抱歉，我刚才是说哈特曼教授。"

"今天一大早，家里的机械人给他拍了电报，"詹金斯解释说，"他担心你们的安全，就问我们是否能来一趟看看你们的情况。我们立刻就从伦敦出发来这里了。"

探长好像被呛到了的样子，咳了几声，假装翻看着他文件袋里的笔记。莉莉看出，他不喜欢被人打断话头。"你们说你们是在那座烧毁的房子——汤森钟表店里，看见德沃先生的？到底发生了什么？"

"我们跟他拉扯起来，"莉莉解释道，"他和罗伯特从楼板上掉下去了……"

"后来他撬锁逃跑了。"罗伯特接着说道。

"哦，是这样吗？"探长将信将疑地翻阅着他手里的记录。

罗伯特有些生气了，"我讲的是实话，事实就是这样！"他说道。

"他会逃脱术，"莉莉说，"你要是不相信我们，可以亲自到店铺里去看看。"

"哦，我们当然相信你们。"探长冲着正忙着在便笺纸上做记录的詹金斯警官挥了挥手，继续说道，"我们只是想核实每个细节。德沃先生越狱之后，很多人都谎称见到过他，由于目前这笔悬赏金之类的缘故，你们知道我们见过多少编故事的人吗？一开始，我觉得你们可能也是这种情况，"他接着说道，"但是，当我考虑到……一些相关信息，我有理由相信，你们的经历也许是真的。"

罗伯特不安地在座位上挪来挪去："什么相关信息？"

"有关德沃一家的信息。"探长语气神秘，他又向前探了探身子，"你们有没有想过，为什么杰克会大老远来欧蕨桥，闯到一家烧毁的店铺里面去？他要找谁？或者说他要找什么东西？"

"很显然，"莉莉说，"他在找血月钻石。"

"不，"探长更正说，"我们认为他在找赛琳娜·汤森。罗伯特，就是你妈妈。但是我们掌握的线索太少，不知道该怎么继续开展调查。"

"我还很小的时候，她就离开了。"罗伯特说，"自那以后，我就再没见过她。"

"我也听说了，"探长表情严肃，"哈特曼教授告诉我，你父亲去世后，他一直在寻找她。他还在报纸上登了寻人启事，但没有任何消息。"

"确实如此。"莉莉说。

"不知你是否会碰巧知道你母亲的娘家姓？就是她结婚之前的姓？"

罗伯特摇摇头："这重要吗？"

"也许。如果我们之前猜得没错。"探长随手扯掉裤子上的一个线头。罗伯特可以看出，探长没有说出全部实情。他突然间觉得，自己一点也不喜欢这个探长。赛琳娜是他的妈妈，他有权利了解警察所知道的关于她的一切。一个决定突如其来，斩钉截铁。他决定，除非绝对必要，他不会把他找到月亮项坠的事情告诉探长。

"如果你发现了任何与我母亲相关的线索，"他非常直接地说道，"一定要告诉我。"

"当然，"探长从文件夹中抽出一张纸，卷成了纸筒，"我小的时候，特别喜欢杂耍。你们俩熟悉歌舞杂耍表演吗？"

罗伯特摇摇头。

"就是马戏团的穿插表演什么的，"莉莉说，"比如，小品、魔术这一类的表演。"

"对极了！"探长说，"那时候每看一场表演，我都把入场券收集起来。其中有一张，我尤其喜欢。"说着他展开那张纸给他们看。

罗伯特睁大了眼睛。这是一种老旧的剧院海报，上面印着一家人的照片：男人、女人、儿子和女儿——每个人都穿着独特的舞台戏装。他们头顶上，印着一个卷轴状的标题，上面写着：

德沃家庭表演
杰出的通灵者和技艺高超的逃脱术大师

"我想，你一定认出了他。"探长轻轻点着那个父亲说，"这是你们看到的那个人吗？"

"是的。"他们异口同声地回答道。这确实就是杰克。

"只是，我们见到他的时候，他更老更矮胖一些，胡子拉碴，衣冠不整。"芒金补充道。

"啊，要知道，十五年的牢狱生活会让人有不小的变化。"
詹金斯警官说。

警长指着另一位家庭成员说："这位女士你认识吗？你见过
她吗，罗伯特？如果你曾经见过，也肯定是多年以前了。"

"哦，那不是杰克的夫人吗！"莉莉大声说道，"她的名字
叫阿特米希亚·德沃。她是一位著名的灵媒，杰克在一次剧院
表演中遇到了她。"

"你说这个小个子是什么来着？"芒金用鼻子推了推那张
海报。

"灵媒，意思是说她可以跟幽灵和鬼魂沟通。"莉莉解释道。

"哦。"

罗伯特越来越觉得不可思议。"这是在哪里？"他问探长。

"请先回答我的问题。"探长说。

于是，他仔细打量这个女人的面庞："从来没见过她。"

"我也就是问问。她十年前已经去世了。我只是想……万一
呢……"探长把手指移到杰克和阿特米希亚前面的两个小孩身
上，"我对他们的这两个孩子更有兴趣，你遇到过这位吗？他们
的儿子，芬洛。"

罗伯特摇摇头。

"那他们的女儿赛琳娜呢？"

罗伯特屏住呼吸。

"仔细看看，"探长把海报递给他说，"你认得她吗？"

罗伯特端详着，海报上，女孩的脸染了油墨，黑乎乎的，

但可以看出，她简直就是坠盒中家庭照片上那个女人的年轻版，那个他铭记在心的人。

"哦，"他轻声喃喃地说，"这是我妈妈。"

第七章

　　罗伯特的脸变得苍白，表情惊骇。莉莉明白他的感受——那一瞬间真可怕，当你突然发现自己身上有这样一个秘密，一个像种子一样被深埋多年的秘密，突然在眼前破土而出。

　　探长点了点头："我估计也是，我就是想确定一下。我们认为你妈妈，赛琳娜，如今仍然还在登台演出。虽然她跟杰克或者芬洛都断绝了联系，但是我们有理由相信，她眼下就在伦敦。"

　　"为什么？"莉莉问。

　　"这个我恐怕不能告诉你，你们就把它当作是我的强烈预感吧。"

　　詹金斯警官正在他的笔记本上写着什么。

　　"这个可以给我吗？"罗伯特问道，手里紧紧攥着德沃一家的演出海报。

"当然可以。"探长说。

"谢谢你。"罗伯特把海报放到口袋里。忽然,他想起什么。"如果我妈妈是杰克的女儿,那么……"他说,"这样,我就是……"

"他的外孙。"探长重新坐端正,理了理裤子上的褶皱,"还有一件事可以告诉你,罗伯特……杰克偷走血月钻石的时候,赛琳娜只比你大几岁,当时是她去警局告发了她的父亲。但是那颗宝石再也没有找到。"探长说道,"我们认为是杰克的妻子,阿特米希亚·德沃,在她在世的时候把钻石藏起来了。估计德沃先生怀疑赛琳娜手里有钻石地点的线索。"

"什么样的线索?"罗伯特问道。

探长摇了摇头:"这个我们也不知道。遗憾的是,我们在店铺里并没有什么新发现,无法推断出杰克下一步的行动方向。非常遗憾。"他若有所思地摸着下巴上的胡子,"如果你们还知道什么,或者拿到了什么东西,请你们务必告诉我们。比如,他有没有留下什么?"

莉莉摇摇头。

"你呢,罗伯特?"探长问道。

罗伯特立即想起了他脖子上挂着的月亮项坠,这一定是探长所说的线索——它是血月钻石藏宝地点的地图。

他抬手抚弄着衬衣扣子,手底那颗项坠上凸起的花纹触感清晰。他该不该讲出来?可是他不想就这样把它交出去。不,现在还不想。这毕竟是妈妈留下的——也许她也曾经这样把它贴身戴在胸前。他的直觉是想要留着它，至少要等他掌握了更多消息之后再做打算。

他不信任警察。见识了去年他们对章朗和梅俊纵火案的调查，还有本地警察对爸爸的死因那番无果的调查，他没法相信他们。至少目前不行。对于项坠的事情，他决定暂时保密，他会自己去调查，等时机成熟的时候，再公开自己的发现。要是有件别的什么不太重要的东西，可以向警方表明一下他的合作态度就好了……

这时，他记起了那张纸牌。于是他拿出纸牌，递给探长。

"杰克在我身上留下了一张扑克牌，我当时居然都没注意到。"

探长仔细地查看这张方块 J，然后又把纸牌翻过来观察纸牌背面。"这确实是他喜欢的牌子。"

"这会有什么影响吗？"莉莉问，"这个有没有什么特别的意思？他会来抓我们吗，不会吧？"

探长大笑起来。他安抚道："这个倒是不用担心！不过，你们没有把名字和地址告诉他吧？"

"没有。"罗伯特说。不过，他突然惊觉，他确实向杰克泄露了莉莉的名字。

"那么，"探长说，"他很有可能都没有意识到你们是谁。我可以把这张牌拿走吗？"他已经把牌放进了他的文件袋里。"我们说不定可以从上面提取到指纹。"

罗伯特耸耸肩说道："应该可以吧。"

"不错！不错！"探长应道，"那张演出海报就给你了。现在呢，用我们的话来说，咱们已经交流了信息，整合了资源，我相信，我们很快就会抓住那个家伙。"他站起身，"哦，对了，还有一件事，一旦杰克、赛琳娜或者芬洛出现，你们必须立刻拍电报通知我，明白吗？那些德沃家的人比你们想象的要危险多了，特别是他们被逼入绝境的时候会不择手段的。"

罗伯特点点头，莉莉也点了点头。

"好的。名片上有我的地址。这段时间里，各位一定要注意安全，不要让外人进入家门。我保证，我们会安排本地警力，明天一早就来你们这儿。"探长把马尼拉纸文件袋夹在腋下，抬了抬帽子向大家致意，等詹金斯警官先走出去，他也与大家一一道别。

"他是个精明的家伙。"身后的门一关，芒金瓮声瓮气地说。

"你几乎把我们知道的一切都告诉他了，"莉莉接着说道，"就是没提到月亮项坠的事情。为什么你决定还是先保密啊？"

"我也不知道，"罗伯特说，"就是感觉告诉他们有些不妥。"

他走到窗户跟前，看着探长和警员钻进了那辆停在车道上的蒸汽警车里。

罗伯特用手摁了摁月亮项坠，让它贴在自己胸口。他确实应该对这件事保密。如果那个警长知道了，就会当场把它带走，就像自己曾经拥有过的一切，都一样一样被人剥夺殆尽了。

他不需要他们的帮助。这个项坠是他的，所以他要自己去找到它的谜底。它是找到血月钻石的地图，这一点已经毋庸置疑，这也是为什么杰克想要得到它。但是，妈妈为什么又把这个项坠留在店里？她又是为什么撇下他不管，好像他对她来说一点也不重要？一旦找到妈妈，他一定要问问她。

同时，他也想借助这个项坠来找回那枚钻石。不仅如此，他还打算抓住杰克。那样，他就可以向母亲证明自己也是很重要的。那将可以证明，自己才是这个世界上最有价值的那个人。

等那辆蒸汽警车完全消失在车道上，罗伯特把月亮项坠翻转过来，打开扣栓，再一次端详着里面的小像。探长当时在海报上指过的那个女人肯定是赛琳娜。坠盒里面的这张小画像中，她确实比在海报上的样子稍稍年长，可是毫无疑问，这就是同一个人。

所以她在告发杰克之后就离开了自己的家，后来又和撒迪厄斯一起生活。再后来，她又离开了撒迪厄斯，也丢下了他。为什么？是她对爸爸有什么不满意吗？如果是这样，她为什么又要把这么重要的月亮项坠留在这里？罗伯特合上了坠盒。他觉得有些头晕。

"等约翰回来，我们应该把项坠和信封都给他看看。"芒金提出建议，"也许他能弄清楚那是什么样的地图，或者弄清楚女王新月到底是什么意思，说不定还可以破解那个暗语。他一向擅长破解密码。"

"我也很会破解密码！"莉莉说，"但是我们需要密码的密钥才能解开。"她顿了顿，"或者，我们可以把项坠带到伦敦去给爸爸看看。这倒是个不错的借口，我们可以去找他。也许我们还可以去找你的妈妈，对吗，罗伯特？安娜说不定也会帮我们，从她写的那些文章看来，她一定了解许多德沃家的事情。"

"你爸爸只会把项坠转交给探长。"罗伯特说，"那可是我们唯一的线索。"

"我们可以让他们还给我们的呀。"莉莉十分肯定地说道。

"我不相信他们会还。"

"那我们就自己去调查吧。你爸爸有没有提起过杰克，或者说起过密码、地图什么的？"

"从来没有，"罗伯特轻轻抚摸着月亮项坠上的雕刻花纹，"我们如果能明白这是什么意思就好了。总感觉还缺了一块。"

莉莉从咖啡桌上拿起一片杏仁薄饼干，一边咬一边思考着。"我知道了。"她急忙抬头喊了一声，饼干末一下朝着罗伯特那边喷过去，"这个项坠就是新月……"

"所以呢？"罗伯特问。

"所以，我的意思是，其实理论上，世界上是没有什么新月的。"莉莉含着一大口饼干咕哝着说，"这是光线的原因，是一种错觉。其实，天上的月亮永远是完整的。"

"因为，"罗伯特说道，"新月之外的部分被藏在了阴影里。"他拿起一块饼干分成两半，"所以，你的意思是说，月亮项坠应该还有一部分被藏在了别的地方？那就是另一半的地图和密码？"

"我觉得应该是这样的，"莉莉仔细查看着坠盒的边缘部分，"这几条线可以连上另外的一半，那一半就应该是……"

"就应该是凸月的形状，"罗伯特帮她说完了这句话，同时，也吃掉了最后一块饼干。"如果我们能找到另一半，我们就有了血月钻石的完整线索，"他拍了拍手指上的饼干碎。"另一半绝对不在店铺里，如果在，爸爸一定会把两块放在一起的。"

"也许我们可以先推测一下这些字母和符号到底是什么意思，"莉莉说，"这一定与德沃家有一定的关系，你觉得呢？"

"我知道了！"罗伯特说道，"我们可以先读一读杰克的自传！"

莉莉拍手称好："我怎么没想到！"

"是啊，你怎么没想到！"芒金说，"但是，请问，这本传奇巨著能在哪里找到呢？"

"当然是在我房间里呀！"

莉莉在床边桌子上的一堆书里面翻着，罗伯特和芒金歪在床上，背靠着黄色的墙纸，墙纸上到处钉着莉莉买的《惊魂便士》的插图，每张图片上还有莉莉为了烘托罪行的血腥恐怖而特意涂染的红色水彩。

"找到了！《恶徒杰克：不凡的盗贼和逃脱专家》！"莉莉从那堆书底部抽出一本书来。

只听芒金尖声怪叫起来，原来放在书堆顶部的那些书一下子失去了平衡，书页哗啦啦地翻飞掉下来，纷纷打到了芒金头上。

"这本书写的是什么？"罗伯特问。

莉莉快速翻看着，扫视着里面的段落。"我记得是这样的，哦，我想，主要是讲撬锁。没谈到密码，也没怎么说到他的家庭。提到了他的夫人阿特米希亚和他们的儿子芬洛。但是没提过赛琳娜，所以我也从来没想到……"

芒金已经从书堆里爬了出来。他在莉莉旁边抽着鼻子嗅了嗅，还额外舔了好几页看了看。"他可能把这个女儿从他的生活中完全驱逐出去了吧？"他推测道，"至少在她告发他之后。"

"很有可能就是这样，"罗伯特说，"如果是这样，杰克的书就没什么用处。"

"妈妈以前有一些关于魔术和表演的书，"莉莉说，"爸爸有些讲密码的书。这些书应该都在图书室里。我们可以去那里找找，看地图册中有没有哪里的地图跟项坠上的图案类似的……"她低头一看，芒金懒懒地趴在她床上，似乎准备就这样消磨一晚上了。

"芒金，"她叫道，但芒金没理会她，"你最好快起来帮忙，要不我就把你变成一条狐狸毛围巾。"

"你敢！"芒金咆哮道。

"那你就跟我们一道去吧，帮我们调查。"

"我可以选择不去吗？"

"毫无疑问是不行的！"罗伯特说，"但会很有趣的，你可以负责翻底层书架上的书。"

"哦，好哇！"芒金眼睛骨碌一转，就跳了起来，"既然如此，那我们还等什么呢？"

莉莉的妈妈和爸爸多年来收集了大量书籍。图书室的两个橡木书架上挤满了大部头，从地板一直摆到天花板，更多的书则摞在一起，摆在书架旁边。这些大多是讲解机械人工作机制的科学论文，但是如果你知道该在哪里找，或者了解一下它们怪异的归档方式，还是可以找到许多关于其他学科的资料。

"好啦，"莉莉说，"我们准备动手吧。一个负责找密码资料，一个负责找地图，最后一个负责找有关剧院演出的资料。我们先分工吧？"

"哪个在底下，我就查哪个，"芒金说，"我够不着书架上面的资料。"

"那你就负责查阅地图，"莉莉告诉他，"所有的地图册都在下面。罗伯特，德沃一家都是你的亲属，你就查有关剧院演出的资料吧。我来负责找暗号和密码方面的资料，这也正好是我擅长的。"

于是，他们三个就开工了。

芒金从下层书架抽出地图册来，用牙齿翻开下部的书页，寻找与项坠图案相匹配的地图，但是不久他就被一本叫作《亨利·穆克加芬精妙世界地图册》的大册子吸引了，想试试看哪个国家的地图嚼起来最带劲！

莉莉把踏梯推到远处书架前，有关密码的资料就在这边。她每次都尽可能取下一大摞书，甚至还可以把拿不下的那本放在头上顶着，这个本事还是她从前在寄宿学校学会的呢。她把这些书拿到房间中间一张锃亮的长桌子上。但是她把每一本都看过之后，仍然没能找到适用的方法来解开月亮项坠上的密码。

罗伯特那边的运气也不怎么样。他翻阅了好多种戏剧表演方面的书，想找到通灵术和逃脱术方面的书，最后翻到了让·尤金·罗伯特·乌丹撰写的《舞台魔术秘籍》，但这本书也并未提及德沃家的人。此时天色已近黄昏。窗外的月亮正在薄暮中升起，但他还不准备就这样放弃。

芒金早就放弃了地图册和地图目录。他觉得，现在他宁可去啃一只真猫，也不愿意啃索引目录了，至少真猫还可以让他跟在后面撵一下，那可有趣多了。"等你们研究考察完毕之后，"他嘟囔道，"我们也许可以去做点更容易出成果的事情。"

等候的时候，他着实痛痛快快地啃了几本书——虽说这些书其实并不太合他的胃口。约翰如果看到自己的书成了现在这个样子，一定会痛心疾首的。可芒金哪顾得上这些，他继续折腾着这些可怜的书。眼看他只需要再来上五大口就可以把一本叫作《为什么现代机械人的思维跟我们不一样》的书彻底撕烂，罗伯特突然跳起来，大声叫道："看这个！"

莉莉正在翻阅一本关于摩斯密码的百科全书。她抬起目光。"你解决了密码的问题？"她满怀希望地问道。

"比那更棒！"罗伯特说道，"我找到了一张照片，是德沃一家以前住过的地方！"

这是一本小册子，爱德华·勒－迈斯莫爵士写的《现代魔术师通俗史》，书中有对德沃一家的简介，还有一张黑白照片，是在一座排屋外面拍的，照片上有杰克和他夫人阿特米希亚，还有他们的儿子芬洛和女儿赛琳娜。

这所房子外面覆盖着细密的常春藤小叶，藤蔓间几扇干净的窗户在阳光下闪耀。漂亮的前门外有三级台阶，带黑色围栏的前院里生长着一棵苹果树，苗壮茂盛。德沃一家在屋前站成一排，大家亲热地搂着，每个人都在笑。

这些都是他的家人。罗伯特脑子有点转不过来了。

这时，他发现照片里房子一角的墙上钉着一个街牌。他眯起眼睛仔细看，可还是无法看清上面写的什么。

莉莉从图书室桌子底下的抽屉里拿出一个放大镜递给他。透过镜片，街牌上的字变得清晰可见。

"女王新月——就是信封上写的那个！"他大声喊着，"下面还写着什么，我看不清呀……"

他让莉莉来看。莉莉把头发往后拢拢，眯缝着眼睛，把放大镜举到眼睛近前，仔细辨认。

"伦敦卡姆登区。"她猛地把放大镜放在桌上,"没错!这就是德沃一家过去生活的地方。卡姆登区的女王新月街,罗伯特,那所房子里一定有各种线索。我们有可能解开密码,找到项坠的另一半,或者找到你妈妈。我们应该马上去那里进行调查!"

"但是你爸爸之前嘱咐我们不要离开欧蕨桥的呀。"罗伯特说。

"嗨,不用管他!"

"也许我们可以拍个电报,"芒金建议,"一时心血来潮就跑去,这段路可有点远啊!"

莉莉摇摇头:"别拍电报了。不管那里有什么样的线索,都得我们亲自去寻找!"

"杰克也许已经在那里了。"罗伯特说。

"也有可能他还没到,"莉莉回答道,"我们总得试试。"

她把一缕散发拢到耳后。这一切感觉像是一场新冒险的开端。她隐约觉得,这场冒险将和他们上一次一样危机四伏,毕竟,他们要对付的是苏格兰场目前的头号逃犯。但莉莉并不畏惧,她知道自己该做什么。

正如她妈妈常常说的:相信你自己的心,它会做出正确的选择。

有时候,莉莉会觉得很难记住妈妈说的这些话,但今天,她很开心自己居然记得。爸爸也许认为身怀齿轮之心的她,只要出门就可能会遇到危险,他觉得她大概没法照顾好自己。可是,她这就要证明他是错误的。

　　她不需要躲藏，也不想躲藏。她决心已定。她将帮助自己的朋友罗伯特解开身世之谜，找到他的妈妈，找到血月钻石，不达目的不罢休。如果要抢在杰克前面，他们现在就必须迅速行动。

　　"我们明天一早就去伦敦，"莉莉说，"去寻找下一个线索。"

　　真的没有不去的理由。他们已经拿到挂坠的一半，上面提供了地图和密码，还有一张剧院海报，加上女王新月街的这个地址，足够他们开始调查了。如果他们需要帮助，到了伦敦之后还可以去找爸爸，或者安娜。

第八章

  莉莉点上一支新蜡烛，站起来把《现代魔术师通俗史》放回书架。"如果咱们明天一大早就出发，"她说道，"咱们也许应该请锈夫人为我们打包些午餐，或者准备一个野餐篮子。"

  "好主意，"罗伯特说，"说到这个，我真有点饿了。"

  "我也是。"莉莉一想到吃东西，肚子就开始咕咕直叫。她看看壁炉架上的时钟，快到十点半了。他们一直忙着，居然错过了晚餐。"奇怪，"她嘀咕着，"怎么也没人叫我们去吃晚餐？"

  "咱们去看看吧？"罗伯特打开门。

  外面楼梯平台的灯都没点上。

  "好像出什么事了。"莉莉低声说，"太安静了。"

  他们轻手轻脚下了楼，来到主厅，芒金四处抽着鼻子闻了闻。最后，他沿着走廊跑过去，跳起来，抓了抓厨房门。

"这边！"他叫道。

罗伯特和莉莉把门推开，发现嘀嗒小姐和螺帽先生坐在厨房桌边，一动不动。

"我们今天忙了一整天，"罗伯特说，"所以都忘了给他们上发条。而且他们因为之前担心太盛，发条也一定走得格外快些。"

"我去拿他们的钥匙，"莉莉说，"我记得好像是把钥匙放在爸爸书房里了。"

正说着，锈夫人走进房间，颤颤巍巍地，无比缓慢地走向她。机械厨师的发条还没彻底走完，她一步一步走过来，一步比一步颤抖得厉害。而且，她已经开始重复动作和话语。

"我……的……水箱……和看门狗啊……"她说道，"有人敲门……可等我开……开门……我没看见人……我……只……看见……这个……塞……在……在那儿。"

她把手臂伸向莉莉，但抖着抖着就在几米外停住了。莉莉看着锈夫人静止的手里握着的东西，她的呼吸都加快了，耳中脉搏怦怦跳动。那是一张钻石J。

"他在这儿！"莉莉从锈夫人手里抓过那张纸牌，紧张地四下张望，寻找杰克的影踪。

芒金蹿来蹿去，把厨房的每个角落都闻了一遍。"他可能来过，"他说道，"但他没进门。"

"谢天谢地。"罗伯特说。

这时，他们听见楼上书房传来一声响动，又听到有人蹑手蹑脚走过走廊的脚步声。

莉莉熄掉蜡烛，他们站在黑暗中，听着动静。

脚步声近了。

从他们头顶正上方传来门铰链的吱嘎声。

"那是你的房间，罗伯特。"莉莉低声说。

楼板嘎吱一响。杰克离他们更近了，他正从他们身后的用人楼道下楼。已经来不及冲出房子了。但是厨房的另外一边，地下室的门是半开的。

"快！"她压低嗓子急急说道，"从那儿下去！"

罗伯特摇摇头："他肯定第一个就会搜那儿。"

他扫视了一下房间。"杰克不可能知道咱们有多少机械人，"他低声说着，随手从椅背抓起一件旧外套，又从晾架上取下一个滤锅。"把这个穿上，坐在桌旁，"他告诉莉莉，"就坐在螺帽先生和嘀嗒小姐之间，尽量保持静止，就像发条走完了一样。"

莉莉照他说的做了。

罗伯特从火炉上方的挂钩上抄起一只汤锅扣在头上，然后在锈夫人身后站定，一动不动。

不一会儿，杰克走进厨房。他的眼睛四下打量。莉莉的心揪得紧紧的，但她一动不动。好在屋里只有月光，他们都藏在黑暗的阴影中。

杰克注意到地下室的门半开着，就朝那边走去。"你别想骗我，小子！"他大声叫道，"我知道你就藏在那边，还揣着我的月亮项坠。我都看到了，我看见你从店里拿走的！"

莉莉数着他走下去的台阶数——一共十步。听见他到达地面的声音，莉莉和罗伯特从厨房飞冲过去猛地把门关上。杰克立刻砰砰地往回跑，可莉莉及时转动了锁中的钥匙，任凭杰克在门那边晃得门把手咔嚓咔嚓响。

罗伯特斜倚着门，擦掉眉头的一滴汗水。想想真可怕，这个似乎想要弄死他们的人居然是他的外祖父。如果有一天被杰克发现罗伯特其实是他的外孙，那简直加倍可怕。他希望这个秘密永远是个秘密。

"这门挡不住他太久的，"莉莉说，"他上次撬锁有多快？"

"几分钟吧。"

"我们得拖住他。"

他们进到房间里。餐台上有一只碗，上面搭着一方茶巾。罗伯特把茶巾揭开，碗底有一坨面，是锈夫人放在那儿发酵，明天准备做面包用的。

"用那个！"他扯了一大块面团塞进钥匙孔里，莉莉拉来一把椅子顶在门把手下面。"我们得马上离开，"她低声说，一边从门边走开两步，以防杰克听见，"我们去伦敦找爸爸。在那里我们会安全些。"

"那机械人怎么办？"罗伯特问道。此时，地下室的门把手不停地震动着，罗伯特伸手稳住把手。

"我们可以把他们藏在餐具室里，"莉莉悄悄地说，"这样就安全了。他们可以在那里睡到我们回来。芒金，你守着地下室，如果门要开了，就大声叫。"

芒金点头答应，在咣咣直响的椅子边挑了一个警戒位置。

同时，莉莉和罗伯特尽快把三个机械人一一拽进餐具室。地下室的门把手一直咔嗒咔嗒地响，那是杰克在里面撬锁。他肯定很快就会破门而出了！终于，所有机械人都直挺挺地站到了菜篮和坛坛罐罐中间。莉莉最后在门口拉上一道帘子把他们挡住，然后她向狐狸示意，要他跟上。

"只能这样了。"她说。

芒金把目光投向罗伯特脖子上戴着的月亮项坠。"反正，"他说道，"他们也不是杰克那家伙出来后的第一目标。"

罗伯特一只手握上项坠。摸着它让人安心，不过，芒金说得对，这东西就像一块磁石，会把杰克吸到他身边。这一点，他再清楚不过了。

他们朝大厅跑去，一直跑到门厅。罗伯特拿了一件薄上衣，莉莉也拿上了她的夏天外套，芒金需要的只有发条钥匙，此刻就挂在他的脖链上。在门厅橱柜里，有一些应对紧急情况的现金，而此时此刻绝对算得上紧急！莉莉数了数，把钱装进钱包里，然后把钱包塞进衣兜，和她的怀表、硬币还有珍贵的菊石放在一起。她拎起旅行包，那里面是她昨天就给自己和罗伯特打包好的行李物品。"都齐了？"她问道。

罗伯特点点头："嗯，出发吧。"

如果他们骑车迅速赶往飞艇坪，他们应该可以赶上最后一班去伦敦的夜间飞艇，然后他们就可以想办法去女王新月街看看。谁也不道他们在那儿到底能找到什么，但是，也许对罗伯特来说，这会让他离自己的家人更近一步。

村庄教堂的大钟显示，此刻是半夜十二点差一刻，莉莉、罗伯特骑着车，和芒金一起经过教堂，赶往航空站。莉莉的车前篓子里放着行李袋，使劲蹬着自行车的罗伯特紧紧跟在旁边，芒金跑在最前面。

当他们冲向飞艇坪的时候，看到圆鼓鼓的飞艇已经停靠在登艇平台边。最后一批乘客正陆续踏上步桥。

他们几个加速向前，冲到主楼大门外停下，把自行车藏在附近乱糟糟的灌木丛中。

"但愿我们回来时，它们还好好地在这儿。"

芒金一路跑向售票处，但莉莉一把揪住他的后颈。"等等，芒金，"她大声喊道，"他们不会允许狐狸出现在飞艇客舱里的，我只能用旅行包把你偷运过去。"

好一番挣扎，好一番劝解。芒金百般抗拒，死活不乐意跟一堆乱七八糟的衣物挤在一起。不过，最后他还是同意了，乖乖躺进了旅行包里。莉莉和罗伯特奋力把包合上。

莉莉在订票窗口买了两张最便宜的票，和罗伯特上气不接下气地跑进门，冲上了登艇平台。飞艇正等着出发，眼看马上就要撤掉步桥了，两人在最后一秒成功登上飞艇。

机械行李员拿起莉莉和罗伯特的票仔细检查，用手指尖上的金属印章盖了章，把票递还给他们。

"你们在三等舱，少爷，小姐。五号舱，非预定座，顺着过道走过去，左边第二间。进门的时候，请注意舱顶横梁，小心撞头！"说着，他在他们身后关上了门。

"谢谢。"罗伯特回头大声说。他和莉莉依照指引，顺着狭窄的过道朝飞艇前部走去。罗伯特透过舷窗，看着下面的等候室和登艇平台，还有平台后面的仓库，心里想着不知道螺帽先生、嘀嗒小姐和锈夫人会不会赶过来阻止他们。他都迫不及待地想要再体验一次飞艇旅行了——上次还是六个月前呢。他希望这次在空中能有时间好好看看。当然，他仍然有点恐高，不过他只要记住起飞时不朝下看就应该没问题。

"在这里！"莉莉找到了五号舱，滑开舱门。三等舱远没有罗伯特想象的那么好——长方形的空间，大舷窗，外面正对登机平台，两排木质长凳的后背各贴着一壁墙，上方装有行李架。这个隔间里坐满了身着灰色套装的夜间旅行乘客，他们紧挨着坐在木头条凳上，表情冷漠地面对着彼此，一些乘客用毡毯搭在膝头上。有个弯腰驼背的人无精打采地坐在排尾，脸上盖着一顶礼帽，打算要睡觉的样子。

罗伯特和莉莉一路越过许多双脚的阻挡，磕磕绊绊地走向舷窗边上的两个座位。对面的行李架上几乎已经堆满了东西，他们用尽全身力气才把重重的旅行包推了上去。那个礼帽盖着脸的男人一直喷喷作声地嫌弃着他们占着地方碍手碍脚，却也没站起来帮帮忙。周围其他人也完全没有搭把手的意思。

他们踮着脚尖向上用力，罗伯特好不容易借了点杠杆作用的力道，猛地一推，终于把旅行包塞进了两个行李箱之间，包里顿时冒出细细一声机械动物的呻吟，多亏莉莉立刻大声打了个哈欠，盖过了那个声音。

两人转身要坐下，发现他们的位置被一个头发灰白、挽着螺旋发髻的女人抢先占了一半。"那是我们的座位。"莉莉不满地说。

"那你们就应该早些坐下呀。"那个女人教训他们道。然后她自顾自地挪腾着坐好，直接闭上了眼睛。"你们能安静点吗？我得睡觉了。"

"我们刚才是在放行李，你这倚老卖老的坏蛋。"莉莉嘟囔着，声音不大，她不想那个女人听见。

她和罗伯特两人在剩下的一个位置上挤着坐下。虽然他们登艇上来已经折腾了好久，而且飞艇的引擎也一直在扑哧扑哧地响着，但是飞艇仍然没有起飞。罗伯特向窗外望去。一辆蒸汽车停在停机坪上。看上去好像是约翰的，但这应该不可能吧？他还没来得及再仔细看看，有人冲过来把车开走了。终于，飞艇开始上升了。

罗伯特抓着扶手，还是感觉十分不安，好像有无数蝴蝶在心里扑腾。虽然他已经算是身经百战，但每次飞行还是会让他紧张不已，尤其是想起今天晚上的事情，他更加忐忑。他希望飞艇快点升空，飞得高高的，把后面那些危险甩得远远的。

飞艇起飞很顺利，几乎没有遇到侧风。很快，引擎全力开动，飞艇稳步攀升，优雅缓慢，肥皂泡般轻盈。

莉莉一下子就睡着了，头歪在罗伯特肩膀上，几绺火红的头发披散在罗伯特灰色的羊毛外套上。罗伯特也想打个盹，可是木头长凳抖个不停，背后的墙壁里活塞砰砰直响，管道汩汩作声，他努力了好半天也睡不着。

他反而想起了自己刚刚发现的秘密身世，这一切简直令人难以置信。杰克·德沃，这个他们不得不拼命锁在地下室的罪犯，怎么会是自己的外公？还有他妈妈，到底是个什么样的人？当初杰克把赛琳娜赶出家门，断绝了往来，而她也断绝了与罗伯特的联系，她这样的做法跟杰克有什么两样？到底是为什么？

他拨弄着脖子上挂着的项链，月亮项坠贴着他的胸膛轻轻晃动。杰克已经知道它在罗伯特手上。一想到这里，罗伯特不禁身子一颤。他抬眼再确认了一次，装着芒金的旅行袋还安然待在行李架上。不一会儿，睡意袭来，他闭上眼，头也慢慢向一边倒去，正好靠在莉莉的头上。他能感觉到她的呼吸正与自己的一同起伏，能闻到她头发上清新的奶油香气。他知道，他们面前的道路充满危险，他必须想个计划出来，但他现在太困了，没办法集中精神……很快，他也陷入沉沉的睡眠中。

第九章

罗伯特醒来，一缕光透过行李架，正照在他们身上。莉莉的头歪在座位扶手上。他看看她的表，现在将近凌晨四点。如果一切顺利，很快他们就将抵达伦敦。

舱内另一端，一个身穿黑色外套，头戴破旧礼帽的身影正踏出舱门，走进外面过道，还顺手拉上了身后的门。罗伯特本能地伸手去摸脖子上的月亮项坠。谢天谢地，项坠还在！但是，好像哪里不大对劲……

他站起来从上方的衣帽钩上取下帽子，同时抬头看了一眼行李架。他们的旅行袋不见了！他摇醒莉莉。"有人把芒金带走了！"他大声喊道。

睡眼惺忪的莉莉顿时把飘在脸上的乱发往后一抹。"什么？什么时候？"她慌得声音都变尖了。

"就在刚刚。你看！"

她从座位上站起来，环顾舱内："先前那个坐在最边上的人呢……"

"他刚刚出去了。"罗伯特答道。

莉莉努力回想那个人的样子，胸中慌得怦怦作响。可是她完全想不起来——她只记得那个人帽子边垂着几缕黑色鬈发——那肯定是他有意弄下来好遮住脸庞的。

她一把抓住旁边那位女人的胳膊。"那个人去哪儿了？"她问道，一边指着那人坐过的地方。

那个女人打了个哈欠，思考了一会儿。

"我怎么知道？"她愣了一会儿才说道，"不过他应该不会回来了，他把包都拿走了。这里来来去去的人可多得很，还有些人每过几分钟就跑一趟厕所呢，简直没法说。"

"厕所在哪边？"罗伯特问道。

"右边……不，左边！"

"噢，赶紧吧！"莉莉挤过窄窄的过道冲到门边，一路跌跌撞撞，不是踢到谁的脚就是撞了谁的包。罗伯特跟在后面，差点被最边上那个男人的鞋子绊倒。那人身子猛地一震醒过来，面无表情地看着莉莉推开了隔间的滑门。冷冽的空气一拥而入。

"快！"她喊道，然后和罗伯特一起顺着走廊向前冲。

走廊顺着右舷向上急转，有几级台阶通往一等舱。这里光线暗淡，只有月光从大大的观景窗里照进来。

"他在那儿。"罗伯特大声说，一边指着远处那个头戴礼帽的男人，那人正拖着他们的旅行袋。罗伯特不禁纳闷，哪里又新冒出这么个坏蛋？他到底是谁？他的个头好像比杰克高些……

引擎低沉的轰鸣也没能完全盖过袋子里隐隐传来的芒金的叫喊声。"这人要把芒金带到哪里去？"莉莉叫道，用力推开路边没人坐的桌子椅子向前追去。

"我们追上他后怎么办？"罗伯特紧跟在她后面，不小心撞上一架装着餐具的推车，咣当几声，餐具落了一地。

"跟他打！"

"你觉得就我们俩能打过这么大个子的人吗？"

"那也得打！我们要把芒金抢回来。"

黑暗中，他们向前飞奔，紧紧追着那个人影，拐入左舷廊道。那人已经拉开了不小距离，眼看已经靠近飞艇尾部。他把旅行袋扔进一个楼梯井，然后手扶礼帽，芭蕾舞者般轻盈地一跃而下，那利落的身手简直让莉莉想到了机械猴。

等他们追到了楼梯井底部，两人在昏暗光线中看到眼前一个窄小的舱门已经被撬开，里面的过道里传出那人的脚步声。罗伯特看见门口上方有个牌子，上面写着：

货物间和机房重地
未经准许，不得入内

他们侧身挤进小小的舱门，一股热烘烘的污浊空气迎面扑来，罗伯特感觉自己的后脖寒毛直竖。

莉莉紧紧地握着荷包里的菊石。恐惧惊疑在她内心滋生起来。此刻，她多希望有爸爸在旁边告诉他们该怎么办，或者有安娜来鼓励他们两句。

这条通道很短，尽头是一间长形的舱室，里面满载着高高堆叠的大行李箱，它们被绳子固定在地面无数的柱子上。金属铆接的舱壁上安有许多管道，让室内异常闷热，极不舒服。蒸汽和油料混合的霉味充斥着整个空间，十分刺鼻。远处不断传来飞艇引擎咣当咣当、咔嚓咔嚓的声音。

那个偷包贼不见了，他一定藏在一排排行李中间某个阴暗的角落里了。莉莉朝罗伯特示意一下，两人一步步往更深处的黑暗中走去。

"他在哪儿？"她低声问。

罗伯特耸耸肩，摇摇头："不知道。"

突然，从什么地方传来一声尖叫，紧接着传来一声吠叫。一道泛着橘黄的白影从一个旅行箱下面飞窜出来。

是芒金！他轻快地向罗伯特和莉莉跑来，牙齿间还咬着几片衣服上扯下来的破布。

"特嗨包斯五有乐特！"他含糊喊道。

"你说什么？"莉莉问他。

芒金啐了一口，吐出破布："我说的是，他开包时我咬了他！"

那个偷包贼从一个旅行箱后走出来，他使劲甩着手，就像刚在火炉上烫着了似的。他长着深色鬈发，面容愁苦，一双瞪得溜圆的眼睛是灰色的，跟杰克的眼睛一样。他有一边衣袖被撕烂了，手指上滴着血。这人到底是谁？

"芬洛，你没脑子吗？我明明说了，不要让他们发现你！"

芬洛恼羞成怒，流血的手紧握成拳头。另一个男人从他身后的阴影中走出来，挡住了他们出去的路，是杰克！

他那被疤痕扭曲的脸上阴云密布，表情冰冷。他怎么可能会赶上这班飞艇的？飞艇起飞的确延迟了，但也就几分钟啊，不是吗？除非……罗伯特记起了停机坪上那辆约翰的蒸汽车……

杰克朝罗伯特和莉莉走来："你们从撒迪厄斯的房子里拿走了一个项坠。"

"这关你什么事？"莉莉问。

"那是一件信物，一种怀念，一个小小的纪念品。看着它，我就能想起我所失去的那些。我们都喜欢怀念自己失去的亲人，对吧，哈特曼小姐？比如，你的母亲……"

莉莉摇摇头，心头怒起。

"我们没拿你的东西。"罗伯特不自觉地抬手握住月亮项坠。它在衬衣底下紧贴在他胸前，暖暖的，安然无恙。

"噢，可我知道你们拿了。"杰克灰色的眼睛直勾勾地盯着他，"你知道你是怎么泄密的吗？孩子？"

罗伯特摇摇头。他完全不知道杰克在说什么。

"就是你抬手的那个动作。"杰克解释道，"这让你的对手知道他有了胜算。"他嘴角一撇，笑了起来。"你瞧，我也许没能从汤森钟表店或者欧蕨桥弄到月亮项坠，而且东西也不在你们的包里。"说着，他狠狠地踢了一脚地上的旅行袋。莉莉暗自庆幸芒金已经不在里面。"但我现在对它的下落可是一清二楚。你刚才已经告诉我了，罗伯特，它就在你脖子上。而且这一次，你会自愿把它让给我的哟。"

"我不知道你在说些什么，"罗伯特硬着头皮说，"这个挂坠属于我的家人。"

杰克大笑道："我们就是你的家人，罗伯特。我是你可怜的老外公，我们失去联系很多年了。这个蠢货是你任性的舅舅……我说，几天之前拜访过你们的费斯克探长有没有跟你讲过这些？"他观察着罗伯特的反应，确定了自己的猜测后，他假惺惺地笑了一下。"看来他说了。好极了！"

"没，我——"

"省点力气吧，别撒谎了，罗伯特。你的脸就像纸牌，我瞄一眼就清清楚楚。每个人都把牌摊在桌上，事情就会简单得多。"

"反正我不会把项坠给你的。"罗伯特说道，"不管你怎么说……等我再见到妈妈的时候，我要送给她。"他大声说道，汗水顺着后颈直往下淌，可惜，他说出来的语气远远没有想象中那么信心十足。如果只有杰克一个人，他和莉莉也许还可能逃脱。可是这次，杰克多了芬洛这个帮手。他们要对付两个铁石心肠的罪犯，却没有人能帮忙。但无论他们受到什么样的威胁，无论他们做出多么可怕的事情，他、莉莉和芒金都不能退却。

"你以为，如果你把这个坠盒给她，她就会愿意见你？"杰克说着，向芬洛使了个眼色。芬洛开始向莉莉和芒金靠近。"她不会的，小子。她可不在乎你，她从来都没在乎过你。你以为她当初为什么连个解释都没给就一走了之？只有一个理由：背叛！这么些年，她背叛了我们所有人，特别是你，我亲爱的孩子，可怜的孩子！但是下次，以后，她还会这样……"

"不是这样的！"罗伯特感觉到自己的泪水完全不受控制，如泉涌出。

"真的就是这样，"杰克说，"这就是事实。所以，你为什么要为了她去自讨苦吃呢？还去找她干吗？你只需要直接把月亮项坠给我就好啦。"说着，他伸出手掌来。

罗伯特的身体似乎不受控制。他像是被催眠了一样，伸手摸上项坠，从衬衣底下拉出它来，然后在项链上摸索着项坠的挂钩，要把它取下。杰克盯着项坠，两眼都在放光。

"罗伯特？"莉莉轻轻地叫他，"你在干什么？"

项坠在罗伯特掌中闪着微光。

"就是这个！"杰克说，"把它交给我，然后你们就可以回家了。"

罗伯特努力摇着头，让自己清醒过来。"我没有家了。"他说着攥紧了手中的项坠。他会留住它，为了他的妈妈，他将竭尽所能。他摆好架势，决定勇敢面对。

杰克耸耸肩，迈开一步。说时迟，那时快，他一瞬间已经拽住了罗伯特的手指。罗伯特紧紧攥着项坠，杰克则用力去挤捏他的手。新月项坠的两个尖头像钉子一样扎进罗伯特的手掌。

他再也握不住了，需要有人来帮忙，可芬洛拦住了莉莉和芒金。杰克手上加力，使劲掰开罗伯特的手指。罗伯特的手指只松开了不到一秒钟，项坠就落到了杰克的手上。

"这是我的啦！"杰克得意喊道，"我的战利品！"然后他看到了新月形状的坠盒，"另外半个在哪儿？"他喊道，"这只是半个，只有半张地图！"

芒金颈毛炸开，咆哮着，龇出满口锋利的牙齿。他闪过芬洛，扑向杰克，猛地咬向他的手，一下把项坠给叼走了。芬洛试图从狐狸那儿抢回坠盒，莉莉奋力踢向这恶棍的小腿。随着芬洛一声惨呼，狐狸逃脱了。

"快，"她大声叫道，一把抓住罗伯特的手，"从这边走！"

他们跨过地板上的金属隔栅，从高高的行李堆之间窄小的沟缝里爬过去。芒金跟在他们后面跑，嘴里还紧紧叼着坠盒。

他们走到箱子后面时，罗伯特差点被脚下一堆乱七八糟的行李绑带给绊倒了，这大堆的箱子全靠这些行李捆带固定在地柱上。

"快，"罗伯特大声告诉莉莉。"推箱子！"

罗伯特跪下来，一条一条把所有绑带全都解开了。

莉莉用肩膀使劲抵着高大的箱子堆，向前用力推去。

"芒金，到我后面来！"她大声叫道。

箱子开始晃动，但还不至于坍塌下来。不过也快了……

莉莉再次用力抵上去，罗伯特解完了所有的绑带，也站起身来帮忙推。

芬洛和杰克追在他们后面，现在正一人一边绕着行李堆包抄过来。突然，轰的一声，堆积如山的箱子垮塌下来。

杰克和芬洛双手抱头来保护自己，但还是被一个大帆布箱子砸到了脚，同时，另一个贴着海关标签的沉重木头箱子也砸了下来。箱子被摔开之后，里面一股脑儿地掉出好几百个会说话的爱迪生娃娃围住了他们。

"哈啰，很高兴见到你！"掉下来的娃娃们尖声欢叫，玻璃眼珠骨碌直转，手臂高兴地挥舞着。

"你能做我的朋友吗？"她们声音甜美。落地的娃娃们在飞艇的弧面地板上蹦跶着，内部的机械装置咔嗒咔嗒地响着。

"你是我的妈咪吗？"一个头戴草帽、身穿粉色裙子的娃娃在问。

"多莉要去玩嘛！"另一个娃娃说着，她的头发被箱子角的一颗钉子挂住了。

"请给我唱首歌吧。"另一个头发上扎着丝带的娃娃说道。

"我的计时器啊！"芒金大声叫道，"这是孤儿院的下午茶时间吗？闭嘴，你们这些唠唠叨叨的金属娃娃！"

娃娃们听不见，或是不想理会，继续唠唠叨叨、喋喋不休地说着那些设定好的台词……

芬洛和杰克奋力想要从那堆娃娃中挣脱出来。娃娃们在他们脚边爬来爬去，小胳膊不停地挥舞着，扯住他们的裤腿。

"和我们一起唱歌吧。"一个红脸蛋儿的娃娃请求道，不料杰克一脚把她踢到了走道对面，"一闪——一闪，一闪——一闪……"

莉莉和罗伯特可不想等着杰克对他们来上这么一脚，早就转身顺着行李舱往前跑了。

莉莉满头大汗地四处寻找出口……

"居然没有逃生舱，见鬼！"芒金吼道。

"商业飞艇从来不设逃生舱。"罗伯特喘着粗气说道，跑得太着急，他的胸口有些痛。

"那我们现在往哪儿跑？"莉莉叫道。

"那儿！"罗伯特大声喊道，"邮舱口！"

他们飞奔过去。罗伯特拼命弄松了插销，然后拨到一边，推开了舱门，下面是个黑黢黢的开口。

此时飞艇的头部开始向下，艇身侧向左舷。一只大盒子在他们后面滑下来，从洞口掉了出去，不一会儿，下面传来一声水化四溅的巨响。

莉莉弯下身去，头探出舱门，顶着猛烈的风，张眼四望。

他们应该是正飞行在伦敦北部郊区某个地方上空。飞艇开始慢慢下降，朝远处的圣潘克拉斯空中码头飞去。飞艇距离树顶大约二十米，只见下方绵延起伏的荒野中一片银光闪闪，他们正飞过一个大湖的上空。

芒金晃了晃莉莉的肩膀。"快呀，"他喊道，"我们得想个办法！"

杰克和芬洛已经推开了那些七零八落的箱子，正气急败坏地从满地行李和尖声叫喊的娃娃堆里朝他们走来。

罗伯特捡起一个落单的娃娃，朝他们砸去……

没砸中。

"我爱你，"娃娃哀伤地说，"你能当我的妈妈吗？"

"放下邮索！"莉莉大声喊道，她直起身子回到舱中。"我们到时候滑到湖里去……"

"你知道我不会游泳。"罗伯特告诉她。

"我也不会，"芒金叫道，"还是不要这么疯狂吧，这么跳下去，我们很有可能会死掉的！难道你又打算把我塞到袋子里，从飞艇上面扔到湖里吗？那我得说，你一定是脑子坏掉了，脑壳里的发条肯定全散架了！"

"别吵！"罗伯特喊道，"让我想想！"他迅速把三个重重的沙袋都系到邮索的末端，然后把它们一起推出了舱口。那三个沙袋扑通一声掉进湖中，很快沉没不见了。

芬洛和杰克眼看已经逼近他们。他们没有时间了！

罗伯特把邮索尽量放长。沙袋沉得更深，往下扯着邮索，绳索吃重而发出嘎吱嘎吱的声响。飞艇的马达突突地响着，现在飞行的高度下降了许多，离水面大约不到十米了。

罗伯特从舱门边上扯出两个大大的空邮袋，把邮袋上的 C 形金属夹扣在邮索上。邮袋质量很好，结实漂亮，麻布材质看起来非常厚实。

"快进去。"他告诉莉莉和芒金。

"又来了。"芒金嘀咕着。莉莉一把捏住他的小尖嘴，把他塞进了邮袋，随后，她自己也爬了进去。等她全身都进了邮袋，罗伯特把她往下一推。莉莉屏住呼吸，和芒金一起，听着耳畔的风声，顺着邮索滑了下去。

当莉莉和芒金滑至邮索底端时，飞艇由于受到大力拉拽，猛地摇晃起来。芬洛和杰克差点没站稳，赶紧伸出手臂来保持平衡。

罗伯特倒吸了一口气，一想到要跳入黑暗的空中，他感到有些眩晕，一时间心里慌乱起来。但是，他必须现在就跳，别人都做到了，而且他也必须甩掉杰克和芬洛。虽说他们实际上算是他的家人，可是跟他们在一起可不安全！他深吸一口气，爬进另一个邮袋。正在此时，杰克赶到了，伸长胳膊一把抓向他。

千钧一发之际，罗伯特猛地从舱门边滑了下去。在呼呼的冷风中，罗伯特像流星一般划过夜空……

第十章

　　莉莉把芒金紧紧抱在胸前，四面八方都是呼啸肆虐的风，芒金的皮毛都吹成了一缕一缕的，莉莉的脸也吹得生疼。

　　上方传来一阵撕裂声，莉莉紧张地向上望去。在邮袋与锚索反复摩擦的地方，邮袋接缝已经受不住他们的重量，撕开了一个口子。

　　短暂的惊惶之后，她定定神，冻得快失去知觉的手指上下摸索，恰好赶在最后一刻牢牢抓住了那个卡住锚索的金属夹。裂开的邮袋一下子就被狂风卷走了，像风筝般飞上高空。

　　莉莉一手把金属夹抓得更紧，一手搂住芒金，顺着吊索快速滑下。

　　树枝在风中挥舞着，月光下的湖面迎面而来，先前飞艇上掉下的大盒子漂浮在湖中间。现在他们离水面只有几米远了……芒金不禁大声哀鸣起来，不过他还记得要死死咬住那个挂坠。只听得一声——

扑通！

他们掉进了湖中。

像天空一样深不见底的冰冷湖水涌了上来，把他们密密包裹其中。莉莉想要挣扎到水面上去，可她一时无法判断哪边才是上方，不小心还呛了口水。她看见有个方向映出一片细密的银色反光，便奋力手脚并用，向银光处游去。她昂头破水而出，正好在水中荡漾的那个箱子附近，她赶快一把将芒金甩到箱盖上。

狐狸只在水中待了短短几秒钟，看上去安然无恙，谢天谢地。他抖抖身上的水，对着莉莉做出一副生不如死的表情。

她正要道歉，身边猛然溅起巨大的水花，又是一个邮袋砸进她身边的湖水，里面装的正是罗伯特。

"我的老天！"她大声叫道，用力把缠在罗伯特身上的麻袋拉开，"终于出来了！快抓住箱子！"

她把箱子向他推过去。箱子角撞在罗伯特脑门上。他手臂向前一挥抓住了箱子，把它当浮板一样，脸颊贴上箱子盖，深深吸了口气。

"刚刚那感觉简直像是在空中游泳，在水中飞翔。"罗伯特惊魂未定。

芒金把挂坠吐在他手中。"真是诗情画意呀！"他在箱子盖上踱着步，抱怨道，"但赤裸裸的事实是，我们差一点就被淹死了！尤其是我！先被塞进了行李箱，然后又被你们从飞在半空中的飞艇里扔下来。从现在开始，不管你们怎么狡辩，我再也不听你们两个大白痴瞎指挥了！"

罗伯特尽量无视芒金的抱怨，专心把项链从头上套下去，重新挂回到脖颈上。

"别乱动啊！你这个大蠢蛋！"狐狸怒吼道，"你把箱子晃动了！你会把我晃到水里去的呀！你不知道狐狸都讨厌水吗！"

罗伯特把项坠放到衬衣底下，啐了一口嘴里的泥沙："你又不是真狐狸！"

"那机械动物更痛恨水！"芒金说道，"水会摧毁他们的内部构造。"

"水也一样会摧毁我的内部构造呀。"罗伯特大声叫道。

莉莉没理会他们，而是在张望德沃父子的踪迹。看来他们没有跟着跳下来，这让她长舒一口气。这真的可以理解，一个人得要疯成什么样，才会从一艘正飞在空中的温暖舒适的漂亮飞艇上，往冻死人的湖水里跳呀？尤其这个可怜人说不定还格外讨厌游泳！

上面有人把缆索剪断了。飞艇甩掉了这个尾巴，再次升高，飞过了群山，朝伦敦而去。它应该很快就要降落了。

"用腿打水，像这样。"莉莉抓着箱子角，一边教罗伯特，一边推动着箱子，带着大家一起朝湖边前进。

罗伯特照她说的一起用力打水向前。等他再抬眼一望，已经快到岸边了。他渐渐领会了这种游水方式的窍门，现在甚至可以把眼睛和鼻子露出水面了——虽然还没达到让嘴也露出来的水平。

他们终于抵达了湖边浅滩，芒金从箱子盖上优雅轻巧地跳上了岸，身上几乎滴水未沾。

罗伯特一下瘫倒在泥泞的滩涂上，大口呼吸着空气。能够再次感受身下坚实的泥土，真是太棒了！在空中就已经够可怕了，但在水里更是惊悚。

莉莉最后一个爬上湖岸，瑟瑟发抖地站起来，冷得起了一身鸡皮疙瘩。大木箱子撞在湖岸边，压得淤泥扑哧作响。

"好吧，"芒金说道，"至少我们活着上岸了。刚才那会儿，我都以为自己这次要报销掉了！"

莉莉点了点头。然后，她想起了一件事。"对了，杰克他们拿走了我们的包！现在包还在飞艇上！里面有那个写着'女王新月'的信封，有探长的名片和爸爸在机械师协会的地址。他们一下就知道我们要去的所有地方了。"

"至少，月亮项坠还在咱们手里。"罗伯特说道。可为什么还是感觉像是已经输掉了一局，连带着输了整场对决？

他迅速爬起来，抬手擦了一把脸上的水。哎，帽子不见了！不过他立刻发现，帽子就在几英尺远处的湖边水面上飘着。他捡起帽子，戴回头上，水滴顺着他的后颈往下淌。

这地方似乎是某个村庄外围的荒地。他能看到有盏街灯孤零零地闪烁着，还有远处伦敦的天际线，正映在初升太阳那橙色的光芒里。刚才那艘飞艇已经到了伦敦上空，朝着圣潘克拉斯航空站高高的尖顶钟楼方向，慢慢降下高度。德沃父子会带着他们抢到的东西，比他们更早抵达伦敦。"我们下面的行动计划得让他们猜不到才行。"罗伯特思索半晌说道。

"你说说看？"莉莉问道。

"这个嘛，他们也许会以为我们会先去警局，或者会去找你爸爸，所以呢，我们应该首先去女王新月街。"

"你是说，我们应该出其不意？"莉莉用力拧干湿漉漉的裙子，"我想，我们可能也只有这一个优势了。"

"还有项坠，别忘了，那个项坠还在我们手里！"

"这东西可真是给我们带来不少好处了。"芒金咕哝着。

他们顺着一条路，跌跌撞撞地往荒野边界走去。清晨的阳光暖暖地照在后背上，莉莉空空的肚子开始咕咕作响，大脑一片茫然。她冰冷的湿衣服紧贴在皮肤上，裹住四肢，沉甸甸的。她掏出怀表，指针还停在四点半。

怀表一定是掉进湖里的时候坏掉的。如果是这样，芒金现在居然还这么活蹦乱跳的，真是个奇迹啊。谢天谢地，她落水后第一时间就把他从水中捞出来了！

她试着上紧发条，可怀表只是发出令人心酸的咔咔声。回到家后，她得记着请爸爸把它修好，或者让罗伯特修修看。她看了罗伯特一眼，见他紧皱着眉头，忧心忡忡的样子。

他们要怎样找到他妈妈呢？要让她小心，杰克正在找她。

莉莉思索着。目前为止，他们唯一的线索，只有赛琳娜多年以前住过的一条街道的名字。

林木变得稀疏，他们来到了荒野的边缘。这里有一架铁路桥，下面是空空荡荡的支路铁道。铁轨的另一边是一条街道，两边都是高大的房子。

他们穿过桥面，沿着陡峭的台阶走下桥的时候，突然有个男孩从另一边朝桥上拐过来。莉莉跟他正好撞了个满怀。

"小心！"那男孩大声喊道，可为时已晚，他怀里的一堆报纸被撞到地上，撒了一地。

"噢，天哪！"莉莉低呼一声，停下脚步，帮他捡起地上的报纸。

罗伯特也过来帮忙。芒金也想来帮忙，但是他内心的某种莫名冲动，让他在叼起来的每份报纸上都咬了一口。

"你们的狗在咬我的报纸！"男孩大声叫道，"这些都是刚刚印刷出来的新报纸呀！"

"真是对不起。"罗伯特说着，企图从芒金嘴里把报纸抢救出来。

莉莉也加入了这场拉锯战，可是救下来的报纸都已经被咬得乱七八糟，纸屑飞了满地，莉莉手里只剩下一块完整的报纸刊头——《齿轮日报》。

她把报纸碎片还给男孩，再次道歉。男孩随手把纸片塞在胳膊下，和那几份他及时抢下的报纸夹在一起。

"抱歉有什么用！"他难过地低声说道，挠着他那头浓密的棕色鬈发，糟心地望着地上撕碎的报纸碎片。他晒成褐色的脸上沾满路边的尘灰，看起来沮丧极了。"抱歉也救不回这些报纸了。"

"哎。"莉莉应道。她注意到男孩的衣服非常破旧，他细瘦的胳膊肘从褴褛的衬衣袖里钻了出来。

"不过，你们这是怎么啦？"男孩上下打量着他们，问道，"天气好好的，你们怎么像是淋了一场倾盆大雨？你们全身都湿了。"

"这么说吧，我们刚刚掉进了那片荒地上的水塘里，然后就这样了。"芒金嘟囔着。

男孩的眼睛一亮："哇，我从来没见过！你们的小狗会说话！那他是机械狗？看起来好像真的。"

"我是机械狐狸，有机会我会让你见识一下我的厉害。"芒金冷哼了一声，但这丝毫没有影响男孩的好奇心。

"这样啊——噢！"他说道，"我说，你们到海格特湖去干吗？难道是去游泳？可大多数的人都会带上泳装什么的，不过也有人是光着身子下去游的！你们几个像是穿着衣服跳下去的呀。另外，我以前一直以为机械动物是绝对不能游泳的。"

"确实不能游，"芒金说，"机械动物和飞艇都不能见水。"

"我们是从一架飞艇上掉下来了。"莉莉解释道。可是这解释让男孩更加迷惑，莉莉也意识到，这可能确实解释不清楚。

"喂，我们现在可以接着往前走了吗？"芒金说道，"这一路可真是有意思极了——咬啊跑啊！跳水啊呛水啊！撞人啊！

聊天啊！但是我们到底是要去哪儿啊？"

罗伯特从整理着报纸的男孩身边走到一旁，摸了摸脖颈上挂着的项坠。"女王新月，卡姆登区，记得吗？"他低声对同伴们说道，"我想，你们谁也不知道这个地方怎么走吧？"

芒金喷喷作声："也许我们出发前就该想到这一点？"

莉莉觉得有些灰心丧气。如果不是杰克突然出现，迫使他们昨晚慌忙出逃，也许他们会想到要带上一张地图。"完了，"她绝望道，"我们现在完全不知道该往哪个方向走。"她转过身来，想问问那个报童知不知道这个地方，却看见本来在收拾报纸的男孩已停下手中的活儿，正在偷听他们的谈话。

"从这里去女王新月，只要二十分钟。"他说道，淡褐色的眼睛闪闪发光。"给我一个便士，我可以带你们走最快的路过去。如果你们愿意。"他冲着莉莉微微一笑。当他看见莉莉从钱包里掏出硬币的时候，他小天使般的双颊顿时笑出了一对酒窝。

"哦，对了，我叫巴萨洛谬·慕德拉克，"男孩说，"你们叫什么名字？"

"很高兴遇到你，巴萨洛谬。"罗伯特说道，"我叫罗伯特。"

"巴萨洛谬这个名字有些拗口，大家一般叫我托里。"托里说着，把沾满油墨的手在衣服后摆上擦了擦，先跟罗伯特握手，然后又和莉莉握了手。

"很高兴认识你，托里，"莉莉说道，"我叫莉莉，这是我的宠物机械狐，他叫芒金。"

芒金也伸出一只泥乎乎的爪子，友好地叫了一声。

托里把报纸塞进他的帆布包里，挎上背带。"好的，"他说道，"自我介绍到此结束，现在我们出发吧……"

他弯曲右肘，示意莉莉挽住，就好像是邀请她一起去散步。莉莉只犹豫了一秒钟，便挽住他的胳膊，跟他一起往前走去，罗伯特和芒金紧跟其后。

此时的太阳已经差不多升到中天，天空非常明亮。清晨的空气清新迷人，宜人的微风盘旋而过，偶尔卷起些许尘土。他们沿着卡姆登区的人行道上一路走去，身后留下水迹。不过这些水迹在风和阳光的通力合作之下，不久也就蒸发殆尽了。

"你们来女王新月街找什么呀？"托里边走边问。

"要找一些破案的线索。"莉莉解释道。

"好刺激，"托里说道，"我喜欢破案，真的。"

"为什么？"罗伯特问道。他现在还不确定他们应该跟托里透露多少，他甚至不确定他们是否还需要多加这么一个队友。

"我也不知道，就是觉得吸引人。尤其喜欢《惊魂便士》出的那些系列小册子——有时候我也捎带着卖一些。情节特别抓人！我还常常梦见自己被卷入某些特别可怕的冒险呢！"

"那你运气不错。"莉莉告诉他说，"我们现在就身处一场冒险，而且正面临超多困难！"

"怎么说?"托里问道。

"啊,是这样的。"她解释道,"我们忘带伦敦地图,还弄丢了行李,而且钻石大盗杰克正在追踪我们。我们简直不知道下一步该怎么走,但是,幸亏有托里你这么机灵的小伙伴来帮我们!"

托里对此表示满意。"这真是个惊险的故事啊,绝对是的,"他说道,"如果真的是钻石大盗杰克在追你们,你们能像现在这样安然无恙,已经是运气爆棚了。我当然也会尽力来帮你们的,我一定竭尽全力。我得说,找路这方面,我一定能帮上你们的大忙,这附近每条路,我可都是了如指掌。"

"谢谢你!"莉莉高兴地说。她很高兴遇到这样一个小伙伴,而且,他这番话显然让人放心多了。虽说伦敦他们来过一次,但她仍然觉得,如果靠他们自己的力量闯荡,这是个又大又可怕的地方。

芒金什么也没说,同样,罗伯特也一言不发。他还不确定托里是否值得信赖,但他知道,他们确实需要有人帮忙。

托里并没再多打听他们的具体情况,他目前似乎更热衷于让他们放松心情。他无比殷勤,一路上为他们详细介绍和讲解每个有趣的细节,还有遇到的每个人。

"瞧,那边的饮水处,常常有好多鸽子聚集……"他这样为他们介绍一个废弃的饮马槽。"那是熄灯人老彼得,总是对人爱搭不理的。"他接着介绍道,同时朝那个正在熄灭街灯的男人点点头,那人举着一根长棍,长棍头上装着一个白铁皮盖子。他对着托里哼了一声，算是打招呼。

"这是阿尔提，他是个叫早的，专门叫人出工干活……"

这里不再有成排的独立红砖房，而是低矮的排屋。他们看见一个拿豌豆枪的男人，他正拿枪把豌豆粒喷射到顶上的窗户，好叫醒人们起床去工作。

"你怎么谁都认识？"莉莉问道，"你家就在附近吗？"

"不是，我是个孤儿。"

"那你住哪里？"

"住在卡姆登少年感化院，"托里解释道，"他们在我很小的时候收留了我，我当时从救济院逃出来了，知道不？然后犯了点事，但感化院的怪老头们教化了我，他们用旧报纸教会我读书写字，然后就给我找了份工作来挣钱。这样我终于有个地方落脚了。现在是跟另外四个男孩住一个房间。有点挤，但我觉得比救济院好。而且，我喜欢卖报——这比去感化院的洗衣房洗内衣可要好多了，因为我可以一边工作一边读东西。我最喜欢读那些警察办案的故事……"

莉莉几乎无法想象他那样的生活。她很庆幸自己有个家，不必像托里那样，浮萍一样居无定所。他嘴里一直说个不停，但脚下却毫不耽误，从头到尾都没减速，脚踢得高高的，大踏步向前走。一路上，他只在一个老旧的窨井盖边上停了一下。

"你们听，"他朝着井盖弯下腰去，"能听到里面的声音吗？"

"水声！"莉莉高兴地大叫。

托里点点头："我们走的这条路过去是舰队河的一部分。这条河发源于海格特湖，就是荒野上你们掉进去的那片水域。它就在这些鹅卵石和女王新月街道的下面，一路流过北伦敦，最后流入舰队街——这个街道就是因此得名的，然后一直沿着法林顿街往前，最后在黑衣修士桥附近汇入泰晤士河。以前我祖父就在这条河上用那种大划艇搬运东西。"

"可现在这条河在哪儿？"莉莉问道，"一条河不可能就那样消失了吧？"

托里耸耸肩说道："巴泽尔杰特那些人在河上修建了道路。"

"巴泽尔杰特？"

"就是那个修建伦敦地下系统的人，"他解释道，"舰队河是这个系统的一部分，从地下流走，这一段不行船，而是把污水冲到下游。我听说这个项目对他而言，相当有利可图。你知道这么句话吗？——'哪里有脏乱，哪里就有钱赚'。"他说着大笑起来，莉莉感觉自己最好也附和着笑一笑，出于礼貌嘛。

罗伯特听不太清楚托里在说些什么，因为那男孩走得太快了，他和芒金只能在后面加快步伐。但他一直在想着其他的各种可能，罗伯特有点担心，不管藏在女王新月街的是什么线索，杰克说不定都已经抢得先机。而且，就算他们赶去机械师协会找莉莉爸爸，很有可能杰克也已经埋伏在那里了。到目前为止，似乎他总能领先他们一步。

终于，他们转弯进入另一条街。这条街道两旁生长着榆树，榆树后面的屋子朴素无华，外墙刷的都是一种白色灰泥，就像裂开的蛋白糖霜酥皮。每栋房子外都围着锻铁栅栏，门前的石阶颇有年代感。

"这里就是女王新月街了,"托里告诉他们,"你们要找哪个门牌号?"

"其实我们还不大确定。"莉莉老实承认。

"这样啊。"托里疑惑地皱皱眉头。

"我估计,他们的打算就是挨家挨户地敲门找。"芒金冷笑道,"我倒是想知道,天下还有没有比这个更快暴露自己的好办法!"

罗伯特摇摇头:"我们不需要挨家挨户地敲门,我记得照片中那房子的样子。"

他开始沿着路向前走。许多窗户仍然被窗帘遮得严严实实,但上面已经装饰好了艳丽的红白两色的花和蓝色的彩旗,因为两天后就是女王登基六十周年的钻石庆典。所有人家都装饰一新,照片中那栋房子也很漂亮,罗伯特记得,前院有棵可爱的苹果树。

他一家一户仔细地看去,期望看到某个眼熟的地方,可一直没有,直到他走到这条街上最邋遢的一栋房子前。干枯的常青藤蔓从房子屋檐的排水沟垂下来,贴在布满灰尘的半腐窗框边缘。

"这座房子需要理个发了。"芒金嘟囔道。

"还得好好拍拍灰。"托里补充说。

罗伯特皱了皱眉头。他也这样认为,但是这个地方有种熟悉的感觉——即便现在它破败不堪——它和《现代魔术师通俗史》中的那张照片非常相似。

他从残破的栅栏之间往里面望去。前院的水泥地面碎得像张大蜘蛛网，中间长满杂草，还生长着一棵苹果树。苹果树显然无人照料，生气全无，上面只挂着几个硬邦邦的小果子，耷拉着几片枯败的叶子。但他认出这就是照片里那棵开花的树。他抬头向那扇斑驳的绿色前门上方望去，干枯的藤蔓里掩着那块写着街道名称的牌子，是用螺丝钉在房子侧面的。

"肯定就是这里。"他说道，"这就是德沃家的房子。"

至少曾经是，很久以前是，现在已经不是了。他只知道，妈妈的青春时代曾在这里度过。他只能希望，妈妈在这里留下了某些其他的线索，能帮他最终找到她，比如，坠盒的另一半之类的……他本能地伸出手，要去摸脖子上的项链，但他又赶紧放开了手。杰克说过，这就是"泄密"。虽然屋子看上去黑乎乎、空洞洞的，里面的人有可能正在注视着他。"我真希望这不会是个陷阱。"他轻声对自己说。

"你是说，德沃家说不定会设个活板门？"芒金在一旁插话道。

"一般没人这么早上门做客的，"莉莉安抚着他们，"现在这么安静，可能就只是因为我们太早了……"

"哎哟我的天，"托里说，"你是真的认为德沃家的人在跟踪你，对吗？要不要我去试探一下？不管里面是什么人，他们肯定不会认识我这个从亚当来的人，我可以说我是来送报纸的……"

"不，不，谢谢你，"罗伯特打断他说，"我自己可以的，别担心。我觉得他们现在应该还没追到这里。而且，我会见机行事的。"他挺起胸膛，自己都不知道哪儿来的勇气，挤到他们前面，大踏步走上院子中的小径。

踏着台阶来到门口，他胃里一紧。石头台阶磨损得厉害，前门上方的玻璃窗上用白油漆刷着街道号码45。他深深地吸了一口气，伸手去摸门环。

没有门环，也没有信箱。于是他直接叩了叩门，在油漆剥落的镶板门上敲了三下，然后等着听有没有人出来开门……

第十一章

　　罗伯特在门阶上不安地挪动着脚。脖子上挂着的项坠此刻感觉分外沉重，他听到屋子里有人走过来的脚步声，然后，脚步停住了。他听见好几把锁被依次打开的声音，丁零当啷的……终于，随着吱嘎一声，有人开了门。

　　门只朝里开了一条几厘米不到的缝，五把安全链叮当直响，在门缝里晃来荡去好一会儿，才终于安静了下来。黑洞洞的门厅里有一双眼睛往外望来，盯着他看。

　　"是谁呀？"颤颤巍巍的女人声音。

　　"我是罗伯特·汤森。"他回答道。

　　"谁？"窄窄的门缝里，那人往外凑近了点，露出一蓬棉花般的白发，头发上捆着烫发卷纸，满脸皱纹。她抿着嘴，仔细打量着他。"你把我都吵醒了。通常我都睡得像个死人，但是你敲门的声音大得死人都被你吵活啦！我说，你要干吗？如果要租房，最好待会再来。"她回头往屋里望了一下，应该是看了一眼时钟，"你出去多转一会儿再来吧！我一般九点多十点的样子，才接待租客。"

"我不是来租房的。"罗伯特紧紧地捏着自己的手指头，"嗯……我……我是来……找一个人……叫赛琳娜，也许你记得她。她从前跟她父母住在这儿，德沃家。"

这名字一出口，老妇人吓得身子一震，紧张地向街上张望，把睡衣又裹得紧了些，眼睛警觉地骨碌骨碌四处看。"德沃家！"她惊恐地叫道，"别跟我提那可恶的德沃家！他们没跟你一起来吧？"

罗伯特摇了摇头。

"谢天谢地！"她疑惑的脸皱成一团，"你为什么要找他们，孩子？你难道不知道，惹上他们可就甩不掉麻烦？"

"赛琳娜·德沃是我母亲，"罗伯特解释道，"我需要尽快给她传个口信，关于杰克的，杰克正在找她。他在找我和母亲两个人。"

"杰克！"那女人简直像是被人卡住了脖子，"你们见过杰克·德沃？"

"见过两次，就这两天。"罗伯特说。

"哦，真是老天慈悲！"女人把安全链松开。"快！"她一边说着，一边朝站在小径那头的莉莉、芒金和托里比画着，"你们最好先进来，全都进来。"

房子里面几乎和外面一样脏，甚至有过之而无不及。老太太急促的呼吸回荡在长长的门廊中，仿佛整个房子变成了一个巨大无比的肺部。她把门上所有的链子归位卡好，合上两个插销，锁上五把锁。

"这个地方的安全级别简直比皇家造币厂都高。"芒金嘀咕着。

"但是咱们都不希望看见他突然进来，对吧？"老太太解释道，"他从彭顿监狱逃出来了，他们当初还说他这辈子都不可能出来呢。"

她领着大家呼哧呼哧地爬了五段楼梯，来到顶层。她在一个门前站住，转动钥匙，打开了门。

小房间脏兮兮的，里面有张单人床，密密的纱帘拉到一边，好让光线进来。床边一个窄窄的箱子上，放着许多相框，里面镶着各场德沃家庭表演的旧门票。

"你还存着他们所有的东西呢？"莉莉问道，这简直不可思议。

"哦，如果卖得掉，我早就卖了。"她没好气地说，"可都没有一个完好的。"

莉莉仔细看了看，确实没错。每张入场券上都有一个人被撕掉了，演员名单和家庭背景介绍中也有名字被涂掉。

"而且，"房东太太说道，"我不能离开这座房子。"

"为什么不能？"

"我被诅咒了，那个老女人死前诅咒了我。"

"哪个女人？"

"当然是阿特米希亚，阿特米希亚·德沃！"

托里查看了那些入场券。"这些都是伦敦的老剧院，"他说道，"有的现在已经不存在了。"

"格调真是高雅啊。"芒金嘲讽道。他正在一堆没关上的抽屉边上嗅来嗅去，抽屉里堆满了许许多多看起来很有意思的剧院演出的杂物。

"德沃家的人一定在每个地方都上台表演过。"罗伯特说道，他仔细端详这些家庭照。有的照片里，可能不方便整体撕掉有赛琳娜的部分，于是就抠掉了她的脸，这使她看上去简直像个现形不完整的鬼魂。"他们真的做得很绝啊！"他喃喃地说道，深感震惊，"在那之后，她为什么还非要回到舞台上去呢？"

"不管家里什么态度，也许她就是喜欢舞台呗。"莉莉猜测道，"探长当时也说，她可能现在仍然在伦敦某个舞台上演出呢。"

老妇人耸耸肩："谁知道呢。"

但罗伯特认为也许莉莉说得对。他记得，爸爸说他和赛琳娜相遇时她是一名舞台演员。她完全有可能回归她从前熟悉的生活方式呀。

这些被破坏的入场券，款式各个不同。但每一张中，德沃家庭成员的头顶上方，都用卷轴式的标题写着他们演出的剧目名称。罗伯特看得目瞪口呆。他就这样突然打开了德沃一家的神奇宝藏，而本周之前，他甚至压根不知道还有这么一家人的存在。

第一张，钻石杰克以飞行姿态，在两座宏伟的建筑之间高高跃起。

"哎哟，"托里感叹道，"这张活像弹簧腿杰克！"

第二张，杰克摆出一个力大无穷的姿势，双臂张开着，正施法把芬洛和被抠掉头部的赛琳娜两人悬浮在空中。第三张，他站在他夫人阿特米希亚身后，阿特米希亚坐在一把椅子上，双手放在太阳穴处，似乎正在召唤鬼魂。最后一张表现的是杰克正骑坐在巨大的机械象爱丽芳妲背上，奋力挣脱铁链的束缚，一块红色的钻石在大象的前额闪耀着。

"快来看杰克让大象爱丽芳妲凭空消失！"标题这样写道。

"那张就是他偷女王钻石的那场演出。"房东太太介绍道，"后来警察为了找线索，可是把这里翻了个底朝天。杰克当时也试图再来一次金蝉脱壳，但还是被警察抓走了。房子里就只剩下他的夫人和孩子们。再后来，就只剩下他夫人阿特米希亚。"说着，她指指抵在墙角的一张大铁花床，上面只有个光秃秃的床垫，床垫上有很大一块灰色污迹。"她就死在那儿，一文不名——虽然每个人都认为那颗无价的钻石就藏在她手里。自打警察来这儿搜捕杰克的那天起，我就一直想把她赶出去，想了好多年了，可我就是办不到。"

"为什么？"莉莉问。

　　"他们一家人很神秘，"老太太解释道，"尤其是阿特米希亚，她会黑魔法，能从死亡之地召唤魂灵。她说，如果我把她赶出去，她将给这座房子施以诅咒，召唤鬼魂来纠缠我，永远纠缠下去。所以我就让她住在这里了。可我觉得，到头来这房子还是受到了诅咒，因为她最后死在这里。"

　　老太太哆嗦了一下："德沃家的人给这房子带来了坏名声。我当初就不该把这房子租给这些搞演出的人。就不该租给他们这类有魔力会法术的人。结果闹得我这房子根本没人来租了，一个都没有！连短租的都没有。"

　　"您还知道些什么关于赛琳娜的事情吗？"

　　"那我可不知道了，抱歉。她最后一次出现，就是阿特米希亚死的那天。一开始我还没认出她来。后来，他们家的儿子芬洛也跑来了。把这屋子翻了个遍，好像在找什么东西。那是十年前的事儿了，到现在，你们看，这儿还是乱糟糟的。"她对着房间挥了挥手，"也没人来领她的遗体，她丈夫在牢里，他的钱都充了公，所以我只好把她送去贫民坟场。不过，据我所知，她也没什么朋友。得罪了很多人，要不就是她丈夫得罪了很多人。"她若有所思，一根手指在灰扑扑的边桌上画了一圈，然后在围裙上蹭了蹭。

　　"要不你们看一看他们的东西吧？"她推开门出去的时候，对他们建议道。老太太蹒跚着下楼，又回过头向上叫道，"如果你们愿意，还可以带走一份纪念品。"

　　"谢谢啦。"罗伯特盯着眼前这满屋子乱七八糟的宝贝，感

女孩
男孩 **自己的书**

游戏和小魔术

代码和密码
腹语术的秘密
惊人的纸牌障眼法

乔治·德沃
赛琳娜·德沃

给杰克

觉有些蒙了。不过他意识到，这可是个好机会，他可以仔仔细细翻阅一遍，而不用担心惹出什么麻烦。

"来吧，"他跟大家说，"我们开始吧。"

于是，他们把整个房间上上下下彻底翻了一遍，把胡乱堆在墙角床下的抽屉盒子都一一筛查。他们发现了各种魔术装备和道具：水晶球、通灵板、如尼魔力石、蓍草签、塔罗牌，以及好多副独独缺失了钻石 J 的纸牌。他们甚至找到了一个行李箱，里面塞满了一团团缠结的绳索和铁链，还有一袋子奇形怪状的挂锁和钥匙，那一定是杰克表演时的道具。

虽然找到了许多有意思的小物件，可是他们既没发现月亮项坠的另一半，也没找到赛琳娜的任何线索，罗伯特感到很失望。他们只找到一样曾经属于她的东西，是一本儿童书，叫作《游戏和小魔术》。

显然，根据书上主人留下的字迹可以看出，这本书曾经是芬洛的，后来成了赛琳娜的。但为什么上面写着"给杰克"？罗伯特很是纳闷。不过，这也算是又一个与项坠有关的发现吧。他合上书，夹在胳膊下，然后对托里和莉莉点点头。莉莉攥着芒金下楼去找房东太太，让她开门放他们出去。

他们走出女王新月街，莉莉的肚子咕噜噜直叫。她意识到，现在应该是早餐时间了，而他们昨天午饭之后就一直没吃过东西。"我们去找点吃的吧，好吗？"她向托里请求道，"我要饿死了。"

他们停在一个街边摊前，托里从莉莉的钱包里拿了几个硬币，买了一大张肉馅饼大家分着吃。摊主把热腾腾的饼用报纸包好递过来，托里立刻把松脆的肉馅饼分成了三份，给莉莉和罗伯特一人递上一份。

托里吃完自己的那份，用手背擦擦嘴。"下一步怎么行动？"他问道。

罗伯特也不知道。就调查而言，他们似乎走进了死胡同。他们没有找到赛琳娜，也没找到挂坠的另一半，而他们发现的有关剧院呀什么的东西，也是他们早就知道的信息。

剧院——对了！

"我们可以去看看德沃家表演过的那些剧院，问问赛琳娜的下落。"他提议。

"这主意不错！"芒金说，"我鼻子灵，我来带路吧。"

"也许不用辛苦你，"罗伯特回答说，"我们上次在伦敦时，你也是这么说的。可你回忆一下后来的结局吧。不过，这些剧院都在哪一片呢？"他转而问托里。

"在西边，"托里回答道，"乘地铁去就行，很简单的。如果你们需要，我可以带你们去。"

"我们还从来没乘过地铁呢。"莉莉说。

托里咧嘴一笑，把书包往后一甩："噢，你们会喜欢的。跟我走，我带你们去。"

瓷砖铺地的地铁站大厅里，人头攒动。正是早上通勤的高峰时刻，头戴黑色礼帽，身着灰色套装的人们匆忙赶路，络绎不绝。罗伯特、莉莉、托里和芒金被人群裹挟着，穿过一道旋转栅门，来到一个身穿大都会铁路制服的机械人跟前买了票。

他们沿着一条隧道，顺着盘旋向下的梯子，来到地下深处。芒金的发条声在通道里回荡，格外响亮。罗伯特觉得这种奇异的感觉真有意思，他瞟了一眼莉莉，她眼睛亮闪闪的，兴致盎然。

他们随着人群一起走到了最底下，来到一方铁路月台。这里挤满了人，大家推来撞去，尽量让自己不要被挤到月台下面去。

沿着月台的低处有一条铁路线，铁轨的两端延伸穿入沾满煤烟的漆黑深洞。远处的隧道里传来嘟嘟的喇叭声，紧接着，伴着突突的响声，从里面开出一辆蒸汽火车。随着刺耳的刹车声，火车慢慢停在月台旁。引擎舱的烟囱冒出的浓烟一直飘升到月台穹顶，把周围的一切都笼罩在浓雾中。

"这还真是地下的铁路呀！"莉莉惊叹道。

"跟我讲的一样吧！"托里说着拉开一扇门，喊道，"上车！"

罗伯特看着周围拼命往上挤的人们。人们一通猛推乱挤，场面火爆，他觉得就算跟着上去了，应该也没有多少位置了。他们好不容易随着一大群穿着大裙撑的女士挤上了车，突然，芒金尖声地乱叫起来："哎哟，谁踩了我的尾巴！"

"小心月台缝隙！"车厢远处一个行李员大声叫着。他跳到后面的台子上，吹响了口中的哨子。

他们出发了。火车逐渐加速，蜿蜒而行。罗伯特望着人群和车站逐渐消失在远方。当他们加速冲进隧道时，眼前突然一黑。不过，就着车厢内安装的几盏闪烁的灯，仍然能看得见。

没有空座了。托里只能抓住天花板上垂下来的一个小小的皮质吊环站着。莉莉和罗伯特也学着他的样子拉稳站好，芒金也紧紧跟着他们，在莉莉两脚之间找到地方蹲好。他小声抱怨着，仔细查看着自己受伤的尾巴，用嘴巴来回拨弄着。

"我的皮毛一看就没有先前那么毛茸茸了！"他愤怒地瞪着对面那群女士说道，"有的人真该注意一下自己脚踩在什么地方。差点把我尾巴都扯掉了！"

"安静点。"莉莉对他说道。她发现，地铁上的人似乎遵守着某种规矩，每个人都一声不吭地坐着，死盯着前方，不跟任何人说话。

黑魆魆的隧道里看起来很阴森，让人有点辨不清方向；车厢里通风不畅，闷得很。但是莉莉意识到，这里不能开窗，所有的窗户好像都被锁上了。不过，也确实不能开窗，一旦打开窗户，外面的黑烟就会进到车厢里。烟雾似乎一直顺着火车在飘，车厢外壁和窗户全都被煤烟染得黑乎乎的。所以，莉莉也不想碰这里的任何东西。

车停了一站又一站，越来越多的人上了车，很快他们就被人群包围。伴随着车厢每一次磕绊和颠簸，乘客都前摇后摆。莉莉被挤成一团，她觉得自己快要站不住了。这时，一个戴礼帽的人起身让出了一个座位。莉莉抢到这个座位，坐在木凳子上歇口气。

又过了几站，他们随着人流一拥而下，登上另一个月台，接着爬了一段又一段台阶，最后他们终于在伦敦一个完全不同的区域回到了地上世界。等到这一刻真不容易，莉莉心想。远离光明在地下待了那么久，真是太不容易了！

托里领着他们走上一条有许多剧院的街道。莉莉、罗伯特和芒金跟在后面，仰着脸看着那些五颜六色的手绘广告牌。每一张大幅广告都在宣传某场独一无二的演出，只要走进那些点着煤气灯的门廊和金色的入口大厅就可以观看。

"别管那些，"托里说，"我们从后台的门进去。"

他们走进一条侧巷，然后拐到特鲁里街。罗伯特觉得他瞥见了一个人影，身材短小，深色头发，身穿套装，头戴灰扑扑的礼帽，有点像芬洛，那人一直远远地跟在他们后面。但他定睛再看时，那家伙又不见了。

"我们先去哪家？"罗伯特问道。

"阿德尔菲剧院吧，"托里提议道，"转弯过去就是。我认识那家的看门人，他对剧院所有人都熟得很。或许他能想到什么跟你妈妈有关的事情。"

阿德尔菲剧院后门处有一堵长长的砖墙和柱廊。许多演员和卖花姑娘聚在那儿，靠在雕出细细沟槽的高大圆柱上抽着烟、聊着天。托里带着莉莉、罗伯特和芒金从他们中间穿过，来到舞台的入口，一个机械人正在那里工作。

那个机械人看见托里，他的双眼就像新式灯泡一样亮了起来。"哎哟，慕德拉克少爷，你好呀。这几位是？"

"早上好，争运先生，"托里说道，"他们是我的朋友，莉莉、罗伯特和芒金。"说着，他把罗伯特推到前面，"罗伯特想找他妈妈，赛琳娜·德沃。她曾经当过演员，我们想，说不定你会知道一点她的消息。"

"德沃家的人，呃？"争运先生吓得一通猛咳，咳得身体直抖。他紧张地四处望了望，好像生怕一提到这个姓氏，德沃家的人就会突然出现似的。他挠了挠瘦削的下巴上油漆脱落处的一道褶子，"他们从没在这里演出过，从来没有。"

"可我们看见过一张他们演出的海报，就是这家剧院的。"托里跟他说道。

"那也是有可能的，但是我对此一无所知。他们一家败坏了剧院的声誉，不光是这一家，所有让他们登过台的剧院都被连累了。"老机械人把他们往外撵，慢慢关上舞台门。

还剩一道门缝的时候，他停下来，从门缝里朝他们伸出一根手指。"我还可以免费提供一条信息。"他说道，"整个伦敦城里头，任何一个表演者，无论演员还是杂耍魔术师，对于德沃一家，他们都不会说什么好话。如果你们愿意听我一句劝，就不要去找他们了，特别是杰克，但是其他人也一样，他们全家都是受到诅咒的人，他们只会带来麻烦。"

说完，他当着他们的面，砰地一下把门关上了。

罗伯特恨恨地把两拳插进衣兜里。从剧院出来时，他注意到拱门下的演员都和他拉开了距离，然后一个个不见了。就好像他们在鸽子群里放了个爆竹似的。德沃这个名字似乎能够把可能存在的线索统统吓走。罗伯特的沮丧一定都挂在脸上了，托里抬手轻轻拍了拍他的后背。

"别灰心，"报童说，"还有很多别的剧院可以试试。"他低头看了一眼芒金，"你最好告诉你的机械狐狸不要在排水沟里走，"他提醒莉莉说，"一不小心，他就会被蒸汽车撞到。"

"我不会的！"芒金气恼地说，"我完全能够照顾我自己！"

忽然，不知哪里传来一声喇叭响，芒金急忙窜过人行道，躲到最近一栋建筑的阴影里。

好多天来，罗伯特第一次笑了。

"明白了？"托里对狐狸说。

"蒸汽车应该礼让行人！"芒金说道，"而不是我们让它！"不过他还是比刚才小心多了。

每到一个剧院，他们就拿出赛琳娜的照片给在场的演员和舞台工作人员看，但是每一次，大家的反应都一样：害怕，愤怒，赶紧关上门。

时间慢慢流逝，从早晨转眼就到了下午，莉莉真的已经不抱希望了。"我们去找爸爸吧，"她说，"他可以给我们安排个房间过夜。而且，我们应该把项坠给他看看，也许他能帮我们对项坠后面刻的东西进行解码，然后，明天我们可以把它交给费斯克探长，或者给安娜，说不定能帮上他们的忙。"

"安娜是谁？"托里问道。

"她是《齿轮日报》社的调查记者。"罗伯特说道。

"安娜·奎因，"托里说道，"早说呀，我认识她！"

"你认识她？"莉莉惊讶地问道。

"当然，我有时会去《齿轮日报》社的办公室找她。她不只是个记者，你们知道吗？她也写惊险系列故事，她用的是笔名。"空贼大战章鱼怪"那个系列就是她写的，好刺激，真的。这是我的最爱之一。"

莉莉点点头，她太熟悉了。

"我跟你们讲，"他继续说，"明天早上等我卖完报纸后，不管你们住哪儿，我都会去那儿跟你们碰头，然后我带你们去见她。"

"我想，我们应该会住在机械师协会，跟爸爸一起。"莉莉说。然后她想起来："但是我们现在没有地址，地址在包里，可我们的包被人拿走了。"

"没问题的，"托里说道，"我们可以叫辆出租车。"他把他们送到前面的出租车站，这里有一列由机械马拉的双轮双座马车排着队候客。托里敲了敲第一辆的车身。"只要几个硬币，就可以送你们去那儿。"他向莉莉他们解释。

"你不跟我们一起去吗？"莉莉一边问，一边拿出钱包数钱；托里则忙着招呼大家上车。

托里摇摇头："我得回感化院去，但我明天早上第一时间就会来看你们。"说罢，他关上车门。莉莉听见他跟车夫说话。

"去机械师协会。"

"在芬彻奇街那个？"司机问道。

"应该是的，"托里说，"越快越好。那我们明天见啊！"他大声对罗伯特和莉莉说。芒金把头探出窗户，车夫赶马驱车沿着街道向前疾驰而去。

第十二章

机械师协会是罗伯特见过的最壮观的建筑。莉莉付了车钱后，大家踏上石阶，向拱形入口走去。拱形入口上方有一个三层楼高的希腊古典楣饰，由上乘大理石雕刻而成。入口上方悬着一枚金齿轮——那是协会的徽章。

罗伯特和莉莉推开前门进去，芒金依依不舍地最后看了一眼车夫的机械马，然后他也跟在后面溜进了门。

长长的门厅尽头，一个身着门卫制服的机械人坐在巨大的桃花心木书桌后面。他正低着他那颗仿佛用压扁的白铁罐头做成的大脑袋，在看一本大大的分类账册，轻声嘀咕着一系列二进制数字："1……1-0，0……0-1，1-1-0-1。"

莉莉朝书桌那边走去，暗自庆幸这次不用再问关于赛琳娜或者德沃家的事情。"不好意思打扰了，先生。"她说道。

门卫抬头看着她，他的虹膜快速地闪烁着。

"能帮帮我们吗？我们要找我们的父亲，哈特曼教授。"

"莉莉的父亲，"罗伯特补充道，"他在做女王庆典的一个项目。"

门卫啪一声合上账本。"我认识教授，他经常从这里进出。他用了一间这里的实验室，实际上，就是那间最大的实验室……0……0-1。我带你们去好吗？"

莉莉点点头，放下心来，对他展颜一笑。

机械人带着他们穿过底层过道，罗伯特问机械人："你的声音怎么了？"

"我兹……欧在街上，被那些勒德分子袭击了，"门卫说，"现兹……艾，我有点二……二进制口吃故障。"

"真可怕！"罗伯特感叹道。

"万幸你好像没出什么别的问题。"莉莉说道。"到底什么是勒德分子？"她低声问芒金。

"就是那些反对新技术的人，他们想破坏机器。"芒金瑟瑟发抖，连耳朵尖都战栗不已，"他们想把我们消灭掉。"

"为什么会有人想要干这种事？"

"因为他们认为我们夺走了他们的工作。但主要原因是，他们觉得我们是异类。"芒金回答道。

"而且，想让唔……我们怕他们。"门卫补充说道。

"哦。"莉莉一只手捂住胸口。她很清楚作为异类的感受。

"到……到了！1……0！"门卫高声说道，在长长的过道尽头的一个门前停了下来。

这间屋子的双扇对开门上确实印着数字"10"。门卫打开门，领着罗伯特和莉莉进去。

这是一个大厅，几乎有飞艇库那么大，透过远端一扇高高的滑动纱门，可以看见外面有个院子。房间一侧是从地面延伸到天花板的巨大的架子，上面摆满了胳膊、腿和躯干，这都是修理机械人的配件。

但这个阔大的空间里，最令人称奇的不是这些，而是站在大厅中间的那个庞然大物：爱丽芳妲——世界上最大的机械象。

莉莉从前只见过一次真的大象，那还是很小的时候，当时，妈妈和爸爸带她到摄政公园动物园去看那里养着的两头印度大象和一头非洲大象。爱丽芳妲比它们都大。她的腿差不多有两个男人加起来那么高，还有矗立在上空的圆鼓鼓的身子，几乎有一座房子那么大。莉莉估摸着，这只机械象大约有真实大象的三倍大。

爱丽芳妲的皮肤是木头雕刻而成，上面还手工蚀刻出伤疤和褶皱。她的耳朵是用大张平展的皮革制作，用铆钉铆合，而眼睛则是用蓝色的水晶制作而成。她的鼻子是由好几百个楔子形状的木头嵌合成蛇形，两旁是锈迹斑斑的铁质象牙。一张梯子靠在大象身体的侧面，她的肋腹部有一块面板敞开来，很像蒸汽车的车篷。

一个系着工具腰带的铁人叉着罗圈腿站在梯子顶上，前倾着身体在修理爱丽芳妲肚子里的齿轮结构，他一边锤得叮当响，一边大声哼着歌。

门卫嘎吱嘎吱地张开嘴，大声叫道："弹簧船长，0……有几个约翰家的人类小孩来找你们！"

上面那人一下直起身来，顿时丁零咣当的金属声响成一片。原来是他的金属脑袋撞到了爱丽芳姐那块敞开的面板上。乒乒乓乓－当啷当啷－咣当！好像有个什么东西掉进了大象内部机械部位，还一路滚进了深处。接着就是一声哀号："真该死，又被打断了！这些丁零咣当的东西真是活见鬼！为什么就修不好呢？"

"啊，0……0……天哪！"门卫喃喃说道，"是不是您现在不太方便？"

"没事，没事，门卫先生！"那人的声音带着回声从大象身体里传出来，"我的机械计时器告诉我，现在正是最方便的时刻！"弹簧船长从爱丽芳姐内部钻了出来，爬下梯子转过头来，满是螺钉的脸咧嘴一笑。

"啊，我的垫圈都要被你们气断了啊，"他大声说道，"居然是你们两个！还有芒金！我的老天啊！"他继续说道，"你们几个跑到伦敦来搞什么鬼？"

他松开梯子走过来，给了莉莉和罗伯特一个大大的嘎吱嘎吱响的拥抱，揉了揉芒金的毛，又友好地在门房先生后背上拍了一把，砰的一声，响若洪钟。

"我们来找爸爸。"莉莉解释道，看着弹簧船长跟每个人都打了一遍招呼。

"我遇到麻烦了，"罗伯特补充说，"我们需要他的帮助。"

弹簧船长随手轻拍着爱丽芳妲一动不动的尾巴。"你父亲今天早晨回欧蕨桥了，"他跟大家解释道，"他听说了一些让人很不放心的消息，就给锈夫人拍了份电报，想知道家里是否一切安好。结果，连他拍的第二份电报都没有回音，于是他认为他最好还是回家一趟。立刻！马上！要赶回去看看家里到底怎么样了。但目前看来，他似乎白忙活了一趟！"

"噢，天哪，"莉莉说道，"我太内疚了。"她望着爱丽芳妲灰色的肋腹说道，"我们耽误了他的工作，他可是在为女王庆典赶工啊。"

"舱底泵和制动杆啊！"弹簧船长来回踱着步，耸了耸肩说道，"你别担心这个，年轻的女士，在这整个绿油油的地球上，没有谁能在两天内把这头丁零咣当的机械象修到能跑的程度，不管我们多卖力都不可能。即便是为了女王和她的庆典游行也不可能！"

罗伯特抬眼看着这头巨兽的胸部面板。她的侧面是敞开的，可以清楚看见里面满是大如车轮的齿轮，还有跟他脑袋一般大的弹簧。爱丽芳妲要算是罗伯特见过的最为震撼的机械造物了，她的内部构造几乎跟大本钟一样宏大和复杂。以他毫无经验的眼光来看，里面一切完好——看不出有什么问题。

"她到底有什么问题？"他问道，"也许我和莉莉可以帮忙？"

弹簧船长摇摇头："啊，不，不，修不好的！如果约翰没法修好这个宝贝，那么就像鸡蛋孵出来的必定是小鸡，你们也修不好的。你们瞧，那儿缺了一件东西。"他示意他们来到大象的正面，让他们仔细看大象的头部。在她的前额上，有个大大的凹陷。

弹簧船长告诉他们："那个地方以前镶嵌着血月钻石……人们以为那颗钻石是个装饰，但其实正是这块钻石让大象运行起来，让她的齿轮转动，让她的内部机械协作起来，就像所有的机械人或机械动物一样。没有这颗钻石，她一步都走不了。自从十五年前钻石被偷走以后，她就连一个齿轮都动不了了。我不知道哈特曼教授到底是怎么想的，他为什么会答应接这项修复任务。就算我们拥有无穷无尽的时间，这都是不可完成的任务。"

"像所有的机械人或动物一样？"莉莉问道，"像什么样？我不明白。"

"噢，天哪！约翰难道从没解释过？"弹簧船长问道，"我们这些机械人或动物……"说到这儿，他用胳膊肘轻轻搡了一下莉莉，"我们每个人心脏里面都有血钻的碎片。这些碎钻拥有特殊的能量，能让我们的引擎开动起来，使我们的突触弹簧相互作用！"

莉莉把手扪在胸膛上。血钻……在她体内？偶尔她会觉得好像那里有什么异物，也许不是因为装了齿轮之心，而是在齿轮之心里有一块钻石。

"这种宝石是从红洞穴里开采出来的，"弹簧船长接着说道，"跟血月钻石一样，这些钻石含有生命能量，它们可以被称为生命钻石，能为我们提供动力。但是这种宝石中最大的就是血月钻石，发掘于 1815 年，就在那个世纪最短的月全食出现的那天——据说是这样的。血月钻石是阿尔伯特亲王殿下送给维多利亚女王的生日礼物，女王希望用血月钻石来驱动一头机械动物，所以她让人制造了爱丽芳姐，然后把血月钻石装在了大象的前额。这也许是史上最大的机械动物——直到杰克·德沃偷走了血月钻石，大象从此停止了运转！"弹簧船长拧着双手说道。"不过，我讲了这么多，你们还没告诉我，到底你们跑来伦敦干什么呢？"

"我们在寻找我妈妈。她现在处境非常危险，"罗伯特说道，"同时，血月钻石的事情和我们找妈妈的事情，也都联系到一起了。"

弹簧船长听糊涂了："什么意思？"

"他的意思是说，我们已经撞见钻石杰克本人好几次了。"莉莉一边解释，一边拿出锈夫人找到的那张扑克牌，在大家面前挥了挥。

"格架和大梁啊！"弹簧船长惊诧不已，"这是杰克给你们的？"

莉莉点点头。话说回来，她把这事讲得有点太轻描淡写了些。

"我们认为杰克在找我妈妈，"罗伯特解释道，"也在找这个……"说着，他把项坠从衬衣里面拽了出来。

"噢，以我的裤子发誓，这可真是件漂亮东西！"弹簧船长仔细看了看坠盒，"这到底是什么？"

"一个挂坠。"芒金沉着脸说。

"有什么用呢？"

"上面有地图，"莉莉说道，"我们也不清楚到底是去哪里的地图。上面有个密码，我们还没破译出来。我们觉得，罗伯特的妈妈应该知道答案，可是我们还没找到她。"

"暂时……"芒金补充说。

"你们应该问问你爸爸，等他回来吧。"弹簧船长建议道，"他可是密码方面的专家。"

"那我们应该立刻发消息给他。"莉莉回答道。

"我们协会里就有电讯处，"弹簧船长说道，"我们马上去那儿，你们发个电报，让约翰知道你们安然无恙。对了，门房先生会安排一个房间，让你们晚上歇息。"

"O……O……噢！当然，当然！"门房先生说道，"我马上去安排！"

弹簧船长把他们带到一个小房间前，玻璃门开了一条缝，能闻到房里一股霉味。门上刻着几个字：机械师协会电讯处。

他对着柜台后面电报机旁边的女人点了点头。"这是我们的报务员——戴佳吉小姐，"他对莉莉说，"她会帮你们拍发电报。"

戴佳吉小姐微微点了一下头说："就叫我佳吉吧，戴佳吉小姐这个叫法太正式了，你们觉得呢？"

她前额上方戴着遮光罩，手上拿着几张电报，边看边在面前的电报按键上飞快地敲出字母代码。从机器牵出的电线一直贯穿整个天花板，穿过后墙的一个小洞向外延伸而去，罗伯特觉得，这条线一定是一直连到全国所有的电报站。

莉莉正要开口跟佳吉说话，但报务员指了指房间另一端的一个木头架，那上面放着一排吸水纸、墨盒和电报填写单。

"请填一下电报单。"佳吉说。

莉莉按照佳吉说的，拿起一支铅笔，开始填单据。

过去这两天里，发生了太多太多的事情，她不知道该怎么用三言两语说清这一切，另外她也很清楚，自己并不想让爸爸因为他们经历过的那些危险和拼命的事情而担惊受怕，所以，最好少说点，还要显得语气平静。

写完之后，她从本子上撕下那页纸，走回柜台跟前。

佳吉不在，她大概在后面的办公室去忙别的事情了。莉莉按下桌子上的铃，不一会儿，佳吉回到了柜台前。莉莉把电报单递过去。

"佳吉，这封电报拍给欧蕨桥庄园的哈特曼先生，"莉莉说道，"要指定送到他本人手上，不能由任何其他人代收。"

"当然可以，小姐。"佳吉说道。莉莉看着她在身旁机器上敲着转码后的信息，她的手指动作快得都成了虚影。拍完电报，她抬头对莉莉微微一笑。"你父亲今天傍晚应该就可以收到。我

支付费用		No.
收到	**邮 局 电 报**	邮戳

亲爱的爸爸，我们在机械师协会。

遇见过杰克·德沃，但现在一切安好。

需要帮忙解密码，并寻找罗伯特的妈妈。

等你回来。

爱你的莉莉、罗伯特和芒金。

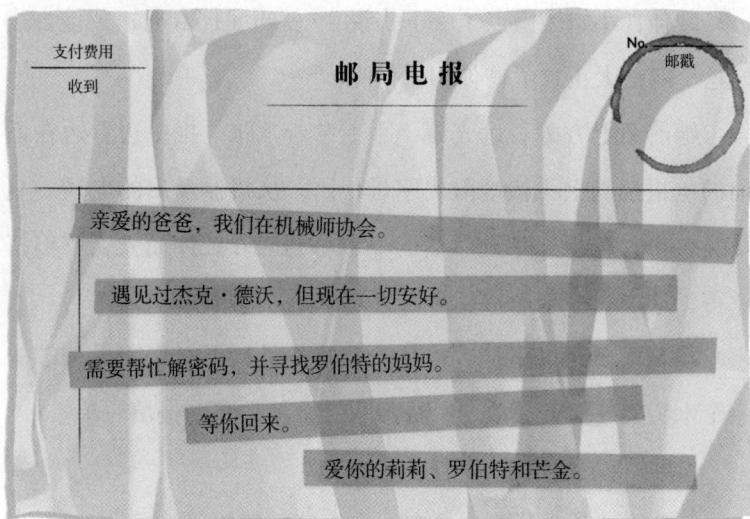

想，他这时候应该刚刚到家，就算他立刻动身回来，最早也要明天早晨才能回到这里了。"

"O……哎呀，哎呀，你们在这儿！"门房先生再次出现，"不好意思啊，目前协会的住宿安排真的很紧张，为了女王的庆典，所有的教授和机械师都会来这里报到。你父亲回来之前，你们两个就先住他的房间好吗？我另外准备了一张折叠床给你们，建议让关节不怕冷的人睡这个。"

"多谢啦。"莉莉说道，"我们一定会住得很舒服的。"

房间独据一侧，要穿过一条长长的走廊。走廊里到处摆着奇怪的玻璃罩，每一个里面都装着奇特的发明。

"这些是早先的一些机械发明。"门房先生带着他们经过时，一个一个指着为他们介绍。他指着玻璃罩下一只怪模怪样的鸭子说："那是沃康松著名的拉屎鸭。"

他又指着另外一只玻璃罩说："这是詹姆斯·考克斯发明的雀鸣钟。"接着他指向第三件："那是魏斯提，第一位会打牌的机械人，他多少算是个赌徒，不过他有这么一张不动声色的扑克脸，倒是挺方便的。你们可以看得出来，他本来也没法改变表情。"

罗伯特注意到，魏斯提虽然已经不能运行了，可他面前铺着绿色粗呢的桌面上还放着钻石J的扑克牌，这让他想起了杰克·德沃。一想到这个罪犯还在追踪他和妈妈，他就不寒而栗。

顿时，他的情绪低落下来。他们不能只坐等莉莉的爸爸回来，那会浪费一整天。他们必须尽快找到妈妈，不能让杰克抢了先。

他们来到他们的房间门前。门房先生带他们进去。一幅长长的齿轮组成的壁挂占满了整面墙，一张四面有立柱的大床占了另一面墙，大大的落地窗前，已经放好了一张折叠床。房间里为数不多的家具都很实用，上面零星地摆着约翰的东西。地板上也摆着他的各种盒子和箱子。

待一切都安顿妥当，莉莉才想起来，自从早上吃了肉馅饼，到现在一直都没吃过东西，所以她请门房先生给他们弄些果酱三明治，再给每人拿一杯牛奶，吃了好睡觉。

"我们应该明天就去找安娜帮忙，"罗伯特等门房先生走后说道，"同时我也会尽快想办法破解赛琳娜那个挂坠图案的密码。"

"好啊，"莉莉说，"我待会先研究一下她的那本书。"

一大盘食物送来了。他们坐在地上那些大大小小的箱子之间，狼吞虎咽地吃起来。这里的夜晚闷热潮湿，尤其因为城市里建筑和人口十分密集，这儿的空气远不似乡间那么清新。他们吃东西的时候，芒金挨着四柱床趴下，在床尾的软垫上酣然入睡，他的发条慢慢松开，齿轮走得越来越慢。

罗伯特和莉莉就着牛奶吃完了三明治。罗伯特从脖子上取下项坠，看着它的背面。他还是想要再琢磨一下，那上面的信息到底是什么意思。

莉莉一直翻看着赛琳娜的那本《游戏和小魔术》。突然，她注意到一个关于密码的章节。里面有一种密码，叫三角密码。她立刻想起了挂坠上两个奇怪词语后面的那个三角形。这本书本来就是德沃家的……那么，会不会用的就是三角密码呢？

"罗伯特，我想，也许我已经找到月亮项坠的解密方法了！"她指着书上那一页说道。

罗伯特凑了过来，仔细读着那一页。莉莉把书上的说明念出来："先画一个直角三角形，从上到下沿着直角边写出你想写的词，然后，往三角形剩余的空间里添加字母，每一行多加一个字母。"说着，她在这一页的空白地方顺手写了一个单词来举例说明。

"当你写完这个单词，你读一下斜边的密码，于是我写的'triangle'就变成了'tskdrlrl'，明白了吗？"

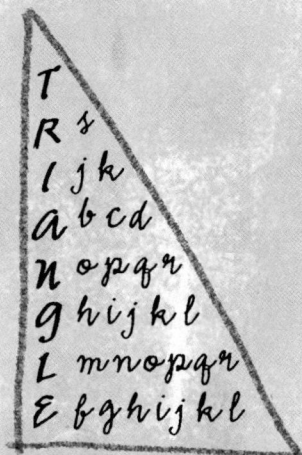

罗伯特点点头。"那么，如果把项坠上的密码词拿来，用这个方法倒推一下，"他说道，"我们就可以明白密码的原始意思了。"

罗伯特立刻取下项坠，两人一起来看那上面的两个词：

fmqzw uofhvlxvcwn △

他们一人负责一个词，各自拿了一张纸去解密。解密完毕，再把两张纸放到一起，结果如下。

罗伯特解密后的词是 flows（流经），而莉莉解密后的词是 underground（地下）。

"流经地下，"罗伯特说道，"这是什么意思？"

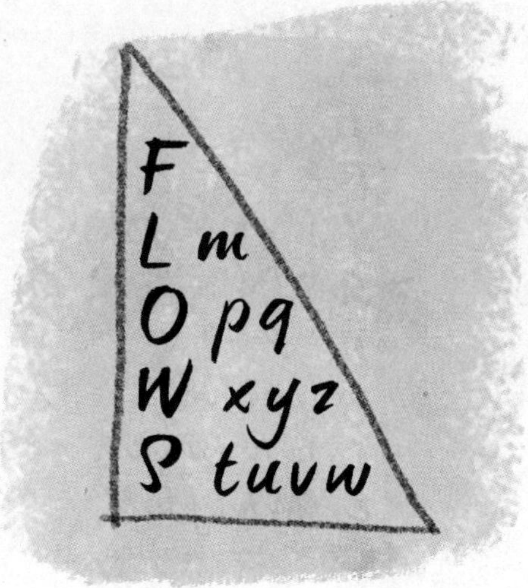
F
L m
O pq
W xyz
S tuvw

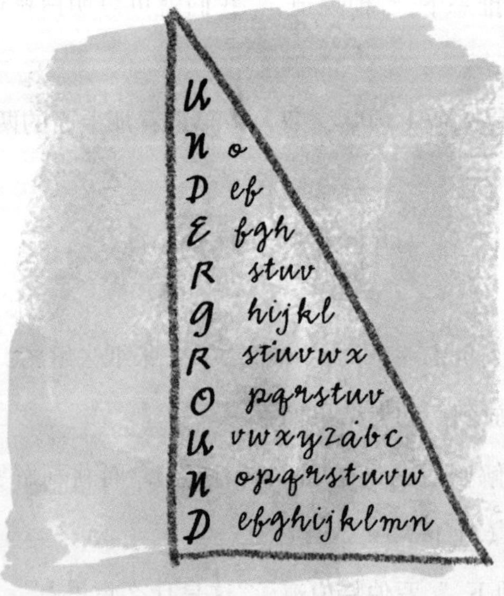
U
N o
D ef
E fgh
R stuv
G hijkl
R stuvwx
O pqrstuv
U vwxyzabc
N opqrstuvw
D efghijklmn

"这一定有所指，"莉莉打了个长长的哈欠，"但今晚我太累了，现在想不清楚了。已经很晚了，我们今晚就到这儿吧，该睡觉了。"

莉莉从爸爸的箱子里翻出两件干净的睡衣，一件递给罗伯特，一件自己穿。

"我来睡折叠床吧。"罗伯特说。

"你确定？"莉莉问道。

他点了点头："当然啦。"

他们有些害羞地各自转过身去，换上了睡衣。莉莉耸起肩膀，低头套进睡衣里。她很在意自己胸前和后背明显的白色伤疤——这是七年前那个冬夜，那次车祸的永久证明。就是这场车祸，夺去了妈妈的生命。有的伤疤已经愈合消弭，但是有的伤疤还没有——当时父亲为了救她而给她移植了齿轮之心，她胸前的手术痕迹即使现在也很明显。今晚又想起过去这些伤心事，让那些伤疤的抽痛更加难耐。她从叠好的裙兜里摸出妈妈送给她的菊石，把这珍贵的礼物紧紧贴在胸前。

罗伯特也心神不宁。他把月亮项坠戴回到脖子上。他现在甚至连睡觉的时候也不愿意摘下它，他很怕有人会偷偷潜入把它偷走。

他转过身看看莉莉。莉莉已经穿好睡衣，正要爬上床去睡觉。芒金在她脚边蜷成了一个球。莉莉按了一下四柱床上方墙上的一个按钮，墙体内部传出齿轮发条咔嗒咔嗒的声音，同时，床边布帘在莉莉的四面自动移动起来，遮住了整架大床。

"晚安！"她对罗伯特说。

"晚安！"罗伯特也低声地回了一句。

第十三章

睡梦中的莉莉轻柔地呼吸着，芒金的发条声也越来越小。罗伯特在角落里的折叠床上辗转反侧，他想快点入睡，可没有睡意，总想着妈妈的事情。今天他们似乎在寻找妈妈的路上又更进了一步，但想起她来，感觉还是那么遥不可及。

那两个词，flows underground（流经地下），一直盘桓在他心里。这两个词到底会是什么意思呢？他又为什么会这么关注这个呢？是的，他们也许能据此找回血月钻石，甚至有可能拿到悬赏，他得承认这也是很有吸引力的。当然也因为冒险的刺激感……可是意外发现自己居然和声名狼藉的罪犯德沃家有着血脉联系，这又让他有些恐惧。还有一个原因，是他说不定能顺着这个线索找到妈妈……但为什么他还会这么在乎她呢，明明他可以高高兴兴直接和莉莉、约翰他们成为一家人，毕竟哈特曼家的人可从来没有抛弃过他啊。

他想要把这一切从心头驱赶出去。但睡意迟迟不来。毯子盖着有些痒痒的。他睁着眼睛在床上足足躺了一小时。

脑子里想的东西太多了。他最后干脆爬起来，推开窗子去看月亮。不过此刻完全看不见，厚厚的雾霾和大片的云朵把月亮遮得严严实实。

他久久望着天空，在黑暗中思来想去。他期待着月亮再次探出脸来，但云团一动不动，仿佛一口深井聚集着紧张和愤怒，就像他那越来越不安的内心。

事实就是他已经紧张得快要不行了，如果最终能够与赛琳娜团聚，他甚至不知该如何面对。这么多年过去了，他到时候能跟她说些什么？他甚至可能都无法认出她来。他知道，婴儿或孩童时期对一个人的认识，和你已快成年时对人的认识肯定会是迥然不同的。他需要重新建立他们的关系——如果她还愿意和他联系。说不定她并不愿意再见到他，所以她当初才会离开。

她为什么遗弃了他？遗弃了她唯一的孩子，这是他要问她的第一个问题。等他把杰克的消息告诉她之后，就要她回答这个问题。希望她愿意说出实情，否则他也不知道自己接下来该怎么办。

他脑子里塞满了一个又一个的问题，对未来的走向越发没了信心。这时，一只手碰了碰他的肩头。他转头看见了莉莉。她已经醒了，不知道什么时候悄无声息地坐到了他旁边的窗台上。

她手里握着菊石："你是想那个谜题想得睡不着吗？"

"是啊，"罗伯特说，"但不是你想的那个，是另外一个。我是说，不知道当初她为什么要离开。"

"哦，"莉莉说，"等你找到她，就可以问她了。"

"莉莉，她当初怎么忍心的啊？丢下她唯一的孩子。"

"也许为了保护你，不让杰克找到你？"莉莉猜测道。

"不可能只为了这个，"他长叹了一口气，"这件事对她的伤害，也不会比我们受到的伤害小啊……"他摇摇头，"算了，你也不会知道她当时怎么想的，不说了。"他抿着嘴，抬头看看天空，"月亮没了，全都被云挡住了。"他说道。

莉莉点了点头："可月亮还是在那儿的，罗伯特，云只是暂时遮住了月亮，风一吹你就会看见她啦。一切都会好的。"

"你觉得会吗？"罗伯特问道，"你怎么知道？"

"这是什么傻问题呀？"莉莉说道，"你想说什么？"

"爸爸曾经这么说：'如果没人看月亮，何以确定月亮在闪光？'"

莉莉看上去一头雾水。

"这是个哲学问题，"罗伯特解释道，"我不认为会有什么答案。这就是说，如果没人体验，事物如何体现它的存在？"

"我明白了。"莉莉说道，其实她也没有完全懂。她把手里的菊石握得更紧一点。"也许，如果你足够相信她的存在，她就会存在。"

罗伯特斜倚在窗框上："有时候，一想起她像爸爸一样离开了我，我就感觉好孤独。"

"你永远也不会孤独的，"莉莉说，"你还有我们呢。"

罗伯特对她笑了笑，看了一眼床尾睡着的芒金："你和芒金都是我的好朋友，我很高兴有你们陪着我。"

"听着，我有困难的时候，你不是也帮了我吗？朋友不就是这样的嘛，现在你需要我的帮助了……我保证，我一定会罩着你的。"

"你不用非要这样啦。同样，如果你爸爸不帮我，我也不会怪他。他已经帮了我这么多，我却还总惦记着自己的家，这让我感觉很惭愧。可我留在你们家里的时候，总还是觉得少了什么。"

"我有时候也这样觉得，"莉莉附和道，"我们家太封闭，太安静。爸爸把我们管得太紧，总不让我们多接触外面的世界，"她咬着嘴唇，看着手中的菊石，想起了妈妈，"人总是怀念失去的一切。没人能替代他们的位置，朋友或者家人都代替不了。"

"或者说，"罗伯特回答道，"我们总会向往自己不曾拥有的东西。我总是希望我小时候跟妈妈相处的时间再多一点就好了。关于她，我只有一点零星的记忆，还有爸爸告诉我的一些妈妈的事情……我记得，爸爸曾跟我说妈妈可以跟幽灵对话，但妈妈不愿让别人知道，怕别人觉得她是个疯子。"他抹掉眼角的一滴泪，"你也曾经见过那个世界吧，莉莉？你见过……去世的人吗？"

"我也不确定那些会不会只是我的梦境。"莉莉说，"但我愿意认为那就是真的。我愿意相信妈妈的灵魂在守望着我。你爸爸的灵魂也在守望着你。"她又补充说道："有时候我会梦见他们。说不定这就表示他们仍然陪着我们。"

罗伯特摇摇头："我爸爸不相信这些的，他总说这是胡言乱语，说世上没有魔法，一切都是人自己想象出来的。也许他说的有道理。但也许，妈妈也有她的道理。"

莉莉点了点头。她爸爸也不相信灵魂的存在，在他眼里，一切都要有科学道理，要有事实依据，虽然在莉莉眼中，爸爸所从事的工作本身就有许多充满神秘和魔力的因素。

罗伯特望着天空，大团的云朵都飘远了，几乎和伦敦夜晚的雾霾烟气融为一体。他挪了挪脚。"咱们明天早上再聊吧，我还是尽量睡会儿。不知道明天会怎样呢。"他正要从窗边走开，莉莉突然一把抓住他的胳膊。

"瞧！"她叫道。

他抬眼望去。

空中云开雾散，赫然是几近满月的月亮——满月的日子就是明天——一轮银灿灿的脸庞在闪耀群星中看向他们。

"这是个好兆头，"莉莉说，"这意味着，你所要寻找的还在等着你。乌云散去，就是晴朗。"

莉莉回去继续睡觉了，罗伯特又看了一会儿月亮。不一会儿他便听到莉莉缓慢绵长的呼吸，看来她脑袋一沾枕头就睡着了。

罗伯特一边爬上床，一边思索着，似乎跟莉莉的这番谈话让自己感觉好些了。心事有人分担，就变得不再那么沉重。朋友总可以给你出些好主意。有时候，人会在忧虑的迷雾中迷失，但是如果可以向朋友敞开心扉，倾吐自己的心事，他们就能帮你回到正确的道路上。

渐渐地，罗伯特感觉身体慢慢沉重起来，思绪如落在一杯水里的尘埃，渐渐下沉，他也随之坠入了梦乡。

第二天清晨，他们早早醒来，穿衣服的时候，两人都很沉默。衣服全都皱巴巴的，而且昨天在湖里沾到的泥浆在衣服上留下了无数个泥巴点，可他们昨晚忘了问门房先生是否能找到些换洗的衣服，爸爸的衣服对他们来说又都太大了，所以他们别无选择，只好将就着继续穿一天。

他们出门的路上，先去佳吉小姐那儿看了看。果然，爸爸已经发了回复电报：

支付费用

收到

No.
邮戳

邮 局 电 报

宝贝莉莉，很高兴你们都平安。

请待在机械师协会不要出去。

我将于黄昏回来。

爱你们的爸爸

"你们可以在我办公室里等，如果你们愿意，"佳吉小姐提议说，"还可以给我帮帮忙。"

但罗伯特摇了摇头，他想立刻开始行动去找安娜，给她看看坠盒和密码。他们不会放弃寻找赛琳娜，至少现在还不是放弃的时候，他们已经取得了不小的进展，况且杰克又回到了伦敦，赛琳娜更危险了，他们必须找到她。

他们离开了佳吉小姐的办公室，一路出了大楼，立刻看见了托里，他避开外面灼人的阳光，在柱廊入口处找了片阴凉地方等着他们。"准备好了吗？我们出发去《齿轮日报》社？"他问道，"今天有人替我负责我的卖报区域，所以我可以和你们几个出去溜达一整天了，就像贝克街小分队一样。"

"他们是什么人？"罗伯特问道。

"就是帮助夏洛克·福尔摩斯调查案件的一帮街头流浪儿。"托里说道。

"他怎么不雇几个大人？或是机械人？"芒金问道。

"我想，他应该是发现这些小家伙能调查得更深入吧，"托里说，"他们哪儿都去过，什么都见过，什么消息都能探到，我们这样的穷小子都这样。"

他蹦蹦跳跳地跑下台阶，领着大家避开来来往往的出租马车和轰隆的蒸汽车，走到马路对面。

一行人走了不一会儿就到了舰队街。虽然伦敦位于河畔，但城市里又热又潮湿。罗伯特卷起衬衣袖子，扯了扯衣领，上面沾了汗水和灰尘，弄得脖子痒痒的。

放眼望去，房屋之间都装饰着三角小旗子和红白蓝三色的彩带，人行道的两边还竖起了木头栅栏，准备迎接明天的游行。

他们从一座横跨两排高大房屋的金属铁路桥下走过。耀眼的阳光下，莉莉隐约看见，这座桥的后方就是圣保罗大教堂，那儿就是游行的终点。她希望，等爸爸回到机械师协会后，能让他们再多待一天看看游行。

最后，他们来到一座高大的红砖建筑的门廊入口。建筑顶端是几个两米高的字：

齿轮日报

托里咧嘴一笑，指着招牌说："我们到了，这就是印刷所有重大新闻的地方！调查真相这个信条简直刻在了他们的骨子里。几乎所有的大事都会被详细报道出来，机械之谜、失踪的北极飞艇、被盗的蒸汽引擎之谜、巨兽号撞上大本钟等，所有的秘闻异事都被报道得一清二楚！"

莉莉点了点头。她和罗伯特对最后那一桩事件格外熟悉，当时正是他们给安娜提供的内幕消息呢。她莫名感到有些激动。是的，托里说得对，这里是新闻世界的中心。现在，她正站在总部办公大楼外，她准备去见的这位朋友，可不仅是这里的普通工作人员，她是这里新闻部门的首席调查记者。想想都激动，她居然结识了这样的人物！自从妈妈去世以后，她的童年生活被爸爸呵护得密不透风，而在过去的八个月中，她从这样无微不至的保护中走出了一大步，虽然在外面也遇到了许多危险事件，但她觉得比过去开心多了。

他们沿着大楼侧边来到一个院落的木门前。托里在大门上嵌的一扇小门上敲了敲，等了几分钟，一个身穿印刷工人制服的男人来开了门。

这人用毛乎乎的手在鼻子上抹了一把，说道："托里，这是又迟到了，还是卖完了要来拿新报纸？这几位是谁？新员工吗？你知道的，我们不能再招更多的卖报员了。"

托里摇着头说："查理，他们是安娜·奎因的朋友。"

查理啧啧两声，大拇指朝后面一指，那边是主楼的后侧。"跟平常一样，她在屋顶呢！"

"她在楼顶干吗？"莉莉问道。

"你不知道吗？"托里吃惊地说，"那里是她在这边的飞艇停泊处啊，她的瓢虫号飞船。她只要来这片城区，就会停在上面。"

莉莉把芒金搭在脖子上，随罗伯特和托里顺着《齿轮日报》社大楼侧边的一架绳梯往上爬，汗水顺着后背往下流，芒金的狐狸毛弄得她脖子直痒痒。这天气还戴着一条狐狸披肩，简直太热了，尤其这披肩还活蹦乱跳的，几只不安生的小爪子一直在挠她露在外面的胳膊。

梯子有点朝一边歪，罗伯特都不敢往下看。绳梯少了几步梯踏，整条梯子相当不牢靠的样子，真是吓死人了！

"注意脚下。"托里喊道，他已经爬到那排巨大的招牌下面了，从末尾那个两米高的字母下面低下身子绕了过去。

莉莉和罗伯特好不容易爬到绳梯顶上，跟上了托里。现在，他们站到了一方平坦的屋顶上，地面铺了瓷砖，像一条拼接跑道，地面略带一点向上的弧度，朝雾蒙蒙的天空方向翘上去。

在弧面的那一头，是瓢虫号。飞艇的吊舱正好楔在几个烟囱之间，把那个最大的烟囱当作泊柱拴在上面。气球球囊耷拉在一边，不同面料拼接而成的丝织球囊瘪瘪的，外面还沾了些灰土和鸟粪。飞艇的后面，是河边一排破旧的尖塔和灰色的屋顶。

莉莉把两根手指含在口中，隔着屋顶朝着飞艇敞开的舱门打了一声响亮的口哨。

不一会儿，一个身材结实、身穿笨重飞行服的人出现在门口。她随手把一抹棕色刘海向后一拢，露出亮晶晶的蓝眼睛，红润润的脸庞对他们粲然一笑。正是安娜！

"喂！"她大声叫道，"这不是我的老船员嘛！哇，还带来了一位朋友。托里，太棒了，很高兴再次见到你！"她在屋顶那边向他们直挥手，"噢，你们还等什么？在等我给你们写一封皇家请柬吗？快上来呀，都过来！小心脚底下，有些瓦片松了！"

第十四章

瓢虫号还是莉莉记忆中的样子：带坡度的低矮天花板，角度奇特的壁橱。安娜领着他们来到右舱，舷窗开着，吹进凉爽惬意的清风。在这狭小的空间里，正中摆着一把椅子和一张支开的折叠桌，桌上摆着一台打字机，旁边一摞杂志和报纸上面放着一条面包和一把刀。

在所有这些东西的后面挤着一台微型齿轮驱动引擎，船尾还凑合着放下了一只炉子。

煎锅在炉子上嘶嘶响着，散发出浓郁的香肠、鸡蛋和培根混合的香味，让莉莉直咽口水。她忽然觉得饿极了，这时候才想起来早上还没来得及吃早饭，醒过神来的空肚子忙不迭叫唤起来，那声音简直像蒸汽引擎一般响亮。

安娜被逗乐了，她眉毛一挑："你们来得很是时候啊，我刚刚一直在编恐怖故事，现在正好休息一下，用个午前茶点。"

她拿起煎锅，颠了颠锅里的东西："我管这叫早饭加餐。我没有耶稣那么大的法力，这肯定不够五千人吃，但我们几个人分一下，每人做个三明治还是够的。"

托里在这里挺自在，一点也不见外，他站在舱室另一边的餐具橱那儿，从一条面包上切下四片，开始一片片地涂黄油。

安娜有些忧心地望着罗伯特、莉莉和芒金，莉莉以为她要开口问他们的近况了。可她却只是问了一句："你们喜欢我这个停泊区吗？"

莉莉绕过桌子，挤到舷窗前往外望去。"我很喜欢，"她大声说道，"从这里，可以看到整个伦敦！"

"当然，"托里说着，若有所思地停下手中的活，"安娜，你这儿会是观看庆典游行的绝佳位置！你介意我一直在这儿待到明天下午看完庆典吗？"

"当然不介意，"安娜回答道，"只要你做好心理准备，晚上只能睡在过道地板上。"

"太好了，"托里递给莉莉和罗伯特一人一片面包，"安娜在躲执法员。她最近经济方面有点麻烦，报社还没付给她上一份作品的稿酬，所以她现在还没法拥有一个正式的停泊位。"

"又在到处打听了，嗯？"安娜把锅里的东西往外舀，"你可真是个十足的夏洛克·福尔摩斯！"她给莉莉和罗伯特一人发了一根香肠，给托里分了几片培根，最后剩了一个鸡蛋给自己。"我相信，你很快就会能成为首席记者！"

"嗯，我会的！等你听了我们带来的杰克相关的惊天内幕，你就会更加确信这一点。"托里一边吃着面包和培根，一边说道。

"噢，说说看？"

"我们在找我的妈妈，赛琳娜。"罗伯特解释道，"她是杰克的女儿，也就是说杰克是我的外祖父，芬洛是我的舅舅。"他咬了一口手上的香肠三明治，不禁打了个寒战——每次他大声说出这件事，都会觉得这个事实听起来更加怪诞可怕了几分。

"芬洛是杰克的儿子，之前帮杰克越狱的就是他。"莉莉解释道。

"还有，我们认为他们都在寻找赛琳娜，"罗伯特继续说道，"因为她手上有血月钻石的关键线索。"

"你的妈妈……"安娜惊讶得眼睛瞪得老大，一时竟然词穷了。芒金在一旁看着，担心她手上的三明治会一松手掉下来。他遗憾地想，如果自己是一只真正意义上的动物该多好，那样这会儿他就可以趁其不备跳起来，叼走她手里剩的那半块三明治，一口吃掉！

但安娜很快回过神来。"这么说你们见过杰克·德沃了？"她问道，"我们报纸上刊登了好几则有关杰克的目击者消息，结果都是假的！"

"我们见的杰克可是千真万确！就跟我脸上的鼻子一样真切。"

"但是比他的鼻子可吓人多了。"芒金在一旁补充道。

"所以他是在寻找钻石？"安娜问道，"并且想要伺机报复？"

罗伯特摇摇头。"不仅如此，还有别的。他们需要……"他深吸了一口气，到底该不该在还不怎么熟的托里面前，跟安娜提起挂坠的事情？"我们得到了半份地图，"他解释道，"我们估计另一半在我妈妈手里，而且她应该能解读这份地图。所以现在杰克一直在追查她的下落……还有我的下落。"

"地图在哪里？"安娜问道，"咱们来看一看。"

罗伯特有些迟疑地伸手去取脖子上挂着的项坠。他仍然不确定现在是否应该拿出它来。这是他拥有的来自妈妈的唯一的物件，他不想失去它，一分钟都不想让它离开自己，但安娜可以帮助他们。

"哇噢！瞧瞧！"罗伯特一拿出月亮项坠，托里的眼睛瞪得如硬币般溜圆。罗伯特把项坠递给安娜的一瞬间，他有点别别扭扭的，不过安娜似乎看出了他的犹疑。

她小心地接在手中，仔细查看那弧形的象牙脸和那有些像小丑潘趣的五官。"一弯新月。"说着，她把坠盒转了个面，端详着背面的地图。"这个也许是个地点标记。"她轻轻叩了叩那颗红色的宝石。

"我们也是这样想的，"莉莉说道，"一个初始点。"

"也许是终点，"罗伯特接着说道，"就像画个叉用来表示地点一样。"

"你们是说，这可能就是血月钻石的所在地？"托里兴奋地问道。

"那两个词,"安娜说,"和那个三角应该是某种密码。也许是个地名,但是都没有大写字母……"

"我们已经解开密码了,"罗伯特解释道,"意思是'流经地下'。"

"这可真够隐晦的!"安娜喃喃道。

"是吧!"莉莉应道,"可是项坠还缺了另外一部分——我们觉得也许还在赛琳娜手中。我们估计,那一半应该是凸月形的,放到一起就能组成一张完整地图,就能解开剩下的谜底。"

"哦。"安娜说。

"所以我们必须在杰克之前找到她。"罗伯特紧接着说道。

安娜打开坠盒,看着罗伯特一家人的照片问道:"罗伯特,你只有这一张你妈妈的照片吗?"

"不,我们还有这个。"莉莉拿出探长给的那张剧院海报,打开给安娜看,上面有德沃全家人的照片。

"这张照片没什么用啊,"安娜说,"太老了,那时赛琳娜还只是个小姑娘呢。"

"我们已经带着这个到剧院去问过一圈了,"芒金插嘴道,"所有人一听到德沃这个名字,就害怕得不得了,他们什么信息都不肯说。"

"那没用的。"安娜说,"在得到更多信息之前,我们暂且还是不要对这些密码和地图妄做假设。不过,幸好你们带着这些线索来找我了,我们应该可以在《齿轮日报》往年的报道里面,挖掘出一些关于德沃家，特别是赛琳娜的消息。"

她关上坠盒，小心翼翼地把它还给了罗伯特。"快点吃完东西，准备干活啦！我发现自己吃饱了之后，脑子都好使多了。等大家都吃完，我们就直奔资料室开始调查。"

"我们？你是说，我们所有人都可以来帮忙吗？"托里满怀希望地问道。他飞快地吃完了剩下的三明治。

安娜拍拍他的肩膀说道："当然，托里！我们需要集思广益。而且，你可是我见过的最棒的侦探……之一，还有罗伯特和莉莉。"

"还有我！"桌子底下传来一个声音。"我拥有我平生所见的最棒的侦探鼻子！"芒金使劲地抽了一下鼻子。

"当然！还有你，芒金。"安娜拍拍他的头，咬了一口煎蛋。

安娜带着他们穿过一个工厂车间，这里摆满了大型印刷机。噪声震耳欲聋，咔嗒咔嗒，轰隆轰隆。随着机器发出的巨大响声，一卷巨大的新闻纸被拖进了机器，印刷着当日的报纸。

在生产线的另外一端，男人们和机器人们从机器里取出印刷好的报纸，一堆一堆地码起来，到时候装订好就可以售卖了。安娜带着他们进了一道门，来到一间办公室，里面全是布满灰尘的架子，堆满了发黄的报纸，从下到上直堆到天花板上。门的正上方，挂着一只时钟，边上印着浮凸的《齿轮日报》徽记。

"这就是资料室。"安娜解释着，拉开房间中心的卡片目录抽屉，"首先，我们筛查一遍最近六个月的剧院广告、剧目评论和分类广告；如果你妈妈真的在伦敦剧院演出过，罗伯特，我们一定能在这里找到切实的证据。"

安娜取下几摞报纸，然后和莉莉、罗伯特，还有托里一起，每人一堆开始一页页翻找。芒金嘛，他们就没让他参与这项活动，他太过冲动，他们可不想看到哪份重要文件还没来得及读就被他撕碎了。

他们差不多看了两小时，把这半年的报纸从头到尾翻了一遍，可莉莉还是没找到任何和赛琳娜·德沃相关的线索。

最后，已经不抱希望的她随手拿起了一份最新的报纸，是刚刚印刷出来的，油墨都还没干。她首先翻到了广告版。

一幅线条勾勒的女人肖像引起了莉莉的注意，这女人眼睛紧闭着，手指紧贴着太阳穴，在她脑后有个大大的白圈，看起来像个光晕或水晶球，或者……对，莉莉想到了，就像一轮明月！图片下面有一行标题，她便接着看下去。

莉莉急忙冲向罗伯特、托里和安娜，他们正坐在另一张书桌前。

"看！"她高声叫道，"这不可能只是个巧合，对吧？"

罗伯特仔细端详，想看看这肖像是否与赛琳娜相似。"我拿不准。"他看完说道。

"不过月亮的魔力什么的，听起来就觉得很有可能是她……"莉莉说到，"你跟我说过，赛琳娜就是月亮的意思，这

席琳·朵尔

以暗月魔力召唤幽灵，展示神秘世界！

世界知名灵媒大师

席琳·朵尔与幽灵向导的现场交流！

只需一件私人物品，现场揭示你的命运！

❀

每晚两场（7点场和9点场）

为献礼女王庆典，特增午后特别专场

（本周六下午4点开始）

❀

现场票房售票

奇趣大剧院

瓦伦丁街

听起来很像席琳，想想吧，德沃和朵尔听起来也差不多呀！"

"法语中，朵尔也有金子的意思。"芒金插了一句。

"金色的月亮。"托里说道。

罗伯特把帽子戴回头上，再一次仔细地看着那张海报。"也许她就是我妈妈，"他说道，"但如果真的是她，她一定知道杰克已经逃出了监狱，而且会疯狂地找她。那她为什么还要冒这样的风险？"

他站起身，看了看门上方的时钟，"今天是星期六，午后特别专场日——也就是说，下一场演出不到一小时了。我们应该去看看，看看是不是她，并且可以立刻提醒她注意安全。"

"安娜，你要跟我们一起去吗？"莉莉问道。现在的情况让她突然焦虑起来。

安娜摇摇头。"我是从来不看招魂表演的，那都是胡扯。而且，我还想继续琢磨一下这个月亮项坠的事情——在这些旧档案里，肯定有些地方会提到类似东西的。不过托里可以带你们去，他知道瓦伦丁街，我到时候去那儿跟你们会合。"

"来吧，"罗伯特恳求道，"我们需要你的帮助。"

"我手头的事情太多了。"安娜摇着头说道。

"有的事情能不能晚点再做呢？"莉莉问道。

"好吧，好吧，"她最后终于屈服了，"如果你们都这么追着我叨叨，我怎么拒绝得了啊？让我先把这里收拾一下。你们先出门，去把票买了，但一定要等我来了一起进去。我很快就会到剧场跟你们会合的，我保证。"

他们从黑衣修士桥上走过泰晤士河，顺着层层叠叠的排屋后面的铁道线，一路朝河堤那边走去。沿路的各条街巷上，大家都在为明天的游行做准备，忙着用彩带和女王肖像装饰他们的窗户和前门。

他们转入瓦伦丁街的时候，前方泰晤士河水传来颇有节律的轻柔的拍岸声。凉爽的清风带着青苔的气息从河边飘来，驱散了闷热的六月暑气。河岸上烧着的火盆里散发着煤炭粉尘和烟雾的味道，让莉莉的鼻子和眼睛都开始发痒。鹅卵石路的上方飘荡着灰色的烟雾，罗伯特捂住嘴连声咳嗽。

芒金丝毫不受这一切的影响，迈着优雅的步伐跟在他们身边。反正他又不呼吸，对他来说，让人类感到窒息的城市空气和别处也没有什么差异。

托里似乎也还好，"这豌豆汤色的雾气，就是伦敦的毒雾。"他说道，"有时候人们会因为这些有毒的烟雾染病，但我从来都没事。我早就习惯了。"

他们跟随托里来到了瓦伦丁街，从许多扛着板条箱和木桶的人身边走过。前面的道路拐了弯，一路经过围着码头修的无数小棚屋。

河中，船只停泊在深水区。已经下锚拴好的各种飞船飘在河水上空，五花八门，型号各异，它们像牛羊吃草一样，悠然地啃啮着云朵。码头那边人声鼎沸，大家在为女王的钻石庆典做最后的准备。

他们继续走，前面更加脏乱一些，失事损毁的船只陷在泰晤士河浅滩中的淤泥里，活像搁浅的鲸鱼。锈蚀的飞艇骨架仿佛奇特的金属蜘蛛网，招来了许多拾荒者、清沟工和赶滩寻宝人。这些人都弯腰驼背的，穿着破烂的外套和马裤，趴在那些只剩空壳的残骸上细细翻找，指望能撬下一些还完整的线缆、螺丝什么的——任何能卖钱的东西。

托里带领莉莉、罗伯特和芒金走过这片凌乱狼藉的地方，沿着码头来到一个水手旁边。那人正在收拾绳子。

托里停下来问他："我们正在找奇趣大剧院，请问怎么走？"

那水手点点头说："就在船坞顶头那边。不过你们要小心点！那是个危险的地方，据说那房子闹鬼。"

莉莉觉得紧张起来，她有一种强烈的不祥预感。

他们谢过那人，加快了步伐，顺着码头，朝那人指的方向跑去。

那儿有一座带木头门廊的小型建筑。砖被刷成了灰色，百叶窗上依稀可见几张用粉笔画成的幽灵般的面孔。一艘飞艇投下的阴影在屋顶上飘忽着，惊起几只乌鸦。这些鸟儿嘶声聒噪起来，拍着翅膀飞过砖墙上挂着的白色牌子。有些褪色的牌子上，近两米高的字母们宣告着，这个地方就是他们要找的奇趣大剧院。

第十五章

虽然这个剧院叫作奇趣大剧院，其实看起来既无奇趣也并不大。就外观来看，这里更像是个破落衰败的艺术沙龙，完全不像个正经靠谱的演出场馆。他们离开了闷热潮湿的码头，走进了剧院阴凉简陋的小门厅。

一个售票台就几乎占满了整个门厅的空间。罗伯特从售票台后面的拱门望进去，能看到一间大大的候场厅，里面人头攒动，候场的观众在那儿聊着天，急切地等着入场。他和莉莉一起朝售票台走去，心里突然慌张起来。

售票台后面坐着一个小姑娘，她轻声哼着歌，全神贯注地读着一本《惊魂便士》的小册子。她的头低得几乎要凑到书页上去了，黑色的头发像细小的树枝乱糟糟缠成一团。莉莉非常确定，她正在看的那一本是《谋杀疑案》。如果能跟这个小姑娘搭上话，她想，也许能获取点什么信息。

紧跟在后面的托里也进来了，他"咣"的一声关上了门。那女孩终于抬起头来，对他们客气地笑了笑。她脸庞苍白，眉毛浓密，不知是因为她的五官还是神情，让人觉得非常熟悉。

"我们要找席琳·朵尔小姐，我们想跟她谈谈。"莉莉对小女孩说。

女孩耸耸肩："她正在准备午后日场，演出之前她不会见任何人的，她说这会影响她的灵气气场。"

"如果她不肯见我们，那我这就进去搅散她的全部气场。"芒金气急败坏地说。

"嘘。"罗伯特要他安静点。他又问那女孩："你觉得表演之后我们能见她吗？我们可以等的。"

"因为一些家庭原因，恐怕她以后都不会再接待单独测算运程的客户了。"女孩摇摇头说。

"你读的是《谋杀疑案》？"莉莉一只胳膊倚在柜台上问道。

女孩合上了册子："啊，你怎么知道？对呀！"

"我们有个朋友为这个系列供稿。"莉莉说道。

"真的啊？"女孩好像很有兴趣。

"是啊，"莉莉说，"她一会儿也会来的。"她凑近看了看封面，"第五十二期，这是有斯维尼·托德的那一集，对吧？"

小女孩的眼睛一亮："对，这是我个人最喜欢的一本……我至少读了十二遍。你们叫什么名字？"

"我是莉莉·哈特曼，"莉莉说，"这是我哥哥罗伯特，这两位是我的朋友，托里和芒金。"

女孩打开售票台的侧门走出来。她站在他们中间，个头看上去比坐在窗户后面的样子小多了，大约只有九岁或十岁的光景。莉莉往门缝里看了一眼，注意到她的椅子上有一摞软垫子，地上还放着一只垫脚的饼干罐子——这些小花招使她在售票台窗户里看起来比实际身高要高。

"我是凯迪。"小女孩在芒金身旁蹲下来，轻轻地抚摸着他的下巴。

狐狸发出舒服的咕噜声，愉快地轻咬凯迪蓬乱的发梢。他对这小女孩可比对其他陌生人都友好多了，莉莉不禁好奇到底这小女孩有什么魔力，能让狐狸放下戒备。

凯迪拿起挂在芒金脖链上的发条钥匙，看见钥匙头上有个哈特曼与银鱼公司出品的机械动物特有的徽标，她带着笑仔细打量了一下。"你的狐狸是哈特曼的机械狐呀！真厉害！"凯迪放下钥匙，忽地站起来说："刚才你们是说找朵尔小姐有什么事？"

"是一点私事，"罗伯特插话道，"但是非常重要，我们一定得和她见一面。"

凯迪语气生硬起来："哦，我待会儿一定会把你们的需求转告给她。如果你们运气好，在演出之后她可能会同意见你们。不过，私下咨询通常要收三英镑。"

"我们没有这么多钱。"莉莉说。

"没事，看她的表演只需要六便士。"凯迪告诉她说，"演出相当好看哦！有可怕的鬼魂显灵，还有很多别的稀罕东西，比如，当星星排列成一行的时候……"

"听起来很有意思呀。"托里说。

"听起来糟糕透了！"芒金粗声粗气地说道。他很恼火小女孩怎么突然不给他挠痒痒了。

"如果我们买票，你能帮忙劝朵尔小姐在散场之后和我们见一面吗？"

"我尽量吧，"凯迪说，"但我不能保证什么，我刚才也说了，过去这整整一周，她拒绝了所有的访客。"

莉莉从裙子兜里拿出钱包："那请你先帮我们买四张票吧。"

"一共两先令。"凯迪从一个纸卷上撕下四张票来，莉莉数着手里最后那把硬币，一个一个数好放到桌子上。

"瞧，"她数完后说道，"这是我们所有的钱了，罗伯特，希望这位席琳·朵尔就是我们要找的人。"

"其实，"凯迪一边把钱收起来一边说道，"我可以免费让狐狸进去的。"

"噢，第四张票不是给他买的，"罗伯特说，"那是给我们的朋友安娜买的，我估计她马上就会到了。"

"演出开始之后，就不允许入场了。"凯迪说。

"演出具体是几点开始？"莉莉问道。事情看起来有点不妙啊，安娜之前说过要他们等她到了再一起进去的。

"怎么了？当然是现在啊！"凯迪"啪嗒"一声放下售票窗口的窗板。"来吧，"她乐呵呵地说道，"我亲自带你们进场。"

"我们难道不等安娜了？"莉莉问道，可伙伴们都已经跟着凯迪挤进了候场厅里挤挤挨挨的百来号人中间。跟他们昨天见到的那些去西区剧院看戏的人相比，这里的观众都显得贫困潦倒，而且他们都在不耐烦地喧嚷着，吵着要早些入场。

芒金嗅遍了他遇到的每一双脚。大片的镀金石膏从天花板上剥落下来，碎成小块散落在人们脚边。"啊，这些可怕的霉味，还有这俗艳的装修风格，真受不了！"他大声说着，"咱们快点找到这什么席琳·朵尔小姐，在我窒息而死之前离开这个地方吧！"

莉莉没有理会他。她注意到人群中有一张自己认识的面孔，不是杰克也不是芬洛，而是……她一时记不起来的某个人。他脸上刮得光光的，蓄着整洁的八字胡。她正想凑近点再仔细看看，但他却转过身去跟一位朋友说话——他这位朋友个子高高的，一脸严肃，像个公职人员，留着白胡子。然后凯迪就催着她向前走了。

他们到了大厅的最前面。正厅前座区的金色指示牌下有两扇精致的茶色玻璃门。凯迪用力推开了门。

"先生们，女士们，"她说道，"请大家就位，演出即将开始！"

人群呼啦啦进了门，走向各自的座位。莉莉拖在后面，出汗的手心里还紧紧攥着她的票。廉价纸张上墨黑的字迹早就蹭了她一手污迹。她看着一张张脸从面前晃过，她此刻还在寻找先前在人群中见到的那个陌生人，可他好像彻底消失了。"我们不等安娜了吗？"她又大声对自己的伙伴们喊道，但他们都没听到。他们已经随着拥挤的人群一起进了表演厅。不一会儿，人群中的莉莉也身不由己地被挤了进去。

表演厅内二三十排座位很快被坐满，只有舞台脚灯下几个破旧的前排座位还空着。莉莉觉得，当初新建的时候，弧形的舞台布景肯定也是富丽堂皇过一阵的，不过现在都褪色了，布景上的一些人像已经变得相当暗淡，表皮也开始剥落了。

罗伯特随人群挤到前排，他一直抓着脖子上的项坠，好确保它没丢。如果这个席琳真的是赛琳娜，而且关注过他们的近况，那么她就肯定知道他爸爸已经去世，也肯定会意识到罗伯特一定会来找她。不过，如果她已经知道了一切，为什么却依然选择不联系呢？那罗伯特又该怎么面对她呢？这时候，最后几个观众也进了场，已经找不到空位置坐，只好在后排的角落处挤着。罗伯特开始隐约觉得胸口闷得发慌。

莉莉一直盯着攒动的人群，想看安娜进来了没有。但时间已经到了，凯迪已经关上剧场的门走了出去。莉莉只好尽量平复心情，在罗伯特身边落座。芒金爬到她脚边，无聊地打了个哈欠。托里从兜里掏出几个花生，嗑开的壳儿随手丢在狐狸周围的地上。

"看着点！"芒金气急败坏地叫道，瞪了他一眼。

"怎么了？"托里说，"这是个剧院，看戏不是就该吃点瓜子花生吗？"

莉莉刚要劝他俩都别出声了，突然，随着一声类似老旧风箱发出的吱嘎声，舞台防火幕缓缓升起，露出有些陈旧的绣了金线的红色天鹅绒幕布。

接着，传来一阵嘶嘶的声音，表演厅的灯光暗淡下来。人群窃窃低语着，一道聚光灯在帘幕上投下一轮白色的月影。莉莉紧握着双手，这个预兆让她战栗。接着，聚光灯熄灭，舞台脚灯也熄灭了，舞台陷入一片黑暗。

感觉过了很久，罗伯特紧紧攥着项坠。他感到一阵寒冷彻骨的恐惧。这样似乎不太对劲。他想象中与妈妈再次相见不应该是这样的。此时，就像水流逐渐注入杯子，恐惧渐渐占据了他整个身体……他不安地在座位上动来动去。他真的很想此刻就离开这里，但突然——

砰！

聚光灯重新闪亮。舞台中央站着一个女人，身穿珠宝点缀的天鹅绒长裙，身披白色丝绸披风，她盘在头顶的茂密黑发被高耸的裙领映衬得就像墨黑的雷雨云。

她高举双手，双手合十，微微弯腰行礼，再抬起头时，摇曳的灯光照亮了她的面庞。高挺的鼻梁，雕塑般的两颊，深邃的浅绿褐色的眼睛——就跟罗伯特一样——厚重的黑色眼影使她的目光更加幽深。她微微蹙眉，扫视全场，那两道深灰色的剑眉极有气势。她没有立刻说话，就像还需要适应一下舞台似的。莉莉想要对罗伯特说点什么，可扭头一看，他张着嘴巴，紧抓着椅子座的手指关节都发白了，一副十分紧张的样子。

"你觉得——"她问道。

"就是她。"罗伯特打断她说道，"我妈妈。"

席琳微微一笑，双手轻挥，她身后的红色幕布便徐徐拉开，展露出靛蓝色的背景，上面布满了玻璃珠做的星星，跟她裙装上的珠宝交相辉映。在舞台脚灯的光芒中，星星次第闪烁。渐渐能看出星辰形成了星座，浮现在舞台上组成了黄道十二宫等星座的星图。

"请看，通灵橱。"

聚光灯从她的脸上移开，照到舞台上一个黑漆的木橱，大约一人大小。橱柜前壁中心有个白色闪亮的圆，像散发着珠母贝光泽的月亮。中间有一根细线，把月亮从正中一分为二，那一定是橱柜的两扇门的边沿所形成的。果然如此，当莉莉仔细看时，中间这条线的每边都有一个小小的玻璃把手。

席琳走过去，抓着把手打开两扇门，里面如死亡般黑暗幽深，仿佛能吞噬光线。

"这是通往另一个世界的入口……"席琳声音洪亮，充满权威感，而且带着一种神秘的音律感。她把手伸进橱柜里面，顺着箱壁挥舞了一圈。"此刻这橱里是空的，不过，我三言两语就能唤来我那幽灵向导的灵体。"

席琳两手一拍，接着说道："它通常以一个小女孩的形象出现，看起来柔弱无害，实际上它是人类的危险强敌。不要惹它，更不要激怒它，否则它会毫不留情，痛下杀手。"

"所幸的是，我们也有办法保护自己。"席琳走到舞台前面，那里出现了一把木椅，一张桌子，桌上放着一杯水。她从桌上拿起一件小东西，举到空中，光线下那物体微微闪光，原来是一支粉笔。

"在我召唤幽灵之前，我要画一个五角星符，阻止死亡之地的访客趁机进入我们的世界。"

然后席琳蹲下身体，沿着橱柜箱体四边画了一个圆，然后绕着箱体又画了第二个圆，并用粉笔在圆周内画了一个怪模怪样的星形符号。

她回到舞台前端，喝了一小口水，在木椅上坐下。

她舒适地坐定，闭上双眼，双手放在太阳穴边，开始轻声地哼唱。慢慢地，她的哼唱中一点一点地加入了歌词，声音也越来越大，她的歌声渐渐响彻整个剧场。

那些唱词乍一听好似胡言乱语，但很快，罗伯特就听出了真真切切的语句。

"我向你们祈求，荒远之地的幽灵。"席琳唱道，她的声音随着唱词的怪异节奏起伏颤抖。

> 离开你们的坟茔，展翅起飞吧，远离那迷失的没有星星的无尽的虚空，
>
> 我召唤你们，从那没有呼吸、没有睡眠、没有死亡的静默中醒来。

踏上崎岖的路径，在月光如昼的照耀下，跟随她盈凸的脸。

我们等着你们的到来……

带着永恒的智慧，醒来……

就在此刻！

咔——嚓！一声巨响震撼了整个剧场。

罗伯特的目光望向那只通灵橱，他的心骤然失跳，那里不再空无一物！那里，就在那黑暗局促的空间里，出现了一个鬼魂的身影，脸色苍白，形容枯槁。

第十六章

通灵橱里，那个死神般的幽灵脸色惨白，悬在半空。她白色的裙衫和长长的金发在黑暗中如波浪般翻涌，仿佛她身在水波深处。剧场里变得有些冷，似乎这个幽灵女孩带来了冬天的寒意。席琳哆嗦了一下，把肩头的披肩裹得更紧，她周围的灯光逐渐变得暗淡、失色。

"嘶"的一声，幽灵女孩醒来了。莉莉屏住呼吸。那幽灵的眼睛向上翻着，可在场的每个人似乎感觉她正凝视着自己的内心深处。

即便是芒金，这个通常天不怕地不怕的家伙，此刻也正在座位下瑟瑟发抖——莉莉可以感觉到在她腿边的那条狐狸尾巴正哆哆嗦嗦地颤抖不停。她真希望安娜就在她身边对这一切嗤之以鼻。那个热气球飞行家怎么还没到呢？是那个前台的女孩凯迪拒绝让她进来吗？

"请大家欢迎我的幽灵向导，"席琳说着，"我管她叫无名者，她已经在亡灵的世界里飘荡将近四十年了。她去世的时候尚还年幼，迷失在地下世界，就此踏上了迷雾重重的艰险道路。在漫长的时光里，她学会了许多黑暗的超自然法术。"

席琳从座位上站起来，直接对着飘浮的幽灵说话。她的声音缓慢而冷静，但偶尔也能听出些许慌张，似乎她也不能完全确定幽灵会做出什么反应。

"无名者，我在此请求，请将现场观众们亡故亲人的灵魂招来，让我们交谈。你准备好了吗，无名者？"

通灵橱中那个鬼气森森的身影慢慢点了点头，表示同意。"我准备好了。"声音刺耳粗鲁，但是很响亮，回荡在全场，然后它慢慢地如烟雾般消隐不见。

席琳走向前方，下了舞台，进入了观众区。她随意穿行在观众席的过道里，聚光灯紧紧跟着她，摇曳的灯光在她身上投下墨黑的影子。罗伯特、托里和莉莉伸长脖子探着头才能看到她。她在拥挤的座位间轻快地飞掠而过。

她在一位年长的老先生身边停下，从他伸出的手中拿了一样什么东西。

"无名者，我手中拿的是什么？"席琳问道。她的后背对着舞台，莉莉看见，她眼神迷离地望着远方，神情恍惚，似乎目光所及空无一人。

一两秒后，幽灵那嘶嘶作响的粗鲁声音开始回答。"这是麦克纳利先生，"它说道，"你手中拿的是一枚银箍红宝石戒指，是他送给夫人的三十五岁生日礼物。亲爱的阿米莉娅，到今年六月，她就故去整整三年了。"

老先生无比惊讶，脸都涨红了："对！我想知道……我，我……想知道，她是否一切安好？"

"她现在就在你身边，是吗？无名者。"席琳的眼中饱含泪水。

幽灵点点头："她的白发挽着髻，她的绿眼睛凶巴巴的。"

"那就是她！"老先生哭泣着，用手抹着泪。

"她希望你知道她一切都好，她已经得到安宁，而且她一直守望着你。她想让我告诉你，如果有需要，你可以卖掉这枚戒指。她还说，你该把她留下的东西都处理掉了，扔掉那些抽屉里的旧衣服。她说，你现在应该向前一步，继续自己的生活。"

老先生深深吸了一口气，朝幽灵微微鞠躬，表示谢意。

席琳把戒指放回他手中，继续往前走。她离莉莉他们更近了，但她转身停在一位穿着讲究的女士身边，那人手中拿着一枚镶了珠宝的飞蛾形帽针。

席琳接过帽针，她的目光似乎落在很远很远的什么地方。"无名者，你可知这是什么？"她问幽灵。

"你手里是一枚法式帽针，银质的装饰飞蛾图形为底，上面镶有抛光的琥珀石，是罗麦克斯小姐的母亲在巴黎买的，她叫艾达。"幽灵肯定地回答道。幽灵变换了一下姿势，把头垂下，金色的长发凌乱地垂下，挡住了它深陷的焦黑眼窝。然后，它继续说道："罗麦克斯小姐，你是上周找到这枚帽针的，它从衣柜后面架子上的一个盒子里掉出来。你的母亲想要你知道，她现在和我在一起，是她替你把帽针藏在那儿的，她希望你好好留着，好好珍藏它，留个念想，永远记得她……"

席琳转过身，顺着过道往回走，然后来到舞台面前。她对别的观众视而不见，径直走向他们。她就在三步之外了。她首先停在托里的座位旁，但他什么也没有，手里只有些花生壳儿和半截铅笔，这些都被席琳拒绝了。

然后，她来到了莉莉身边。莉莉伸手去兜里摸，可她能找的就只有妈妈给的那块化石。她把石头递给席琳，席琳手握石头，闭上双眼。

"幽灵，有人刚才给我的是什么东西？"

"是块菊石，"幽灵回答道，"它曾属于那女孩的妈妈，格蕾丝·哈特曼。此刻她就在我身旁。她俊俏、聪明、笑容可掬。她说她是在布雷科舍姆湾找到它，当时你们三人在那里度假，那是很久以前，莉莉，那时你才不过六岁。她很喜欢发掘化石的过程，尤其是和你一起。她时常想念你，她很开心你仍然珍藏着那个装着她的礼物的红木盒子，还有你的小口袋里一直装着曾经属于她的珍宝。莉莉，她最高兴的是你有一颗善良的心！她说，你得原谅爸爸，他最终会转过弯来的，他会知道你的能力，会意识到你并非柔弱无能之辈，而是有着强大心灵的独立女孩。她说你会永远拥有那样的力量。"

为了让自己不要再颤抖，莉莉把手指甲深深地掐进了自己的胳膊。她们走进这座剧院之后，她甚至都没想过妈妈。她完全没想到，无名者真的能和妈妈对话。

"她爱你，莉莉，"幽灵继续说道，"她希望你记住她最后时刻对你说的话。不管你有什么困难，不管面对什么问题，你必须相信你的内心，它会做出正确选择。"

莉莉的心头一惊，手不由得放到胸口，齿轮之心就在下面扑通扑通地跳动着。这幽灵怎么知道这么多事情？难道她真的来自另一个世界吗？还有，总觉得她看起来什么地方有种熟悉感，即便是这样躲在橱柜深深的暗影里……

席琳把石头放回莉莉手中——她握过之后的石头变得暖暖的，但是感觉更重了，像千斤巨石那么重。莉莉手里紧握着菊石，转头想跟罗伯特说点什么，但只见他满脸惊惧。

席琳已经从莉莉身边走开，正站在罗伯特身边。

她把头发撩到耳后，站得更近了一点儿。她的眼睛停在了罗伯特脖子上闪光的项链上。她指着项链说："你也失去了亲人，我能感受到这种痛苦一直在折磨着你，很久以前这件东西是不是曾经属于他们？"

罗伯特点点头。

"不需要很久，只需要一会儿，"席琳低声说道，"无名者只能感应到我手里的物品，如果你不放到我手里，它就无法召唤你的亲人。"

罗伯特心里有些不放心，但他还是从项链上解开扣环，取下了月亮项坠。如果她认不出这件东西怎么办？他想问她点什么，但明明话到嘴边了，却只觉得口干舌燥，言语不能，仿佛是身体里某处的齿轮松脱变形了，卡得一动不能动。

席琳轻轻拿起月亮项坠，瞟了一眼，握在手里。跟前面一样，她转过身去正要与幽灵对话时，不知是什么——也许是她摸出了月亮项坠的新月形状——她垂下眼帘，难以置信地低呼一声。

她盯着罗伯特看了又看，猛然跌坐在舞台边沿上。

"月亮项坠，这是另一半月亮项坠！"她失声喊道，"那……你是罗伯特……我的孩子！"她几乎语不成句。

"你就是我妈妈吧？"罗伯特站起来，试探地伸出一只手，"你是赛琳娜·汤森吗？"

赛琳娜点点头。然后，她张开了双臂，把他紧紧抱在怀里。罗伯特的头靠在她胸前，能听到她剧烈的心跳，能闻到脸侧那条披肩上的烟气和干燥的羊毛味道。

"这么多年过去了，"她满眼是泪，拂开他脸上的头发，轻声说道，"你到底是怎么找到我的？"

扑通——

什么东西落到地上的声音。

莉莉抬头张望。

通灵橱里的无名者，本来一直是玄幻地漂浮在幽暗之中，此刻却笔直着地，站到了地面上，露着一双白白的光脚丫。

无名者朝通灵橱外的方向先迈了一步，又顿了顿……然后，它就直接走出来，站到了舞台上。所有的观众不约而同倒吸了

一口冷气，看着幽灵一脚下去蹭花了席琳刚刚用粉笔画的那个
复杂五角星形。它张开了嘴，哀号一声，蓬着满头长发，伸出
双臂，冲向了赛琳娜和罗伯特。

莉莉屏住呼吸，强压着自己的恐惧，眼看无名者大声哭号
着朝他们直扑过来。它冲到舞台边，一下跳进了观众席。大家
都吓呆了，坐在座位上直往后缩。看起来好像这幽灵是准备攻
击他们了，不管是赛琳娜还是罗伯特，周围的人都可能是目标。

但是这时，它停了下来，一只小手在额上抹了一把，把苍
白的幽灵面孔擦花了。莉莉这才意识到，这只是舞台化妆效果。
这幽灵比它在通灵橱里的样子看起来矮多了，实际的个头就
像是……

幽灵拉掉了浓密的金色头发，原来那是假发！下面露出一
头蓬乱的黑头发。莉莉终于放心了，长出了一口气。所以，无
名者就是凯迪，售票处那个小女孩。

"我的哥哥！"凯迪恢复了自己的嗓音，轻声说道。她把假
发扔在地上，芒金立刻跳上去把它撕成了一条一条的。凯迪从
衣服里拉出一条链子，上面挂着的项坠和罗伯特的那个正好吻
合。莉莉能看出，这便是罗伯特那个挂坠的另一半——一轮更
圆更大的月亮。

所以，其实是凯迪，而不是赛琳娜一直保存着月亮项坠的

另一半。她是罗伯特的妹妹。他们失散多年，现在总算团聚了。莉莉想，当他们在外面跟凯迪说话的时候，她怎么就没猜到呢，兄妹俩长得这么像。

凯迪把她的项坠也递给了赛琳娜。赛琳娜端详着手里的两个项坠，还有她这两个第一次站在一起的孩子。

此刻，不明就里的观众站起来，嘟囔着，从不同角度避过其他观众的头想看看前排的这群人到底是怎么了。他们全都一头雾水，毫无头绪。先前无比神奇的表演，现在看来只是一场骗局，但现在这一幕，是不是也还是表演的一部分呢？谁也不能确定。

只有莉莉和她的朋友们明白这一切是怎么回事。她擦掉眼角的泪珠。她想要拥抱他们每个人。她真的做到了——她帮罗伯特找到了他的妈妈。此刻的赛琳娜看起来完全是一位母亲的样子了。她那高高在上，拥有超自然能力的舞台形象瞬间消失，她现在的样子又温和又友善。她几乎无视了场内观众的反应，也没空去关注站在一旁的莉莉、托里和芒金，现在她的眼里只有罗伯特和凯迪，还有那对她以前送给两个孩子的月亮项坠。

赛琳娜拿起两个坠盒，咔的一声把它们拼到一起，完整的月亮项坠在聚光灯下闪耀着。尖尖的那弯新月和鼓鼓的另一半合在一起，形成了一轮完整的圆月。赛琳娜飞快扫了一眼剧场里的人群，她似乎还有些别的顾虑。可当她收回目光，看着自己的孩子，她笑了。"终于，"她说道，声音有些嘶哑，"我们又团聚了，我们一家人又在一起了。"

"人还没齐呢!"一声粗嘎的咆哮从顶层楼座传来,"还有几个鬼魂要来加入这次欢乐的聚会。"

赛琳娜浑身一紧,转身挡在罗伯特前面,像一只随时可能惊跳起来的猫。她的目光飞快扫视整个昏暗的剧场。"谁在说话?"她大声喊道。

没有回答,只有沉默。

她的话音在黑暗中回响,消失。

观众坐不住了,不安地躁动起来,这到底是怎么回事?这场演出越来越奇怪了。这真的还是演出安排吗?有几位观众站了起来,穿上外套,准备离场。但就在此时,那个神秘的粗鲁声音突然唱了起来。

这歌声低沉、凶狠,与赛琳娜的歌截然不同。莉莉听着,感觉这歌声虽然不知来自何处,却好像无处不在,像耳边有人私语,又好像整个剧场里都回荡着那吼声。

> 起,落,杰克·德沃
> 赛琳娜该找个新主人
> 每天她只能挣一便士
> 因为她干活总慢吞吞

观众顿时交头接耳起来。莉莉朝后面一望,看见那个严肃脸的白胡子大高个正从门厅进来,还看见他那位八字胡朋友正穿过人群往过道那边挤。她终于想起来他们是谁了,他们是费斯克探长和詹金斯警官！他们一定是发现了同一个线索，也追来了这里。

那首歌的最后一个音符唱罢，那阴沉声音的主人走到了剧院楼座前部。聚光灯朝他的方向移了过去，他斜睨了一眼，可面孔还藏在帽檐的阴影里。等那人抬起头来的时候，罗伯特的心一下子跳到了嗓子眼，他立刻认出那人就是杰克。杰克哈哈一笑，又唱起另外一首歌：

> 钻石杰克
>
> 钻石大盗
>
> 一直记得你
>
> 因为就是你
>
> 偷走我的金
>
> 盗走我的银……
>
> 从我可怜的口袋里
>
> 抢走我的金和银！

探长和警官正奋力往舞台这边挤，可其他的观众正逆着他们的方向，你推我搡，拼命奔向出口。因为杰克·德沃，英格兰最臭名昭著的罪犯，居然就在这个剧场里！

"还记得这首歌吗，赛琳娜？"杰克唱完歌，对赛琳娜说。

莉莉看看赛琳娜，只见她震惊得无法动弹。

杰克疾如闪电，越过了楼座的扶栏，沿着挂在墙上的绳子，轻快地往下溜。一时间，追光灯都没能跟上他的速度，待灯光再次捕捉到他的身影，他已经落在了观众席里。杰克跳上椅背，双臂张开保持平衡。他就像个杂技运动员，从一个座位跳到另一个座位，好像脚底长着弹簧似的。

动作最慢落在后面的那些观众慌忙挤向每排座位尽头的出口，过道里都堵满了人，而杰克从他们身边一掠而过。大家都意识到现在情况不妙，有什么可怕的事情即将发生。费斯克探长和詹金斯警官在人群中努力挣扎着向前挤，詹金斯把手伸进他的双排扣大衣里面，好像要拿什么东西。

杰克一步一步地逼近了赛琳娜。

莉莉把托里拽到身边，他们一起挡在赛琳娜、罗伯特和凯迪的前面。芒金丢掉他咬得正起劲的那顶假发，弓起脊背，咧开嘴亮出他锋利的牙齿。

赛琳娜晃了晃头，醒过神来。

"你们全都跟我来！"她大喊一声，抓起月亮项坠，顺着台阶跑到舞台上。凯迪牵着罗伯特的手，拉着他跟在妈妈身后。莉莉、托里和芒金也迅速跟上。这时，杰克已经站在了他们刚才的座位上。

他们撩开红色天鹅绒的幕布冲了进去，幕布在他们身后合上，舞台两翼的灯池照亮了他们脚下的路。风景布景板和绳索挂在舞台口，就像是飘动的建筑碎片。背景布上珠宝嵌成的星星和通灵橱上的月亮在黑暗中闪着光。

"还有别的出口吗？"托里问道。

"后面有个出口。"赛琳娜挽起裙摆，朝出口跑去，但是当她跑过通灵橱时，突然有只手从漆黑的橱柜内伸出来，一把抓住了她。

晒成棕褐色的手指紧紧地攥着赛琳娜，凯迪尖声叫了起来。抓住赛琳娜的那人从通灵橱里走了出来。莉莉看清了那个戴着礼帽的身影，一时吓得六神无主。

"芬洛！"赛琳娜嘶声叫道。

"一切还是老样子啊，"他说道，"我得说，我确实长高了一点，但我仍然钻得过这通灵橱的活板门。"他转身看着凯迪说道："你女儿把无名者扮得很好啊，姐姐，活灵活现的死灵，几乎让人信以为真了。"

"你别吓唬她，"赛琳娜大声叫道，"放开我，快点！"她奋力挣扎着。"你到底在干什么？你为什么要帮杰克？他从没把你当人看！"

芬洛大笑起来，掰开她的手，取走了月亮项坠。"爸跟以前不一样了，监牢生活改变了他，而且我们说好了，只要找到钻石，我们就平分。"

"白痴，"凯迪说道，"上好的钻石不能分两半呀。"

"她说得对，"赛琳娜说道，"别以为他会跟你平分钻石，芬洛，他肯定会骗得你团团转。"

芬洛摇晃着她："不，你才是个骗子，赛琳娜，不要以为你这次还能逃得掉，你就认命吧。"

赛琳娜绝望地看着罗伯特和凯迪，然后又看看芒金、托里和莉莉。"你们快跑。"她低声说道。

罗伯特摇摇头:"不,这次我不会跑了,我已经失去了父亲,我不想再失去母亲。"

"好一个多愁善感的孩子。"杰克嗤笑一声。他穿过红色天鹅绒幕布走了进来,身后的防火隔板咣当落下。

芬洛把项坠扔给杰克,自己仍然紧紧抓着赛琳娜,慢慢走出了通灵橱,挡在舞台后部那个出口的前面。罗伯特心中一惊,这下他们真的无处可逃了。

杰克把挂坠系到自己脖子上:"我刚才听见你在策反他啊,赛琳娜,想让他跟我对着干?也许你应该先把自己的孩子照顾好。要不要我来帮你照看照看他们啊?"

他朝凯迪走去,但是表演厅里突然传来一个声音。

"杰克,听得见吗?"有人高声在喊,"我是费斯克探长,杰克。"

谢天谢地!莉莉心里想道。

"我们已经把你包围了,把你的人质放了,乖乖投降吧。"

"这是你们设的陷阱?"杰克越过赛琳娜的肩头,朝那边瞥了一眼。莉莉顺着他的目光,影影绰绰地看见越来越多戴着头盔的身影赶到舞台两翼。"你们专门演了这场戏来抓我?"

赛琳娜笑了,但笑得很勉强,笑容里充满了畏惧。

"我就知道,这一切也太顺利了,简直让人难以相信!"杰克似乎很赞赏她的聪明和机智。"一堆牌里偷偷埋了一张大王,对吗,赛琳娜?但是,你可没算到你儿子会出现在这里吧,这真是个惊喜！"他朝莉莉、芒金和托里点了点头，"你们三个可以走了，告诉探长，他的戏演完了。这场戏的结局是这样的，我们来个大场面——原地消失！"他把一个小药瓶往通灵橱侧板上使劲一摔，他周围轰然爆起一阵灰色的烟雾，吞没了每一个人。

莉莉呛得眼睛不停流泪，咳得全身颤抖，芒金在她脚边焦躁不停地狂吠着，身旁的托里挥舞着胳膊，想要驱散烟雾，可是毫无效果，这团灰色烟雾简直无处不在。莉莉感觉到她身边的人好像一个一个地被拽走了。突然，烟雾又神奇地全部消失不见了。但是再看舞台上，只剩下托里、芒金和她自己。

不一会儿，那群警察和几个舞台工作人员蜂拥而至，大家都在揉着眼睛，拼命咳着清理嗓子。紧跟后面的是好不容易才突破防火板的费斯克探长和詹金斯警官。

"他在哪儿？"探长大声叫喊着，"杰克在哪里？"

又一阵烟雾从通灵橱翻涌而出，莉莉一边挥手驱散烟雾，一边往里边看。

里面空空如也。所有德沃家的人，连同罗伯特在内都不见了。唯一能够证明他们来过这里的证据，只有一张小小的白色纸牌，被钉在橱柜后面的黑漆板正中。一张钻石J。

第十七章

莉莉、托里和芒金，跟安娜和詹金斯警官一起，坐在警车后面离开了剧院。其实，演出刚刚开始几分钟，安娜就赶到了剧院，但剧院门被锁上了，她进不来。她也想试着把门弄开，可她一个人力气不够。

接着，她对莉莉他们说，她先是听到里面一阵喧哗，然后就看见一大群人破门而出，并且大家冲到外面就立即四散奔逃。她在人群中寻找他们几个的身影，但哪一个都没找到；她提心吊胆地又找了几分钟，终于看见他们和詹金斯警官一起出来了……可罗伯特却不见了。

莉莉有些心不在焉地听安娜讲着，目光投向外面阳光灿烂的伦敦街道。鲜艳的庆典彩旗装点着街道，而车内，阴郁沉沉笼罩在大家心头。她简直无法相信刚刚在剧场里真的发生了那么多恐怖的事情。就算今天早上有人曾经提前告诉她，她会遭遇某些惊悚事件，她也是绝对不会想到有这么可怕的。

甚至在德沃一家原地消失之后，剧院的情形还是一样混乱得可怕。探长气得脸红脖子粗，对着通灵橱猛踹几脚，上下搜查暗门。剧院里到处是他的手下，举着灯在舞台的每个角落里照来照去，把最后那几个还没走掉的稀里糊涂的观众也统统抓过来仔细验看。

当时傻站在舞台中央的莉莉、托里和芒金完全蒙了，但是那会儿谁也顾不上他们。最后还是詹金斯警官主动过来说，他可以用警车送他们回机械师协会。

莉莉焦虑不安，在座位上动来动去，安娜伸出一只手搂住她。但是很快，车开到了《齿轮日报》报社门口，安娜该下车了。

"如果你们有什么需要，"安娜说道，"任何需要，都可以来找我们，我和托里总在这里的。我希望他们会找到罗伯特还有他妈妈和妹妹。莉莉，我也希望你平平安安地回到你爸爸那里，替我问候他，告诉他我会尽全力来帮助你们。但现在，我们的首要任务是继续研究你提供的那个暗语。"

"什么暗语？"莉莉朝安娜和托里挥手道别时，警官开口问道。

她没有回答。警用蒸汽车开走时，她和芒金望着朋友们的身影消失在《齿轮日报》报社大楼侧墙边。突然，莉莉感觉非常不安。"你们为什么不先告诉我们你们在设圈套诱捕杰克？"

她质问詹金斯警官。

"跟你们一样啊。你们不也没告诉我们已经找到那个项坠了吗？"他回答道，"我们是不想让你们卷进来。"

"难道你们不应该让罗伯特和他妈妈团聚吗？"

"我们本来计划的是等秘密行动结束，就安排他们见面。"

"在我看来，你们的计划一团糟。"芒金责备警官说。

莉莉心里也这么认为。警方不光没抓到杰克，没留住赛琳娜，还害得她把罗伯特弄丢了。她还发过誓，说要照顾好他的。

"我很抱歉。"詹金斯警官对狐狸说道，当然，这其实是对莉莉说的。"你们本该更信任我们，我们也应该更信任你们的。我们现在只能尽力补救了。你们最好能把关于月亮项坠的事情都告诉我们。还有奎因小姐提到的那个暗语，不管是什么，先告诉我们，这也许会成为我们再次找到罗伯特和德沃他们的唯一线索。"

于是，莉莉描述了地图，还有那两个她和罗伯特已经解密的词语：流经，地下。

警官把这两个词记在笔记本上。

"这两个词语只是一个句子的结尾，"她解释道，"赛琳娜把月亮项坠拿在手里的时候，我瞟了一眼另一半。应该是什么……什么……什么，流经地下。你明白这什么意思吗？"

詹金斯警官摇了摇头。"不好说，"他说道，"我只能说，这的确挺怪的，但我相信我们可以解开这个谜。"

莉莉不知道他们什么时候才能解开这个谜。她希望能快点。

杰克是个在逃的通缉犯，为了找到血月钻石会不惜一切代价。这些对于罗伯特、他妈妈和妹妹来说，可不是什么好事。

警车猛地停在机械师协会外面。詹金斯警官站到人行道上，她和芒金也随即从后座上跳下车来。莉莉有种彻底失败的绝望感，但是她尽量振作起来，让自己不要胡思乱想。

詹金斯警官在协会工作室外站住，让芒金和莉莉先进去。爸爸正站在爱丽芳姐前面。他背着双手，转过身来盯着莉莉。这是他十分生气时的姿态。他旁边是弹簧船长，他双臂抱在胸前，罗圈腿不停地抖着。

莉莉望向一旁，躲开了他们的目光。她感到歉疚，她先从家里跑出来，然后又从协会跑出去，卷进那么多麻烦事里。她正要开口向爸爸解释这一切，他冲了过来，两只细胳膊把她一把搂进自己怀里。"莉莉，"他大声喊道，"你去哪里了？罗伯特怎么没回来？我们担心死你们了，我完全不知道现在到底是怎么回事！"

詹金斯警官在一旁尴尬地咳嗽了一下。爸爸这才注意到他，同时也注意到了躲在他腿后面的芒金。"芒金，你这说话不算话的小坏蛋！"他大声叫道，"你应该照顾好莉莉还有罗伯特的呀！别让他们遇到危险！"

"我尽力了。"芒金低声说道。

"到底发生了什么？"爸爸问警官。

"您女儿和罗伯特去了一趟奇趣大剧院，"警官解释道，"想去联络罗伯特的母亲赛琳娜，还有他的妹妹凯迪。不幸的是，他们正好闯入了一场精心安排的诱捕行动。结果，先生，很不幸的是罗伯特和他的妈妈妹妹一起被杰克·德沃抓走了。"

"抓到哪里去了？"

"目前，我们还不得而知。"警官有些尴尬，"但我们正在加紧调查。"

"他们就那么忽然消失了，"莉莉说道，"随着一阵烟雾腾起，消失得无影无踪。"

"真是要命啊！"爸爸推了推鼻梁上歪斜的半月形眼镜，"我跟他们说了，让他们两个都待在家里……"他对詹金斯警官说。

"我们也这么跟他们讲过，先生。"警官说道。

爸爸搂着莉莉后背的手都在颤抖着。"我真希望我当时安排了个靠得住的人照看他们。收到锈夫人的电报后，我简直心急如焚……后来我发出的电报又石沉大海，什么回复都没有……不管罗伯特当时有什么麻烦，他要是待在庄园就不会有事的，对吧？至少，我一直是这么想的。我昨天回到家里，你简直不知道，当时那个情景……"他声音越来越轻，把莉莉抱得更紧，心烦意乱得不知如何是好。

莉莉挣脱他的怀抱："我们当时留在家里并不安全，爸爸，我们在钟表店里发现了杰克，然后他就追到庄园来了。我们能想到的就只能是找到赛琳娜，然后我们就来找你了。但是你当时正好不在啊。不过现在既然你已经回来了，我们应该立刻开始想办法找回罗伯特。"

爸爸这时好像缓过神来了。"莉莉，最好还是把一切交给警局处理。"他看向詹金斯警官说道。

"对，"詹金斯警官说，"这一切对你们来说太危险，小姐。我们可以处理的。你也许应该待在这儿休息一下。"

"那罗伯特怎么办？"莉莉说道，"我必须把他找回来。我答应了要帮他的。"

"不，莉莉。"爸爸说道，"这个杰克·德沃，他什么都做得出——"

"我不是他的目标，爸爸，杰克每次都放过了我。"她转过身，恳求警官，"我最了解罗伯特，我能猜出他的想法。我和罗伯特最近一直在调查德沃家的事情，我对线索的了解不比你们任何人少。"

"我觉得不合适，小姐，而且伦敦太大了，任何地方都可能是他们落脚的地方，把这一切交给我们是最好的，我们一定很快就能抓到他们。"

"莉莉，听警官的，"爸爸抓着她的手臂说道，"他说得对。我得对你的安全负责，记得我离家的时候我们说过的吗？你有一颗善良的心，但是我不能让你再次卷入危险当中。如果我们中间需要有人出去找罗伯特，那也应该是我去。"他笑着对警官说："先生，谢谢你把她带回来，我一定会看好她的。现在，请你在这里稍等片刻，我安顿好她，马上回来跟你一起去找人。"

莉莉、爸爸和芒金一起走上机械师协会客房侧翼的楼梯。再次路过她和罗伯特昨晚看到的那些装置摆设时，莉莉觉得恍如隔世。

"可是，我们确实有一条线索。"莉莉突然说道。

"什么线索？"爸爸问道。

"你不知道，但我们确实有线索：流经地下。这是我们根据坠盒上的信息解密的，这一定和钻石的藏匿处有联系。"

"你跟警官说了这个吗？"爸爸问道。

她点了点头。

"那就好，他应该能够弄清楚那到底是什么意思，"爸爸打开他房间的门锁，"你为什么不稍微放松一点？"他说着，陪莉莉和芒金进入房间。"这几天你们担惊受怕，吃了好多苦吧，我待会儿叫个机械人晚上给你们送些好吃的过来，吃点东西放松一下。另外，我还从家里给你和罗伯特打包了一箱东西过来，"爸爸指着那堆箱子中多出来的那只旅行箱说道，"等你换上干净的衣服，吃点东西，再小睡一下，我相信，那时候警察就已经把一切都搞定了，罗伯特也会跟我们一起回来了。"

"天还没黑呢。"莉莉说道。她望着爸爸走到行军床边上，拉下窗帘，挡住午后的阳光。

其实，她确实感到非常疲劳。但是她犹疑不决，不知道自己现在该不该睡觉。

"这样更好休息，"爸爸说着关上了门，"睡一会儿吧，一旦有消息，我一定马上让你知道。"

他走后，莉莉从兜里掏出妈妈的菊石，放在床边的小桌上。然后她躺到了床上。

爸爸说得对，她确实需要休息一会儿了。待会儿等她睡醒了，头脑清醒点，才能更好地帮到罗伯特。希望她醒来的时候，警局那边，或者安娜那边，甚至爸爸，已经有了新的发现。芒金的鼻子拱着她的耳朵，她晕乎乎地揉了揉脸，靠着枕头，闭上了眼……

流经地下。

这两个词在她脑海中翻来覆去地出现，像链子上拧来拧去的挂坠。她醒了。要是她能弄明白这到底是什么意思就好了。

莉莉睡眼惺忪地伸出手去，用芒金脖链上的发条钥匙为他上足了发条。然后，她起身走到窗前，拉开了窗帘。

这个房间在协会的顶楼，她可以看见整个城市。圣保罗大教堂尖顶后面，太阳正要落山，万物都沐浴在明亮的橘红光芒里。她这一觉肯定睡了好几小时。她和罗伯特曾经站在这里等着乌云飘散，等着月亮和星星重新出现。那真的只是昨天的事吗？她当时觉得所有的乌云都会随着时间而消散……但她也许太乐观了。

罗伯特失踪了，和赛琳娜还有凯迪一起，现在不知身陷何处。她深深地叹了口气。

"我们该怎么办，芒金？"她喊道，"感觉时间越来越紧迫了。"

她双手捂住脸，想到杰克当时多么愤怒，多么着急想要得到项坠。"也许我想得太多了。杰克说不定会放过罗伯特？毕竟他已经得到了他想要的东西。而且，无论如何，他们到底还是一家人。"

芒金跳上窗台，舔了舔她的脸。"我不这么觉得，莉莉。杰克看起来不像是那种可以放下嫌隙的人。但你不要着急，"他说道，"我们会找到罗伯特的。我很有信心。天一亮，我们就出发去找他。说不定托里还能帮得上忙，他人不错，而且好像对伦敦很熟悉。"

莉莉点点头。她也想到了托里。街头闯荡的生活造就了他那种自由洒脱劲儿。她还记得昨天早上跟他一起走路时那种欢快的感觉。他对每一个地标都那么熟稔清楚。他甚至还跟她讲了……

"我怎么没想到！"她大声叫道，"芒金，是舰队街那条河！舰队河流经地下！"

"什么？"芒金说。

"坠盒上的地图画的是藏钻石的地方。那是舰队河的地图。托里跟我讲过，舰队河穿过下水道流经地下，正好就从德沃一家住过的女王新月街下面经过。"

"你觉得杰克会不会也猜出来了？"

"罗伯特可能也猜出来了，他肯定能猜出来！"莉莉说道，"而杰克想尽早得到钻石，所以他们说不定会直接去那里。"

"那我们现在应该赶快把这个发现告诉大家。"芒金从窗台上跳下来。

"不错，"莉莉说道，"我们直接去找安娜，她会知道该怎么办。"说着她跑向门边，试着转动把手，但是转不动。她大吃一惊，爸爸居然把他们锁在里面了。

第十八章

罗伯特两只脚来回挪动着重心。他、赛琳娜和凯迪三个人一起被关在一个房间里，房里只有一张光秃秃的床垫，一架破损的橱柜，一张桌子，墙边还歪着一把椅子。门侧有个很小的壁炉，炉挡板内侧的火已经快要熄灭了，闪闪烁烁，发出嘶嘶的声响。斜屋顶下的天窗外是紫色的天空——那是最后一抹夕阳。

这一路走了好久，杰克和芬洛推着他们三人，钻进剧院下面一条通道，这里又长又黑，连通着许多别的地下通道。他们左弯右拐地绕过砖砌的墙柱，跨过哐当作响的管道，走了许久许久，久到罗伯特非常确定他们已经远离剧院区域了，而且进入了完全不同的另一片城区。

最后，他们从一个通风活板门钻进了这座荒废的屋子。杰克和芬洛把他们赶上楼梯，撵进了这个房间。芬洛把他们身上搜了一通之后，杰克就把他们锁在房里。不过那已经是好几个小时之前的事情了。

一开始，等杰克和芬洛离开之后，他们用力捶打着厚实的铁门，大声喊叫，希望这座房子里说不定有谁能听见他们的动静。可他们的嗓子都喊哑了，也没见人来。

后来，赛琳娜放弃了，让他们省省力气，这一定是座空房子。而现在，罗伯特生气地发现，她居然裹着披肩歪在光秃秃的床垫上就这么睡着了。

凯迪坐在她身边，两只光着的脚不停地在木地板上挪腾着，不安地搓着两只小胳膊。她身上还穿着无名者的戏装——舞台演出时穿的那件破破烂烂的白色幽灵装。

罗伯特气愤地瞪着赛琳娜。真是太令人沮丧了，一路找她找得这么辛苦，好不容易见面了，却连句话都没能说上。他急着想问问她当年为什么离开，想把心里的话一吐为快，可是她呢，她却在这儿……睡着了。

"我简直不能理解，现在这么可怕的情况下，她怎么还能睡得着！"

凯迪笑了，她把手轻轻地放在妈妈背上。"有时候，妈妈就是这样的，"她说道，"她神经太紧张时就会睡着，就算是大白天也是这样，然后到了晚上，她就会在千奇百怪的时刻醒来。"

"算了，我来想办法弄清楚我们现在到底在哪里。"

罗伯特把角落里那把椅子拖过来，爬上去，踮着脚从被木板封住的天窗向外张望。

外面，粉色的薄暮中，飞艇在航线上飘浮前进，建筑的轮廓逐渐变暗，零星有些地方闪耀着柔和的黄色光芒。他想看看杰克和芬洛是不是还在下面的小巷里，但什么也没看见。路上的人影越来越长，街灯还没点亮。

他放弃了，跳下椅子，坐在凯迪身边。

他的妹妹。

他的头脑中回响着这两个词，他快乐得晕眩，几乎要昏厥。

他有个妹妹，真正的妹妹。突然发现自己身上冒出一个连自己都不知道的大秘密，这感觉真奇特。她今天就这么凭空出现了，就像……一个魔术！对，就是那样，她就是这么变出来的！他笑出了声，马上又有点尴尬地捂住了嘴。他现在对什么都有些过于激动。

凯迪奇怪地看了他一眼，皱着眉头，满脸严肃。他爸爸以前就总是这么严肃。罗伯特觉得，看着妹妹就像看见一个更小的自己。真的，他们兄妹俩太像了，相似得超出他的想象。他为什么早没看出来呢？

"你的头发和眼睛……"他说道，"像赛琳娜，但你的脸……脸形……像爸爸，撒迪厄斯。"

凯迪来精神了，马上坐得分外端正。"撒迪厄斯？那也是我爸爸的名字。"她似乎还有点不太明白，"但是你是一直和他生活在一起吗？"她问道，"因为妈妈之前跟我说，他在非常非常遥远的地方。"

"我们实际上住得不是那么远的，"罗伯特说着，神色变得哀伤起来，"嗯，其实，爸爸……他……他……去世了。"

"噢。"她说道。然后，她似乎不知该说什么才好了。"他是个什么样的人呀？"她又问道。

"他很善良，"罗伯特开始跟她讲，"聪明，跟你一样。他对钟表、锁、坠盒和微型画无所不通，但是他最熟悉的方向还是星辰和时钟。"

"我要是早认识他就好了。"凯迪说。

罗伯特咬紧嘴唇，努力忍住泪水。这些日子里，他一般都不想说起他爸爸……他们的爸爸。尴尬的沉默像胶水一样流淌，粘住了他想倾诉的其他事情。他还没准备好问凯迪关于妈妈的情况，还没准备好。太折磨人了。他是真的很想很想知道她当年为什么一去不回，但同时，他又担心某些真相会让他恨她。他想来想去，打算问些跟他或者凯迪的过去都不相干的事情……于是，他决定从她的舞台角色聊起。那个话题比较安全。

"你们是怎么做到的？"他轻声问道，"幽灵隔空感应什么的？"

凯迪笑了："所以，你是不相信那些幽灵感应吗？"

他摇摇头："不信。告诉我吧，到底怎么回事？"

"是用暗语，"凯迪低头看看赛琳娜，"妈妈熟知很多暗语。"

罗伯特挠了挠头："那表演的时候到底怎么用呢？"

"像这样。"凯迪坐得笔直，闭上双眼，手臂四面挥舞。罗伯特大笑起来，她把赛琳娜迷幻的状态模仿得惟妙惟肖。她睁开双眼，斜睨过来，给了罗伯特一个心领神会的眼神。

"就这样……想象一下，你是招魂师，我是通灵橱里的幽灵，你对我说'告诉我这是什么？'这个意思就是你手里拿的是件外套。如果你说：'这是什么，请问？'这表明那是一个针盒。'你认识这个东西吗？'意思就是那是一把伞。"

"所以你们用不同的词组、不同的暗语、不同的重音，来表示不同的东西？"罗伯特问道。

"就是这样！"他一点就通，这让凯迪很高兴，"如果再知道哪件东西属于哪个人，因为表演前卖票的时候你跟他们聊过天，那么你就会对他们的生活多少有些了解，然后加上你的一点猜测。再然后，你只要根据他们的反应添枝加叶就行了。"

"原来是这样，"罗伯特说道，"可是，你怎么知道莉莉的过去的呢？"

"你知道吗？这个确实挺奇怪的。我也不是特别清楚。也许是我以前从什么别的地方看过她的信息。我在门厅时就认出了她的样子，而我在通灵橱里面的时候，好像真的感觉她妈妈要我传消息给她。真的。"

"也许有时候灵魂是真的存在。"罗伯特说。

"是的，"她说道，"也许他们有时候真的存在。"

她在发抖。他脱下外套披在她身上。"告诉我这是什么？"他看着外套，轻轻地说，"是这么说，对吗？"

她点点头，笑了。"是的，"她说道，"如果要我猜，我想这外套是爸爸的？"

罗伯特能看得出，她确实很善于观察人。她能敏锐地捕捉到人们过往的经历沉淀在他们身上的细节。他正要开口夸赞她，赛琳娜醒了。

赛琳娜打着哈欠，打量着这个凌乱的地方。"这一定是芬洛的住处，"她说道，"他的房间一向乱七八糟。"然后，她注意到凯迪胳膊上的一道抓痕。

"你这儿划了个口子。"赛琳娜把凯迪搂过来，从口袋里拿出手帕轻轻沾了沾伤口，"别抓啊，伤口会感染的。"

罗伯特有些嫉妒，他多么希望在自己小的时候她也曾陪在自己身边，也能这样疼爱他。"妈妈？"他轻声喊道。"妈妈？"他试着又喊了一声。

这个称呼从自己嘴里说出，他感觉怪怪的，不自在。

赛琳娜抬起头来，笑脸盈盈。他从她眼中可以看出，她在等着他说出他想说的那些话。他想说，他一直很想念她，但他还是开不了口。许多话在他内心纠缠翻滚。他退后一步，想让自己放松一点开口说出来，但还是做不到。

"你知道月亮项坠背后的地图是什么吗？"他只能改问了一个别的问题。

赛琳娜本以为他会问另外一个问题的。她抿着嘴，关切地看着他。"不算非常清楚，"她说道，"但我知道根据这个地图，能够找到一个密室，杰克多年前偷的某样东西就藏在里面。"

"血月钻石？"他问道，刚才那种尴尬感终于消失了，让他松了一口气。

她点点头："这是杰克唯一关心的东西了，要不然他今天不会来到剧院的。他不是为我、为你或为凯迪而来，他就是为了抢到月亮项坠和它背后的地图。除了钻石，他什么都不在乎，即使是家人，他也不在乎。再也不在乎了。"

"我原来不知道你们和他是一家人，一直到最近才知道的。"罗伯特说。

"你们以前是为什么闹翻了？"凯迪问道。

"因为我向警察告发了他，"赛琳娜说，"后来，他就把我赶出了家门，再也不认我，把我从他的生活中抹去，好像我从来没有存在过一样。你能想象你自己这样对待你的亲人吗？"

罗伯特完全可以想象得到。这正是她对他所做的事情呀——把他留给爸爸一个人，自己一去不回。他强忍愤怒，没有立刻吱声。过了一会儿，他正组织语言想要说点什么的时候，忽然听到走道里传来了脚步声。

杰克和芬洛回来了。

他们打开门锁，走进房间。

"新家的感觉不错吧，赛琳娜？"芬洛把自己的礼帽摘下来，挂在门后的挂钩上，向后捋了捋头顶黑色的鬈发。

杰克手里握着两条项链，把已经合二为一的月亮项坠在他们面前晃了晃。"现在该你说了，关于月亮项坠，阿特米希亚去世的那天都说什么了？"他说道。

赛琳娜抿紧嘴唇，随即轻蔑地笑了起来："你是要告诉我，都过了十五年了，你竟然还什么都不知道？你不是高手吗？不是无所不知吗？"

杰克面沉如水，什么情绪都没有显露。但是他的手指一下子紧紧地抓住了项坠，不让它再晃动。"她当时只告诉了你一个人。她临终时到底说了什么？一定有线索的，这到底是什么意思？"他指着项坠的背面说道。

罗伯特还是第一次看到两个坠盒合在一起后的样子，那是一张更大的地图，以及一个完整的密码句子。突然，他记起他和莉莉破译的部分——流经地下。

赛琳娜低下头，避开了杰克的目光。"妈妈没跟我说什么密码的事情，"她说道，"我也不知道那到底是什么意思。"

"你在撒谎，"杰克说，"我不相信。"杰克抓住罗伯特粗暴地摇着，铁钳一样的双手摁住罗伯特的双肩，压得他站立不住。"你去让她开口，芬洛。"他朝他儿子点头示意道。

芬洛抓住凯迪的胳膊，把她从椅子上扯到火边。

"芬洛，别这样！"赛琳娜飞身扑上去，拽着她弟弟的手，想救回凯迪，但芬洛不肯放手。他推开赛琳娜，把凯迪的手往火苗的方向拉过去。

"住手，你会烫到她的！"赛琳娜喊道。

"那你说啊。"杰克说。

"芬洛！"赛琳娜恳求道。

芬洛迟疑了片刻，他望向杰克。

"你这可怜虫，"杰克说，"你要让这个女人指挥你吗？"

芬洛把凯迪的手拉得离火更近了。

凯迪的身体在颤抖，她咬着嘴唇，忍住眼泪，攥着拳头，努力让手指离火远点。

罗伯特闻到她手指寒毛烤焦的味道。

"求你了，住手！"赛琳娜尖声叫道，"我都跟你说了，我不知道！"

"你在撒谎！"杰克说道，"看看你的眼睛我就知道。"

罗伯特感觉一阵恶心。凯迪的手指几乎被拉到火里了。他想冲上去，可杰克一直摁着他的肩膀压着他，他动弹不得。

"等等，"他大声喊道，"我，我知道一部分……'流经地下'，这是最后的两个词。这就是那上面暗语的意思！月亮项坠的密码是从一本讲游戏和魔术的书上选的，我大致还记得。如果你再把项坠给我看看，我应该可以解出剩下的暗语。"

"芬洛！好了！"杰克厉声吼道。此时芬洛已经快要把凯迪的手摁到火苗上了，听到杰克的吩咐，立刻松了手。

凯迪在小声抽泣。芬洛一把把她推回来，赛琳娜颤抖着双手抱住了她。

罗伯特再次感到了嫉妒，但立刻又为自己的小心眼觉得有点愧疚。杰克松开他，从兜里掏出一段粉笔，把它和月亮项坠一起用力拍在桌子上。

"那就来吧。你现在就开始破解这个密码。给你五分钟。"

罗伯特从桌子下面拉开一把椅子坐下。他拿起项坠，仔细端详着。现在这个项坠是完整的了，整张地图都在眼前。凯迪的那半个坠盒上，有个符号，像是房子的形状，里面写着数字四十五，在它下面是地图的余下部分，还有另外半句话……

fmghx it tig rjxhv ticw fmqzw uofhvlxvcwn △

他盯着这些莫名其妙的字符，突然有点想不起来编码的方法了，脑子里顿时乱了套，头皮发痒，后背大汗淋漓，心中十分焦急。他需要好好想想。

"加油，罗伯特，你可以的。"赛琳娜小声对他说。

他深吸了一口气，倾身向前凑近了项坠，盯着一个个词仔细地又看了一遍。这些陌生的字词闪闪发亮，那一瞬间，他透过它们仿佛看见了一张模糊的脸，浮现在坠盒银色的表面上。

那一刻，他觉得他看见了爸爸的脸。撒迪厄斯的样子深深铭刻在他心里：爸爸聚精会神地伏在工作台上，认真研究着出问题的怀表发条，或者镂刻着某个类似他手里这样的坠盒。克服恐惧对谁来说都不是件容易的事，罗伯特。必须有一颗勇敢的心，才能在真正的战斗中获胜。

一片阴影打断了他的回忆，是杰克，他双手抱臂，阴魂不散地站在他前面。罗伯特的目光重新回到坠盒上，还有盒面上反射的那张脸。

这不是爸爸的脸，而是他自己的脸。

罗伯特闭了一下眼睛。

然后，他睁开眼睛，在桌子上画出五个直角三角形，每一个三角形对应一个未知密码词。在那些三角形之后，他加上两个已知的词：flows underground（流经地下）。然后，他开始专心解密。

不一会儿，答案渐渐成型。当罗伯特解出最后几个字母的时候，杰克把他推开，大声读出了整句话："Fleet is a river that flows underground.（舰队是条流经地下的河。）"

"什么意思？"芬洛问道，"是个谜语吗？fleet 表示快速？……快速是流经地下的河……"

但罗伯特已经完全明白了。这是说的舰队河，画的是舰队河的地图，就是托里跟他们说过的那条河，它流经北伦敦地下的下水道。

"你真是个多嘴的白痴！"杰克在他头上打了一下。"舰队是条流经地下的河，"他大声喊道，"指的是下水道。"他敲了敲坠盒背面，"这儿，这是舰队河的地图，它流经伦敦的下水道，从汉普斯特德一直到黑衣修士桥，再流入泰晤士河，而从这儿——"他指着凯迪那一半项坠上写着数字四十五的房子图案说道，"它流入女王新月街那一片的地下。在我被抓之后，当时警察一直在监视我们的住处，阿特米希亚就把钻石藏在那里了。我们要去那儿把它取回来。"

"我们是不是应该先去看看那房子四周有没有警察，是不是安全？"芬洛说道。

"对，"杰克说着，把项坠挂在自己脖子上，"我们现在就去。"

"我们一起去吗？我刚刚回来，连饭都没吃呢。"

"我说了，现在！"杰克吼道。

芬洛站起来，粗声粗气地嘟囔着，从衣帽钩上取下帽子，跟着杰克出去了。

罗伯特听见钥匙转动的声音，等他们说话的声音远了，他站起来，摇了摇门把手。

"你会开锁吗？"他指着门锁问道。

赛琳娜摇摇头："杰克从没教过我这些方面的技术，他怕我一旦学会了，就会从他手里逃跑。"

她检查完凯迪的手指，给小姑娘擦干眼泪。"好了，"她亲了亲女儿的手指，"没太大问题，燎焦了几根寒毛。"她伸手捏了捏罗伯特的胳膊，"其实吧，我们现在还不如看看能不能弄到点茶喝，喝点东西，人会感觉舒服点。"

他们打开角落的橱柜翻找了一通。凯迪找到一只旧铁皮壶、一瓶水，罗伯特找到一小罐茶叶、两个茶杯和一只小碗。

赛琳娜把水倒进水壶，放到壁炉炉床上加热。等水开了，她放进一些茶叶，用勺子搅了搅。

"可惜没有牛奶。"她一边倒茶，一边说着。她递给罗伯特和凯迪一人一杯茶，她自己用碗。罗伯特的那只杯子上还画着精致的中式图案。

"一定是偷来的。"凯迪说道。

他们默默地坐着，喝着茶。罗伯特双手捧着温暖的茶杯，小口喝着，让热茶安抚着紧张的身体。"那个月亮项坠是谁做的呢？"

赛琳娜笑了："是你外祖母，阿特米希亚·德沃，那是一张地图，为了让杰克知道她藏匿血月钻石的地方。但我起初从她那里拿到的时候，没能解开密码。你是怎么做到的？"

"是从你小时候的一本书上找到的办法，"罗伯特说道，"我们在女王新月街那里找到的。"

"我猜也是，"赛琳娜说，"我离开家后，根本就再也没回头去想以前那些东西。一股脑把它们和所有其他的事情一起在脑子里屏蔽了。"她拍拍他的手说道："我多希望我当时就解开了密码，那样，我那时候就能把钻石归还给它真正的主人。结果我只能留给你们一人半个坠盒，指望有一天等我们这些德沃家的其他人都不在了，你们能够一起解开这个谜。我最不想看到的就是让杰克和芬洛得手。"

"但如果这个本来是给杰克做的，又怎么会给你了呢？"

"这说来话长，"赛琳娜说，"你首先要知道，我从来都不喜欢杰克的盗窃行为，我总是难以接受，而芬洛则相反，他觉得完全没问题。而且，你外祖母也不反对，所以无论他是去做什么，他们都会配合杰克。但我的感受却完全不一样。"

"不管是他偷来的那些东西，还是他强横的态度和各种欺诈，他不满足于出名本身，开始有了各种歪心思。其实他一开始并不是那样的，至少我们小的时候不是那样的。后来，当如潮的好评和各界认可变成家常便饭的时候，他变得暴躁易怒，总是盛气凌人。特别是对当时的芬洛和我而言，他就是个专制的暴君。之后他就开始尝试更有难度、更加惊悚的魔术，再后来，盗窃和各种自毁让他走上了穷途末路。所以，当我阴差阳错拿到那个项坠后，并没有给他……"

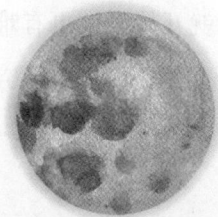

第十九章

"让我把一切都告诉你吧……"赛琳娜的声音里充满母亲的慈爱。她在床垫上换了个姿势，把两个孩子都搂在怀里。

凯迪像只小猫一样贴在她怀里，罗伯特也试着靠了上去。一开始，他感觉怪怪的，被妈妈这样紧紧地抱着，对他是种陌生的体验，但他又有些酸楚地觉得，一切是那么亲切和熟悉。她的头发散发着烟熏味道，她的呼吸温暖地拂在他脸上，她说话的时候，他几乎都能感到她呼出每个词的气息。

"从前呢，"赛琳娜开始讲了，"德沃一家附属于一个在各家剧院巡演的表演团。跟他父亲从前一样，杰克是一位著名的逃脱术表演者和魔术师。我妈妈，阿特米希亚，是个通灵师，我和弟弟芬洛做他们的助手。"

"开场一般是安排杰克表演，通常是一场出人意料的逃脱术或者魔术什么的，然后中场休息一下，就轮到我妈妈表演。观众主要就是来看她表演的，他们会带上去世亲友的贵重珠宝，用来帮助他们与亲人的灵魂交流。

"但他们不知道的是，杰克和我妈妈其实在利用这个机会搜罗财宝。表演过程中，阿特米希亚会尽量了解这些珠宝首饰和它们的价值，之后在观众离开剧院的时候，杰克就会对他们行窃。

"在那些年里，他自己的表演逐渐失去了对公众的吸引力，而我妈妈的表演却越来越成功，后来他就开始利用他的逃脱术闯入富人和名流的宅子。

"十五年前，这一切终于东窗事发。当时，阿特米希亚和杰克都要参加一场维多利亚女王钦点的表演，在埃及剧院举行。机械象爱丽芳姐也出现在表演现场。

"根据我妈对珍宝的了解，她知道爱丽芳姐额头上安的是有史以来最为珍贵的宝石——血月钻石。这是女王的丈夫阿尔伯特亲王殿下送给女王的。然后她就和杰克一起制订了盗取这颗宝石的计划。

"杰克告诉大家，他在演出中会被铁链捆在爱丽芳姐必经的路径上，他将在这只巨兽抬脚踩死自己之前逃出来，并骑到象背上。

"表演的过程中，杰克在大家的注视下被妈妈拴在了舞台中央的一个架子上，爱丽芳姐的发条已经上紧，于是她开始朝他走过来。被铁链缚住的杰克似乎在挣扎——有史以来第一次，他看起来可能要失手了。就在爱丽芳妲即将踩到他的时候，剧院的灯光突然熄灭了。当灯光再亮起时，杰克消失了。爱丽芳妲静止不动，僵在舞台中间，而爱丽芳妲额顶自她问世以来一直镶嵌着的那颗血月钻石不翼而飞，消失得无影无踪。

"苏格兰场一位费斯克探长来到女王新月街，盘问了我们。但是芬洛和妈妈什么都没对他说，而我，当我听说了杰克所做的一切之后，完全不想参与其中，但我隐藏了自己真实的想法。

"然后，警察就一直监视着我们的房子，我们困在里面好几周，就靠茶和炖菜混个半饱，无论去哪里都有人跟着，妈妈也隐晦地威胁过我们。最后，我觉得受够了，再也不想这样过下去了。我就联系了探长，说出了杰克的藏身之地。"

"他藏在哪里？"罗伯特问道。

赛琳娜咬着嘴唇："就在码头旁的奇趣大剧院。按照他们之前的计划，等风声一过，他和妈妈就会带着钻石乘船出海，永远离开英国。当然，他们没能实现这个计划，警察得知他的下落之后就逮捕了他。那一次，他们可比这次表现得好多了。"

"审讯的时候，杰克把所有的罪责都自己担了，声称我妈妈对这个计划一无所知，法官判了他终身监禁，但血月钻石一直没找到。他在审期间，警方一直保持对我们的监视。可是最后也没找到。"她摇摇头，"显然，他们没想到要往房子底下找。"

"舰队就是那条河。"罗伯特重复道，"就像杰克所说的，它从女王新月街下面流过。"

"确实是的。"赛琳娜笑着说,"我也不知道为什么我之前就没想到。"

"我可从没听你说过这些!"凯迪惊讶得嘴张成了一个圆。

赛琳娜轻轻抚弄着女儿的头发:"我妈妈当时是计划着等杰克从监狱里逃出来,然后一起取回钻石,这样他们可以卖掉它,靠这笔钱逃离不列颠去别处生活。"

"但是她怎么会把这个秘密守得这么严实呢?"凯迪问道。

"因为她不相信任何人,"赛琳娜说,"甚至芬洛都不知道钻石藏在哪里。"

"她只是悄悄画了一幅藏宝地图,找人把它刻在她的一个项坠的背面。一个月亮项坠,由两个坠盒组成。第一个坠盒上有个新月,是我父亲在我出世的时候送给妈妈的——瞧,给我起的名字叫赛琳娜,也是月亮的意思。当我弟弟芬洛出生时,他送给妈妈另外半个,是个盈凸月,这两个坠盒合在一起,就成了一个满月。她没法在一个坠盒上刻下整个地图,因为刻不下,所以她让人把地图刻在合体的满月形坠盒上,而且还增加了一个密码线索。我想,这是一个额外的防范,是掩饰钻石的秘密藏匿点的最后一环。

"约好从雕刻师手中取回项坠的那天,她因为某些原因不能亲自去拿,于是就把取件单给了我,让我去取。钟表店柜台后面,那位学徒英俊极了。他告诉我,他的名字叫撒迪厄斯,还问我叫什么。我告诉他我叫赛琳娜,他就问这个项坠是不是我的，因为他补充说，我这个名字一听就是用月亮命名的，而且这个项坠就像我一样美丽。我想，我就是那一刻爱上了他。自那以后，我们开始悄悄约会。

"我把月亮项坠的两个坠盒都拿回去给了妈妈。自那以后，太平了好一阵子。可是芬洛一直非常生气，他四处访查，到处去问，想要找出是谁背叛父亲向警察告的密。

"一天，他回到家，跟妈妈说是我告的密，说是我把杰克供出去的。妈妈威胁我说要把我撵出家门。我无处可去，就去找撒迪厄斯。他工作的地方不能收留我，但他说他家在一个叫欧蕨桥的小村子里有一家店。他说那是一家很不错的钟表店，生意做到全国各地，修理钟表和各种机械，我们可以一起逃走，去那里给他父亲工作。他父亲上了年岁，马上就要退休了。"

罗伯特还记得汤森钟表店曾经的样子——一家窗明几净的家庭店面。他妈妈说的是真的，这家店确实在他们家传了好几代了，而如今，没有了爸爸，它空空荡荡的，只剩曾经那个店留下的一具烧焦的躯壳。

赛琳娜似乎感觉到了他的哀伤。她摸了摸左手上的戒指。"所以我就跟你爸爸撒迪厄斯走了，到了欧蕨桥，我们在村里的教堂结婚，开始了新生活。德沃家的人谁也不知道我在哪里。就这样，我希望平平安安地躲开我的家人。想忘掉他们的暴虐，忘掉我不愉快的少年时光。"

"那时候我的内心还想着，等一切平息下来，我们就可以回伦敦去了。但是后来我们有了你，罗伯特。你是个多么健康漂亮的小娃娃呀，我们都爱你，你的祖父母——我是说撒迪厄斯的父母，他们最爱你了。他们当时年纪已经很大了，后来在一年内相继去世，只留下撒迪厄斯和我打理着钟表店生意。我那时意识到，这将是我今后的整个生活，再也不可能回去了。"

她停下来，深吸了一口气。

"我当然深爱你们父子俩。不过，在欧蕨桥的那几年，我从没觉得放松过，因为在我的内心深处，我清楚地知道，只要杰克还活着，有我之前和他的那些过节，我们所有人都处在危险之中。"她擦了擦眼角的泪水，继续往下讲，同时刻意回避了罗伯特的目光。

"后来，我看到报纸上说，我弟弟回到了英格兰。在那之前，他跟着一个马戏团到美洲巡演了五年。报纸上那篇文章的后面特别有一行字解释他为什么回来：他的母亲病得很重，快要不行了，他要见他母亲最后一面。

"我读到这个报道后，知道我也得回去一趟了。我目睹过撒迪厄斯失去双亲，我明白自己不能明知道母亲即将去世而不去告别，虽然她也说过再也不想见到我。

"我立刻赶回我们在女王新月街上的那栋老房子，她多年来都租住在那里。我一到那里，房东太太还以为我是个男孩，因为我穿着旅行装，把头发别到后面，穿着一件旧上衣，戴着芬洛常戴的那种礼帽，这样伪装一下可以避免路上遇到骚扰。我告诉她我是谁，然后她就带我到了妈妈房门口。不过，她提醒我说老太太每天都在诅咒我的名字，因为是我把爸爸送进了监狱。"

"我敲了敲门就进去了。一张小床摆在那么一间脏脏的狭窄房间里。小床上方有个推拉窗，厚重的纱帘半垂着挡住外面的光。床边一个窄箱子上，各种相框里镶着宣传德沃一家演出的入场券。只是，当我凑近一看，每一张上面的我都被撕掉了，我的名字也从表演名单里刮掉了，我从家庭历史中被抹去，一个无名的孩子，一个消失的人。"

"太可怕了。"凯迪哽咽着，带着眼泪说道。

罗伯特心里一阵抽痛，他还记得他们去过的那个房间里面那些被破坏的照片。他意识到，凯迪之前完全没听说过这些。"然后呢？"他小声对妈妈说。

"房间里一股樟脑和蜡油味道，"赛琳娜继续说道，"你们的外祖母躺在床上，被子盖到下巴，头枕着满是污垢的枕头，胳膊放在两旁，手上的皮肤很薄，你都能看到下面的细弱的血管和骨头。我一直很害怕她，就像我害怕杰克一样，但是那会儿，她就在那儿，就要离开这个世界。她的样子简直让你觉得，如果你把她扶起来站着，一阵风就会把她吹走。

"她得的是肺痨。她那时候已经太虚弱了，连坐起来见我的力气都没有。没有椅子，我就坐在床尾的边沿上。

"房间里没点灯，傍晚的幽暗光线里，我几乎看不清东西，她的眼睛都睁不太开，但她冲我笑了。

"'喂，芬洛。'她嗓子沙哑地打了个招呼，把我当成了我弟弟。

"她的嗓音听起来很粗糙，像铲子刮在碎石路面一样刺耳。我正要张嘴说话，告诉她是我，但我突然想起箱子上那些相框，于是我就当自己是芬洛，继续演下去了。我知道，如果她认出是我，就会拒绝说话，让我走，而我只希望能跟她好好待上一会儿。我仍然爱她，明白吗？

"我尽量压低嗓子说话，显得更像男人些。

"'哎，妈。'我叫她一声，脱下我戴的礼帽放在床尾。

"'我很高兴你回来了。'她说话很吃力，说的每个字都好像沉甸甸地坠在床单上，'我想让你帮我做件事。'她把手伸到脖子后面，颤抖着手，取下一条项链——是月亮项坠——然后递给了我。我以为，她大概认出了我，这表示她谅解我了。

"她呼哧呼哧地喘着气。'我希望你留着这个，芬洛，'她说道，'还有最后一件事，过你自己选择的生活。不论好坏，不要后悔。就像你父亲……像杰克。'她仔细看了看我，'你跟他一模一样，你知道吗？你非常像他，就跟他一样。'

"她扶着我的手指，让我握住坠盒。'等杰克最后结束单独监禁的时候，他们就不会老盯着他了，你要去探监，帮他越狱，然后把这个连同我对他的爱交给他，告诉他，他需要游戏和魔术来解密码。'她大声呼哧呼哧地喘着气笑了起来。"

"她是说那本书！"罗伯特说道。

赛琳娜点了点头："没错。但是我当时不知道。直到你先前对杰克说起，我才想起来。我当时以为她有点不清醒了，或者是乱说了个什么谜语。"

"我拉着她的手，也没有问她到底什么意思。很快，她合上眼睛，离开了人世。我坐了很久，默默地抚摸着她的头发，最后，我松开她的手大哭起来，哭得我都以为自己要窒息了。

"我把坠盒戴在脖子上，放在衬衣底下。我亲了亲母亲的额头就离开了。

"从她的房间下到底楼有三段楼梯，下楼时，昏暗中有个身影与我擦肩而过。看到他的肩膀和那顶跟我同款的帽子，我知道，那是芬洛。他手里有一把钥匙，一定是自己开门进去的。

"我意识到，等他一看见妈妈，然后再跟房东太太一问，就能知道到底发生了什么。我得立刻离开。我扭脸朝着墙继续下楼，一直往前走，走过门廊，走出门。一直没有往回看。"

赛琳娜深深地叹了一口气。

"那天下午，我搭了第一班飞艇回欧蕨桥。我一到家，你父亲就看出我好像深受打击，我尽量详细地跟他讲了整个经过，把月亮项坠的一半给了他，那是留给你的礼物。毕竟，那是我的东西，我可以随意处置。阿特米希亚要我追求自己想要的生活。我那时也不知道这项坠到底是有什么用处，或者说，我也没有怀疑过。如果我真的起过疑心，也许我会把它丢进河里。反正就是，当时我希望你能有一件可以继承的东西，作为和我，和你所不知道的过去之间的纽带和联系。

"我告诉撒迪厄斯我不得不离开，还告诉他要把项坠藏起来，藏在一个没人能找到的地方。等以后你成人了，他会交给你，并告诉你事情的原委。到时候，如果你决定想见我，就算有各种风险，你也会来找我。"

"一定就是他把我的那一半项坠藏在壁炉里的。"罗伯特说道，"他总会兑现自己的承诺。"

赛琳娜点点头："那天夜里，他安慰我，想要我改变主意，但我想来想去还是不行，第二天早上，我觉得我必须离开。欧蕨桥并不安全，芬洛可以轻而易举地找到我。而且，说不定哪天杰克就会越狱，然后来找我，毕竟没有他打不开的锁……"

"我离开时，撒迪厄斯还在睡，你也一样。我收拾好我的东西，去教堂为你们祷告，离开前，我还把登记簿上我们的结婚证明撕掉了，这样杰克就不会发现我和你们之间的联系。"

"但是，他还是发现了。"罗伯特说。

赛琳娜揩拭着哭肿的双眼："他总能找到的……在那以后，我回到了过去熟悉的舞台，但没有留在英国，我不想这么快就被他找到……于是我跨过海峡，倒没有像芬洛当初那样去美洲，而是去了欧洲。在那边，我加入了巡演。"

"等我抵达法国的时候，我才发现我已经有了身孕。我给她起名叫凯迪，意思是事物的起落。"她微笑着望着女儿。

"我带着凯迪，艰难地开始了一段新的生活。而我知道，你会一切安好，跟你爸爸在一起平安无虞。"

"爸爸去世了，"罗伯特说，"就在六个月前。"

"我猜到了，"赛琳娜悲伤地说，"我内心深处有种感应。但我不能确定。而且我不能冒险回去。我很抱歉。"

她身旁的凯迪哭成了泪人。

赛琳娜沉默了，好像等着他开口说点什么。可此刻的罗伯特发现言语是多么无力，什么也不能减轻她的痛苦。

第二十章

用发卡撬锁的麻烦是有时候要花超级长的时间才能成功。莉莉足足用了一小时，才听到门锁里面发出了"咔嗒"一声响。她试着转动把手，门一下就开了。

她和芒金从门边张望了一下，然后溜进了协会的走廊。

"嗨，我说！"后面有个声音叫道，"你们这是要去哪儿？"原来是弹簧船长。

"哪儿也不去。"莉莉还想掩饰一下。

"我也觉得你们哪儿也不能去。"船长双臂抱在胸前，"伦敦是个非常危险的地方，小不点儿！你爸爸吩咐我，他跟警察去找罗伯特他们的这段时间里，我得在你们房间外站岗，如果有必要，说不定得站一整晚上看着你们。"

"但是你不知道吗？"莉莉说，"就因为要找罗伯特，你更应该放我和芒金出去。我们已经知道了杰克要去哪儿，我们可以把罗伯特救回来。"

"这我可不清楚，"弹簧船长发愁地弹着舌头，哒哒哒，就像一台正在散热的引擎。"最好还是让警方去处理吧。"

"他们手里根本没有线索，船长，爸爸也不懂。他根本不听我们说。"

"有时候大人就是不听人说。"

莉莉拧着双手："我们能怎么办呢？我们一定要去救罗伯特，现在只能靠我们了，别人都不知道他在哪儿。你一定要放我们走！"

"老天啊！"弹簧船长说道，"这让我怎么决定……"他思考了好一会儿，"我恐怕不能违抗明确的指令，"他最后说道，"这有悖于我所有齿轮发条的原则。但是，说不定，如果我没注意到……那我就只是个被蒙在鼓里的机械人。可能你们逃跑了，我又碰巧没追对方向；也可能我正好在看着别处，趁我一点也没注意这边的时候，你和芒金偷偷溜下楼梯了。要不然，也许是晚上的时候我的发条松了，你们就从我身边溜走了。"他转过身，紧盯着另外一个方向，似乎一开始就没看见他们。

"谢谢你，船长！"莉莉拍拍他的手，然后对芒金一点头，"快，芒金，我们得去《齿轮日报》社找安娜。我们一定要救出罗伯特。"

他们顺着走廊，一路走过那些摆在展示柜里的退役机械，沿着协会的楼梯往下跑。他们蹑手蹑脚地经过工作室时，莉莉看见门是半掩的，她悄悄往里面看了一眼，房里只有爱丽芳姐。她很高兴爸爸不在——如果他这会儿捉到她在走廊里游荡，一定会立刻把她送回房间去睡觉，而且他一定还会再多加一道锁。

她迅速给芒金做了个手势，继续向前，来到门厅……门房先生，那个机械门卫，正精神百倍地把守着大楼入口。

他们躲在一道拱门后往外看。要走到大门，就必须先经过门房先生的办公台。

"芒金，"莉莉低声说，"你去搞个声东击西。"

"什么样的声东击西？"芒金小声嘟囔着。

"我怎么知道啊？"莉莉说道，"反正能转移注意力的就行。"

"所以你是需要我制造一次转移注意力的声东击西？"

"是！"她小声答道。

"好，看我的！"

芒金吠叫着从他们躲藏的地方冲了出去，跑到门房先生跟前的时候，他扯下机械人书桌上的公文叼在嘴里，沿着走廊朝反方向跑了。

门房先生吓得尖叫一声，然后生气地站起来，挥着他的金属拳头跑去追这只坏狐狸。

莉莉飞快溜出协会大楼，留了一道门缝给芒金。

出门后，她躲到离大楼门灯最远的多立克圆柱后面，小心翼翼地站在阴影里，等着芒金出来。几分钟后，一抹橘色闪过，芒金冲出门来，停在台阶上，四处嗅着。莉莉从柱子后面探出头来，轻轻打了个呼哨。

"你甩开门房先生了？"芒金跑过来之后，莉莉问道。

"他在打磨过的地板上滑倒了。"芒金说道，他咧嘴一笑，露出尖利的黄牙，"我们最好赶紧跑，协会里其他人听到动静了，肯定不一会儿就会来看看怎么回事，还得把他扶起来。"

莉莉点点头。他们蹑手蹑脚穿过院子，走出大门来到大街上。他们迅速穿过后巷，朝舰队街赶去。

莉莉从梯子顶爬上来，低头从《齿轮日报》社的招牌下面钻过去。伦敦城里无数屋顶在街上的煤气灯光中闪闪发亮。夜空中，圣保罗大教堂隐约的穹顶后面浮着大团大团的乌云，形状参差不齐，就像是坏掉的屋顶板挂在半空。看起来，一场暴风雨就快要来临了。

她从脖子上把芒金扯下来，提着他的脖颈毛放到屋顶平台上，然后来到瓢虫号的吊舱前，敲了敲门，门一推就开了，她走了进去。

托里正躺在引擎舱的地板上睡觉。莉莉使劲摇着这位报童，但他就是不醒，于是芒金把鼻子凑到他耳朵里。

"噢，滚开！"托里大声叫着，睁开眼睛，驱赶着狐狸。但一看见莉莉，他惊喜地笑了。"莉莉，这大半夜的，你来这里干吗？"

"我想出来了，托里！"莉莉大声说道。

"想出什么了？"安娜问道，她打着哈欠，从过道上她的铺位上缓步走来。

"全部！"

"你这会儿不是应该跟你父亲在一起吗？"

"他和警察一起出去找罗伯特他们去了，"莉莉说道，"但他不知道去哪里找，他们谁都不知道。按照月亮项坠背面的地图——杰克要去的地方是舰队河，舰队河下水道！它就在女王新月街的下面，你当时是这么说的，托里，记得吗？"

托里困顿地揉着眼睛："是啊……"

"所以，我确定杰克就是要去那里。他已经出发去取钻石了，但如果我们快点，马上出发，有可能正好赶上。"

安娜摇摇头："不，莉莉，我不觉得这是个好主意。"

莉莉又感觉到心里一沉，她知道紧接着会怎样……

"你看，你最近已经遇到过多少危险和麻烦，"安娜责备她说，"如果我们让警局来处理，一切都会安全得多。我这就去告诉他们。托里，你直接把莉莉和芒金送回机械协会吧，路上一定不要磨蹭，不要绕远。别半路上跑去找杰克，那样太危险了。"

托里高高举着手里的灯，照亮他们脚下的舰队街，带着他们朝机械师协会那边走去。

"托里，别把我送回我爸爸那里。"莉莉说道，"他根本不听我说什么。他回来肯定又会把我锁起来的。他根本不明白，罗伯特是我的朋友，我必须尽我最大的力量去救他。我答应了要好好照顾他的，不能就这么干坐在一边，什么都不做，只能祈祷着一切都好。"

"我也不知道……"托里说道，"可安娜强调了一定要把你送回去的。"

"求你了。"她恳求道。

"别忘了，我们耽误得越久，救人的时间就越短。"芒金沉痛地在一旁插嘴说道。为了达到最佳效果，他睁大眼睛，用那种无辜无助又可怜的小狗般的眼神望着托里，还配合着发出楚楚可怜的咕噜声。

托里没理睬他："安娜考虑的是最佳方案。再说，你父亲也许只是希望你们都能平平安安。现在这个情形，确实非常危险——"

"并不只是因为这个，"莉莉回答道，"他从来都不相信我能独立做好任何事情，因为我与常人不太一样。"

"怎么不一样？你看上去跟别人没两样。"

莉莉哽住了。她不能就这样告诉他自己有一颗齿轮之心，不然，托里会觉得她不正常，会觉得她有毛病，如果他知道了这件事，还会和自己说话吗？

可她需要告诉托里。现在这感觉就好像她吞下了一块大石头，而这块大石头此刻堵在她胸口，堵在心脏旁，像一个冰冷沉重的硬块，堵住她想说的那些话。

"到底是怎么回事？"他问。

"如果我把关于我的真相告诉你，也许你就不会想和我做朋友了。"

"为什么？"

"就是……我……我有个异于常人的地方……"她抚上胸口，只觉皮肤一阵刺痛，如有电击。她想拉住托里的手，但胳膊抖得太厉害了，她想自己恐怕都抬不起手来。

"爸爸认为我什么都做不了，因为我是个改造人。因为我有一颗机械心。"

托里呆了一呆，然后吹了一声口哨："哇，机械心，我还从没听说过呢！"

"那颗心叫齿轮之心，由齿轮发条做成，说不定可以永不停歇。有很多人想把它偷走，据为己有，所以爸爸会非常不放心我。但我想要去冒险，想去多做些事情。而今天，我必须去救罗伯特，不管有多么危险，我要向爸爸证明他是错的，我要让他看到，是的，我是改造人，但那并不意味着我得时时刻刻被人保护着。事实就是，我跟别人一样勇敢而强大。"

这番话里有些东西打动了托里，莉莉从他的眼神里可以看出来。"我明白你的意思，"他说道，"人们也是这么看我的。他们喊我小叫花子，或者流浪儿。就因为这样的身份，他们认为我没有他们聪明，没有他们有能耐，但其实，我比他们更聪明、更有能力。我只希望，我不需要时时刻刻都得证明这一点。"

他停住了脚步。"好吧，"他妥协了，"我会带你们去女王新月街，但是不管发生什么事情，我都要跟你们粘在一起，别想丢下我。"

"我也是的。"芒金说着跳起来，在莉莉的裙子上高兴地咬了几口。

第二十一章

罗伯特睡不着，脑子里的事情太多了。就像走到了岔路口，突然看见前面多出了一个选择——通往可能完全不一样的未来。和另外一家人，过另外一种生活——而他以前甚至从来没听说过这家人。

他望着赛琳娜和凯迪两人在光秃秃的旧床垫上打瞌睡。此刻的感觉很奇特，他不仅找到了母亲，还找到了一个妹妹。两个人都非常好，只是她们对他来说，还像纯粹的外人那么陌生。这一切都是因为母亲当年选择了丢下他……是的，她解释说这是为了让他免受德沃一家的骚扰，为了保他平安。但是，他真的有一天能够理解她的这番用心吗？何况到头来，分离并没有起到她指望的防范作用……他还有可能原谅她吗？也许吧，过一阵也许会的……

还有莉莉，此刻也正身处这个城市的某处。对他来说，她也像是他的亲妹妹一样，虽然他们不过才认识八个月而已。他坐回床垫上，听着这个城市夜晚的声音。楼下有个醉酒的人在唱歌，还有几只猫正在打架，发出阵阵尖叫声，或者也可能是狐狸。他心中一痛，想起了芒金——无论此刻莉莉在哪里，他希望这位机械动物朋友正好好看顾着她。

罗伯特按捺住自己打哈欠的冲动，他最好保持警惕，也许杰克随时会回来。他听着妈妈轻柔的呼吸和凯迪睡梦中偶尔的呓语。很有意思的一点是，虽然她是他的妹妹，她的声音、她的口音却跟他一点都不像。她的脸庞看上去那么沉静而安宁。虽然这个妹妹几乎是从天而降的，他已经打心底涌出了那份对家人的温柔亲近，而且，他对赛琳娜也多少增加了几分亲切感。

一想到杰克还可能对他们下手——尤其是对赛琳娜和凯迪——罗伯特的心里就充满了焦虑和恐惧。他只能希望，无论怎样，他们这刚刚团聚的一家人不要再被拆散了。

他需要想个计划，带着她们逃出这里，但现在过度的疲惫和迷茫，削弱了他平日里的那份敏锐，他的思绪变得凝滞而朦胧。虽然他一直在奋力抵抗着本能，睡意还是悄然升起，不一会儿就把他拖入了那暗沉沉的梦乡……

"该起来了。"一双粗糙的大手把他摇醒。

"怎么了？"罗伯特问道，他坐起来，揉着眼睛。夜晚还没过去。房间里还是黑乎乎的。他身旁的凯迪和赛琳娜还在沉睡。芬洛站在他面前，手里提着一盏灯。杰克不在。

"跟我来，小瘦崽子。"他伸手来抓罗伯特。

罗伯特挥起一拳，朝他舅舅脸上打去，但只撞歪了他的礼帽。芬洛哈哈大笑。

罗伯特哆嗦了一下，他低头看向妹妹和妈妈。赛琳娜正紧紧搂着凯迪。她在睡梦中轻哼了一声，扬起手放在脸上，突然的光亮让她动了动，但还是没有醒。她们相拥着，就像沉睡的天使。他就要在这漆黑的深夜里离开她们，就像妈妈多年前离开了他。如果他和芬洛一起走了，他说不定就再也回不来了。"我现在不想走。"他颤声答道。

芬洛朝那对熟睡的母女点了下头："如果你还想让她们活到明天，你就老老实实按我说的做。"

罗伯特一阵毛骨悚然："你要带我去哪里？"

"这个不用你操心。"芬洛恶狠狠地回答道，"安安静静把外套穿好。要不然有你好看的，她们也得跟着一起遭殃。"

罗伯特小心翼翼地拿起搭在床垫旁椅子上的外套和帽子，穿好衣服，整理了一下被压扁的帽子，帽子立刻变得精神抖擞。他戴上帽子，真希望自己也能这么简单就精神抖擞起来。希望自己走后，赛琳娜和凯迪能一直平平安安。如果他再也见不到她们了怎么办？如果他再也没机会告诉她们自己那些心里话怎么办？他弯下腰，亲吻她们，与她们道别，但是芬洛一把抓住他的衣袖，把他拽走了。

"别来这套！"芬洛咆哮着吼道，"我警告过你的，是吧？现在快走，没时间给你磨蹭，杰克还等着呢！"

芬洛拖着罗伯特走在阴暗的街道上，四周弥漫着灰色的雾霾和从鹅卵石河滩那边飘来的水雾，刺激得罗伯特眼睛流泪，鼻子发痒。

远处，伦敦城那些影影绰绰的穹顶和塔楼后边，漫天的黑色云团正在空中翻滚。空气闷热潮湿，压抑得让人喘不过气来，一切似乎都预示着一场特大暴风雨即将到来。

当他们从一盏煤气街灯下走过时，罗伯特隐约看见了两个警察，他们戴着高高的头盔，正顺着雾蒙蒙的人行道向他们这边走来。芬洛护住灯光，一只手捂住罗伯特的嘴巴，押着他走进一个侧巷。

"你为什么要对他这么言听计从？我是说杰克。"等芬洛终于松开手后，罗伯特气喘吁吁地问道，"你其实可以不用过这样的日子的，你心里肯定也知道。"

芬洛咬牙切齿地说道："我可没请你来指手画脚。"

"我只是觉得——"

"安静，小外甥，我说什么，你照做就行。"芬洛不耐烦地说，"要不然你妈妈和妹妹再也别想出来，听明白了？"

罗伯特点点头，但是没出声。

"怎么不说话了，啊？明白了就大声说出来！"

"明白。"

"明白，先生。"

"明白，先生！"

"这才对。"

大雨落下，雨滴噼里啪啦地打在他们身上，他们这会儿走到一个隐约有些眼熟的地方，罗伯特能听到下水道井盖下有轻柔的细碎声音，似乎街道下面有水在流淌。

他们又拐了一个弯，转入一条弯弯曲曲的道路，两旁种着榆树，最高大的那棵树影下，有个身披破旧长外套的流浪汉。他两手插在口袋里，衣领竖得高高的。等他们走近时，那人转过头来，灯光下，罗伯特认出了杰克的脸。

"怎么去了这么久？"杰克问芬洛。

"各种问题呀。"芬洛摘下帽子，挠挠头，"我接这位的路上遇见了几个警察，但我们躲得很快，他们没注意到我们。"

"你应该更小心点。这儿倒是没见到他们的影子。"杰克飞快地又扫视了一眼街道。罗伯特顺着他的目光一看，原来他们正站在德沃一家原来租住的那座房子对面——女王新月街，四十五号。

杰克扶着罗伯特的肩膀："你带我们进去，小子，听我指挥，如果一切顺利，那你就有机会再见到你妈妈和凯迪。如果你不听话，那就惨了……"

罗伯特努力咽下胸中涌起的惊惶。

杰克四面望望，然后对芬洛点点头。"没人。"

他们飞快地冲到街对面，蹑手蹑脚走上台阶，躲在门廊里。外面的暴风雨越来越猛烈了。

杰克指着前门上方一个小方窗。"撬松横档。"他低声说道。

芬洛放下手中的提灯，从外套里掏出一根铁撬棍，撬开了那个小窗。小窗后面黑魆魆的，太窄小了，肯定不够一个成年男人挤进去的……但是，罗伯特意识到，一个瘦小的孩子应该够了。杰克把他的胳膊抓得更紧了。

"小子，你从那儿爬进去，打开门锁，手脚快一点，动作轻一点。否则，你知道后果的。"他蹲下身去吩咐说，"踩在我肩膀上。"

罗伯特按他说的，踏在他肩上，杰克站起来把他向上一甩，就好像表演杂技一样。

罗伯特只觉得自己一下朝漆黑的窗户飞了过去，他慌忙伸手把住了窗框。杰克和芬洛从后面把他往里用力推去，他身上外套的扣子在窗框上刮得咔咔直响。

然后他就摔下去了，一骨碌滚进门厅里。幸好还有门垫和几堆报纸帮他缓冲了一下，落地的声音不算太大。他有点担心会惊醒房东太太。可他突然记起老妇人说过她睡觉睡得很死。真是幸运，要不然杰克可能会让她真的睡死。他考虑了一下不让他们进来的可能性，但一想起他这位外祖父的火暴脾气，以及他一怒之下伤害赛琳娜和凯迪的可能，他还是放弃了。

他站起来，深深吸了一口气。然后，他一把一把解开锁，打开了门。

外面，提灯的光映照出杰克和芬洛的身影。

"干得好！"他们悄悄溜进来时，杰克用他那满是老茧的手揉了揉罗伯特的头发。

一瞬间，罗伯特竟然奇异地感到些许自豪，但他随即就记起这位外祖父实际上有多么可恨。

"我们走，"芬洛说着，轻轻把门关上，"我们必须赶在天亮之前找到钻石并及时出来，时间一长，警察肯定会追查过来的。"他举起提灯，他们深一脚浅一脚地走下台阶，进入了地下室。

这是一个狭长的房间，泥土的地面一直延伸到外面街道的下方。房间中间有个大大的下水道井盖。

芬洛再次掏出铁撬棍，用力撬开了井盖。井口立刻涌出一阵潮湿污浊的气体，奇臭无比。这就是他们要找的舰队河下水道。它一路延伸向前，最终汇入泰晤士河。血月钻石，就藏在这地下黑暗幽深、交错蔓延的隧道迷宫中的某个地方。

罗伯特向洞里望去，有架铁梯向下，通往深不可测的黑暗深渊。

"从这里下去，到底下等着我们。"杰克告诉他，"我们就在后面跟着你。"

"别……"罗伯特小声想要拒绝，但他声音渐低。他忍不住干咳起来，喉咙里沙沙的，说不出话来。他想拒绝，想告诉他们他不会游泳。他想勉力挤出一个回答，可一想起被关在那里的赛琳娜和凯迪母女俩，那些话就出不了口，所有的字词都被恐慌牢牢地攫住，动弹不得。那些无尽的恐惧，像粗粝坚硬的树皮，堵在他的胸腔里。

"别琢磨着硬充好汉啊，"杰克说道，"别以为你可以护着赛琳娜逃脱我的惩罚。记住我跟你说的，小子，她不值得你救，她根本不想要你，她才不在乎！家人什么的，对她来说毫无意义！"

杰克把提灯塞进罗伯特手里，推着他下了井口。

罗伯特一步一撞地顺着生锈的梯子往下爬。踩到最后一级时，脚踏进了泛着恶臭的脏水中。污浊的水，冰冷黏腻，溅得他袜筒上到处都是，他真希望今天自己穿的是双大雨靴，可自己偏巧穿的是这双轻薄的皮鞋。裤脚吸饱了水，一直紧紧裹在他的脚踝上。面前这条狭窄的拱形通道由脏兮兮的黄红色砖块砌成。下水道的恶臭无处不在，侵入他的每个毛孔。

他把提灯举过头顶，向上看去。

杰克和芬洛正在往下移动。月亮项坠挂在杰克脖子上，它的背面就是那幅奇特的地图，是罗伯特的爸爸多年以前按照阿特米希亚·德沃的要求刻上去的。那会是他们在伦敦地下无数岔路通道中的唯一向导。那个标记真的会是血月钻石的藏匿地点吗？想想真是不可思议，这个项坠的一半，居然就在他家房子里藏了那么多年……

梯子顶端的芬洛停下来，把身后的井盖拉回原处盖上。

"快！"杰克生气地低声叫道，"动作快点儿！"

芬洛怔了一怔，然后继续往下爬。

罗伯特把手插进兜里，想找到点什么东西，好帮助他阻挠杰克的计划。他的手指触到豆子大小的什么东西，质感硬而易碎。他掏出一看，原来是杰克让他解密时给他的那截粉笔头。

他趁着芬洛和杰克不注意的时候，在旁边的墙上画下记号。至少，如果警察或者万一莉莉想明白了项坠上地图的意思，那么他们追来时也许能注意到这些记号，也许就能追上他。只是，谁知道他们要花多久才能赶来呢。

罗伯特最后回看了一眼，芬洛已经下到梯子的最后几级了。他把井盖留了一道缝，也许是想着他们说不定还需要原路返回。芬洛扶着帽子，纵身跨过最后几级梯子，直接跃进地面的浅水里。

杰克一直在看着手中的项坠。现在，他向右边的隧道点头示意了一下，大步走在前面。罗伯特在他后面磨磨蹭蹭地走着，芬洛断后，不断催促他快些。他们沿着舰队河的流向，一路走进了黑暗的下水道深处。

第二十二章

雨下得更大了，雨水在街边汇成一条条小河，又被下水道和排水沟一一吞没。莉莉、托里和芒金走向女王新月街四十五号。莉莉一下子看出了问题——门上方的小窗被人撬开过了。他们拾级而上，在门廊里扭了扭门把手。门立刻朝里打开了。他们轻轻进屋，小心翼翼地走过空荡荡的前厅，一路滴滴答答地在油布地毡上留下水痕。

他们听到从地下什么地方传来了人声。"杰克。"莉莉悄声说道。不论在哪儿，她都能立刻听出他那粗粝的音色。她一手挡在托里胸前，不让他下楼，同时给了芒金一个警示的眼神，确保他保持安静。

她隐约听出罗伯特的声音。他的声音很小，好像是在请求着什么，声音充满恐惧。随后，一阵响动传来，是有人在顺着梯子往下去的声音，接着又是一阵叮叮当当的声音，好像有什么重物被拉动，然后被盖在什么开口上了。

当一切声音都消失之后，他们轻手轻脚下楼去，发现楼下是个长形的黑乎乎的屋子，死寂一片。地板中央有个圆形的下水道井盖，留了一道缝。从缝里发出新月形的光亮，好像下面有人提了一盏闪烁的提灯。

一会儿，灯光消失了，莉莉猜测他们已经走远。"我们得把这个打开。"她说着，拼命地拉着井盖边缘——但是对她来说太重了。

托里和芒金四下望了望，想找到什么当作杠杆来撬动井盖。

"这个怎么样？"托里从一堆垃圾里拉出一根木头的拖把杆。

他们把它塞在井盖的边缘之下，齐齐用力，利用他们的自重往下压，终于把这个盖子撬到一旁。

里面是一架锈迹斑斑的金属梯，一直通向井下最深处。下面涌出的那股气味，像腐烂的蔬菜和垃圾混在一起放了好多天之后发出的难闻味道。

"呸！"托里皱起鼻子，屏住了呼吸。

"你不用跟我们一起下去，"莉莉说，"你可以就在上面等着警察来。"

"我想要跟你们一起去，"他一手按在她胳膊上，"我刚才一直在想着我们之前聊的那些，你说得对，当你跟别人不一样的时候，人们往往不相信你会和他们一样优秀。我也想要证明他们这样是不对的。我们可以一起去努力，我相信我们一定可以的。我们可以重新抓住杰克，夺回钻石，救出罗伯特！"

他扶着梯子，第一个爬下了井口。不一会儿，他只剩脑袋还露在外面，他胳膊上挂着的提灯照亮他的面庞。很快，他就完全陷入黑暗之中。

"来吧，芒金，"莉莉说道，"轮到我们了。"

"噢，不要！"芒金说道，"前几天我才刚刚被你们扔进了那个湖里。我可不愿意让爪子再踩进这么个满地老鼠的下水道里，哪怕是为了救罗伯特。有水的地方，对我从来不是好事。说起来，到底什么样的人会把一颗钻石藏在满是污水的下水管道里呢？"

"如果你的爪子不肯落地，那我只好背着你了。"莉莉抱起芒金，把他盘在自己肩上。

"你又来了！你让我觉得自己就像一条狐狸皮围脖！"芒金抱怨道，"而且我希望你以后不要再这么上攀下跳的，简直都成习惯了。"

莉莉没搭理他，她腾出一只手去抓住梯子的横档。金属表面锈蚀得有些剥落，外面附着一层湿滑的脏污腻物。往下爬的时候，能听到四周的蟑螂和蜘蛛等发出各种动静。托里手里的提灯照在墙上，映出他们小小的暗暗的影子，在墙上变形拉长。托里站在梯子底部的踏板上，窄窄的，只有他两个脚掌宽。

"我没看见杰克。"他压低声音跟她讲。随即，他又轻声嘀咕道："这地方真臭！当然，理论上说，如果有臭味，肯定还是散出来更好，前提是别散在我们周围！"

芒金盘在莉莉脖子上，厌恶地翘起鼻子嗅了嗅。"呵，没错，"他低声说道，"味道确实可怕！"

恶臭的味道让莉莉干呕了一下。她从托里旁边跳下梯子，把狐狸放到地上。

"我说了不要在这里落地的。"芒金小声抱怨道。

"你骑在脖子上太重了，"莉莉喘着气回答道，"如果你不愿意，你可以现在爬上去。"

芒金向上看了看那些经年锈蚀的梯级说道："你知道那是不可能的！"

"那你还是会跟我们一起走了？"

"好吧！"狐狸厌恶地抽了一下鼻子，小心翼翼地越过某个看起来像是只死老鼠的东西。他伸过鼻子去杵了杵。"我相信咱们今天在这可怕的地下世界，能认识数不胜数的新朋友。"

托里把提灯放低了些，看见隧道边缘的墙上离地半人高的地方，有人做了细小的粉笔记号：一个箭头和字母 R.T.。

"Robert Townsend（罗伯特·汤森）。"莉莉说着搓了一下手臂上的鸡皮疙瘩。"他们确实是从这里经过，他给我们留了线索。我们只要跟着这些记号走，就能找到他们。走吧！"

他们顺着主通道里一条水浅的路径走去。他们身边有急流汹涌向前，这就是舰队河。

莉莉也不知道赶上杰克之后他们该怎么做。要怎样抓住他？要怎样找到钻石？又该怎样解救罗伯特？她只能走一步看一步，见机行事了。

从隧道顶壁上流下一股一股的雨水，和下水道污水一起汇入旗舰河中，吧嗒吧嗒，哗啦哗啦……旗舰河在此处从隧道中间的沟渠冲刷而下，莉莉内心的恐惧感也跟着河水起起伏伏。通道远处顶壁的水一阵大一阵小，四面传来老鼠窸窸窣窣和虫子喊喊喳喳的声音，莉莉选择对这一切都不听不看，也不去理会身旁不断随波而下的各种东西。

托里又发现了墙上的一处粉笔记号，是个匆忙间草草画下的箭头，指向前面的主道。"他们从这里走了。"他说道。

他们转了一个弯过去，晦暗不明的远处出现了三个模糊的人影，其中一个人提着小提灯，光影闪烁。他们朦胧的身影在沉闷潮湿的空气中有些变形，远远看着小小的，像烧焦的火柴棍似的。突然，那几个人离开了主路，一瞬间消失了踪影。

莉莉、托里和芒金加快速度跟了上去。通道变得有些起伏，而且变得时宽时窄。泛着腐臭味道的舰队河污水，沿着通道沟渠汩汩流过，冲卷着岩石和石块，发出吸溜的恶心声，就好像巨大的食道张开了入口，在大口大口地吸食着什么。

"水流变急了，"托里说道，"一定要小心！如果滑倒跌落进去，就会被水卷走，会淹死的。上天保佑！"

"或者会喝上满满一肚子脏东西。"芒金翘起鼻子闻了闻，插嘴说道。

莉莉打了个哆嗦。她小心翼翼地伸出手，用手指扶着通道侧壁，让自己走稳一点。每次摸到墙壁上那层厚厚的滑溜溜黏液样的东西，她都不寒而栗。

从通道顶部锈迹斑斑的管道里排出的水流更急了，不断冲出碎石块、褐色的霉藻和浸透的纸团。舰队河水开始在沟渠的两侧荡漾。灯光下，河面上漾起一片肮脏的黄褐色。

很快，他们走的路径到了终点，前面突然出现一道河堰，上头竖着一排金属栅栏，栏杆另外一侧有条人行小道。污水经河堰流过，冲泻而下，形成一道携污带浊的瀑布，而且水势变得越来越大。

托里先上，攀着金属栅爬了过去。莉莉把芒金再次放到脖子上，也跟了上去。

舰队河水沿着河堰冲过去，泛着浮沫的水流越来越急。莉莉从中涉水而过，各种浮渣污物不断撞着她的双腿。她的裙子早就湿透了，裹尸布般紧紧贴在她身上。

托里已经走到了河堰的顶端。他回身向莉莉这边伸出手来扶她，莉莉也向前一步想拉住他，突然，她尖叫一声，脚底下打滑了！

她的双手什么也没抓住，身子向后倒去……

托里眼疾手快，一把抓住她，把她和芒金猛地拽了回来。芒金缩在莉莉的肩膀上，简直吓直了眼。真是千钧一发！如果不是托里，他们肯定就从河堰上跌下去，被水冲走了。

时间一分一秒过去，莉莉说不上来到底过了多久。她只是觉得，之前时不时吹着后颈的那股风不见了。闷热潮湿的酸腐气味让她恶心。她尽量减小吸气幅度，用手帕捂住鼻子。黑暗中，唯一能指引她的便是她那颗嘀嗒作响的齿轮之心——一颗为她的朋友罗伯特担忧的心，一颗妈妈叮嘱过要她追随的心。

现在换成托里驮着芒金了，他落下了几步，在后面跟着。莉莉听见右手边的通道里传出有人说话的回声，同时又在墙上发现了新的粉笔记号，她停下了脚步。她应该等等托里和芒金？还是应该自己先进去看看？

她慢慢进入旁边的通道，黑暗一下吞没了她的身影。她觉得后背一凉。最好还是等着托里赶上来吧，她想。已经能听到他沉重的脚步声了。他从她身后的通道入口走了进来。他的呼吸在通道中回响。

这个声音似乎太响了一点。

一只手突然捂住了她的嘴巴，一个又高又壮的身影抓住了她。她朝那人面部的方向胡乱挥打了几下，撞歪了一顶礼帽……是芬洛·德沃！

"这边来！"他低声说道，"杰克要见你。"

他们磕磕绊绊地走上了一段窄窄的阶梯。莉莉能感觉到酸腐的臭水泛着渣沫从他们脚面冲过，芬洛始终在她身后，隔着一两步远。台阶很高，莉莉得抓着墙上生锈的栏杆，把自己用力拽上去，每上一级台阶，那岌岌可危的栏杆都发出不祥的吱嘎声。

终于，他们到达了顶部，这里有一道微弱的光。她面前站着杰克·德沃。他手里拎着一只提灯，站在一方摇摇晃晃的平台上，平台下是一个嵌在地面深处的方形箱体，像个空置的游泳池。不过，可能没有谁会愿意在这样的地方游泳吧，莉莉想到这儿，不禁打了个冷战。

罗伯特站在箱体的底部，污水淹到他的脚踝。他前方的墙上，有一幅奇怪的画，涂着一个不明其意的暗码，旁边的墙上还嵌着一个锈迹斑驳的古旧的保险箱。

杰克对芬洛大发雷霆："我以为你就在我们后面，你是怎么回事？"

"我们被跟踪了，"芬洛说道，"就是她。"

"又来一个捣乱的。"杰克灰色的眼睛瞪着莉莉。转瞬，他又突然笑了起来："但是这样更好，你可以帮帮罗伯特的忙，找回我的钻石。"

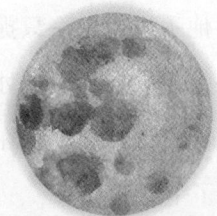

第二十三章

"小子，密码解出来了没？"杰克冲着下面的罗伯特大声叫道。

"还没有，"罗伯特大声喊道，"我正在想办法。"

"你！下去帮他！"杰克把莉莉推下从平台通往底部的金属楼梯，还举起提灯，好让她能看清路走到罗伯特那里去。

"快点，"他对她说，"时间和潮水可都不等人啊！"

莉莉趔趄着走进箱体，一路蹚过泥浆，她拉过罗伯特抱住他，如释重负地亲了亲他的脸颊。

"谢天谢地，你没事就好，"她低声说道，"别担心，后面有援兵。"

她心里在想，不知道托里和芒金现在到哪儿了？还有警察呢？安娜一定已经告诉他们具体地点了吧？她现在才终于意识到，她其实还是应该等他们一起来对付杰克的。她真希望她能够活得再长些，这样她才不至于后悔自己一直以来的冲动和莽撞。

罗伯特在莉莉的双臂中放下心来，他战栗着也用力回抱着她。他满手都是粉笔灰，衣服潮乎乎的，散发着地下通道的潮湿恶臭。

"你现在这是在做什么？"她问道。

"解谜。"

他放开她，莉莉揉着胳膊上先前被芬洛抓过的地方。她打量着面前的东西，看他说的到底是什么。保险箱前部是一个圆形的数字拨号盘，键盘旁边刻有个类似图解的图形。莉莉凑近仔细一看，黑暗中显现出一幅奇特的记号和铭刻……

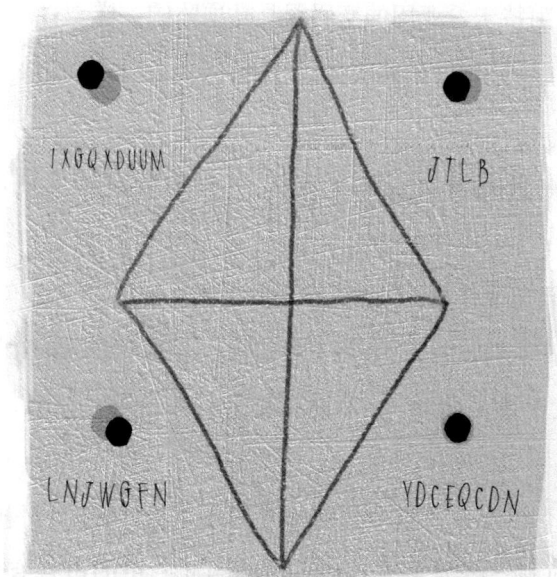

　　这是个钻石的菱形图案，被分割成四个隔间，像心脏一样，或者说像一个钟面做了四等分。在这个图案周围，是月食的图案，在每一个月食图案下面都有一个不一样的暗码。

　　"这都对应着数字，"罗伯特低声说，"因为保险箱的拨号盘上都是数字。得顺时针方向读，按照月食的顺序来。"

　　莉莉点点头。他的分析肯定是对的……可是，会是什么数字呢？也许是日期，弹簧船长告诉过他们，血月钻石是在一次月食发生的时候被发现的。会不会是那个日期？是哪一天来着？当她绞尽脑汁左思右想的时候，水已经涨到她小腿肚了。一阵寒意袭来，令人毛骨悚然，她突然地意识到，这里的水位一直在上涨。杰克说得对，他们得快点了！

　　她凝视着那个图。这的确像个钻石，但更像四个直角三角形。也许阿特米希亚用的密码跟月亮项坠的一样。

　　"这跟项坠用的密码很像，"她猜测道，"每个词有一个解密三角形。"

　　"我一开始就试过这个方法，"罗伯特对她说道，"但行不通。"

　　"你们在说什么？"杰克在平台上朝下喊道。

　　"别管他们，爸，"芬洛在旁边说，"他们需要思考。"

　　"不，"杰克说道，"不许有秘密，知道吗？芬洛，记住这一点！"

　　"这个解密方式跟项坠的解密方式是相似的。"莉莉的话在箱体内回旋，听起来很自信，比她刚才心里的声音有力多了。

"一定是一次月食的日期。"

"我没问你这到底是什么意思吧？"杰克在平台上大步走来走去，"我才不在乎这到底什么意思！我只需要你们在潮水涨上来之前解出数字，输入密码！快点！"

水已漫至莉莉膝盖下面，她本来就湿了的裙摆这下完全浸泡在水中。她惊恐地望着罗伯特。他眼中也满是惊慌。

"我们得赶在被水困住之前，先离开这里。"莉莉大声对杰克喊道，"潮水会阻断通过地道的出口。"

"她说得对，你知道的，如果我们待太久，我们全都会被淹死的。"芬洛对杰克说。

"谁都不许走，哪儿也不许去！"杰克大声叫道，"除非我拿到我的钻石！"

"我们的钻石。"芬洛生气地反驳道，"我就不明白了，我们怎么就不能留着下次再来？"

"你还问我为什么？我都跟你说过了。"杰克勃然大怒，"我今天就要站在伦敦塔桥上，手里拿着那颗钻石，看着英格兰女王和她的游行队伍从我面前走过，我想让所有人看到，我战胜了她。我战胜了皇家检控署，战胜了监狱守卫、侦探、警察，战胜了所有的人。我就要站在那里，等着我的照片和女王一起登上报纸的头版头条。这将是前无古人的大手笔，这就是我的终极复仇，在这颗钻石被我偷走十五年之后，在女王庆典的这一天，再次出现在公众面前！不过，等我确保每个人都看见了我和我的钻石之后，我就会当着他们所有人的面，在一阵烟雾中消失，永远离开这个该死的国家！"

"你不需要玩这么多花样的，爸。"芬洛说道，"那些都不重要，一点也不重要。这不是游戏，你已经不是这世界上最伟大的表演者了，你现在是一个通缉犯。目前最重要的是安全地取出钻石。我们还是应该先出去躲起来，等风声过去后再来一趟就好了。"

杰克摇摇头。"你怎么就不明白呢，你这个白痴！那时候就来不及了，警察在追我们。你想，有赛琳娜和这两个小东西为他们提供的消息，你觉得他们需要多久才会发现钻石地点？那么，唯一让他们无法拿到钻石的因素就是这套密码。"他指着墙上的图示说，"显然，这两个小东西就喜欢破案，要不然他们不会来跟踪我。他们要不了五分钟就能解决这套密码。"

当他在那儿长篇大论的时候，水已经涨到莉莉和罗伯特的膝盖了。一只死老鼠被冲到对面的箱壁上，跟一堆乱糟糟的树枝树叶撞成一团。

"我们的时间不多了。"罗伯特对莉莉低语道。

"要么加速解出密码，要么等着被淹死。"杰克在上面喊道，"你们自己选吧！"

莉莉害怕极了，简直无法正常思考。她一定要镇定下来。他们要从这里活着出去，目前只能照杰克说的去做。她目不转睛地盯着图示和暗语。

"等等，"她说道，"我觉得我明白了。会不会还是同样的解密体系，但是需要反过来……暗语从中间往下，沿着钻石中间的直角边，然后你不断往三角形里面填出前面的字母，沿着斜边就能得到解密的词。"

"你怎么猜到的？"罗伯特问道。

"这是几种可能的密码变体方式里面最简易的一种。"她说道，"来，快点，我们得解出来。"

冰冷的水已经漫至他们的大腿。按照莉莉的提议，罗伯特开始用打湿的粉笔在墙上画着、写着。墙上留下一道道湿软的白线。他的手抖得厉害，几乎写不清楚字。他写完第一个三角形后，把粉笔递给莉莉。她接过来，顺着三角形的直角边，把其他的暗码快速抄好，然后依照字母表的顺序，把那些暗码字母之前的字母逐个填进三角形里。

水已经淹到他们腰上了，莉莉坚持着把剩下的字母都填完。好了，她已经完成了。

这张钻石图变得乱七八糟，但她按照顺时针方向一一读出了斜边上的词语。

"Twenty-one（21），June（六月），Eighteen（18），Fifteen（15）。"

"哈！"杰克大声叫道，"成功了！打开保险箱，快呀！"

莉莉蹚着水走过去，现在水已经齐腰深了。

罗伯特举起双手稳住身体，把数字一一念给莉莉。莉莉在保险箱的键盘上依次输入这些数字。

"21，"他说道，"然后是 June……June，June 是字母，不是数字。"莉莉听得出他一下慌了。

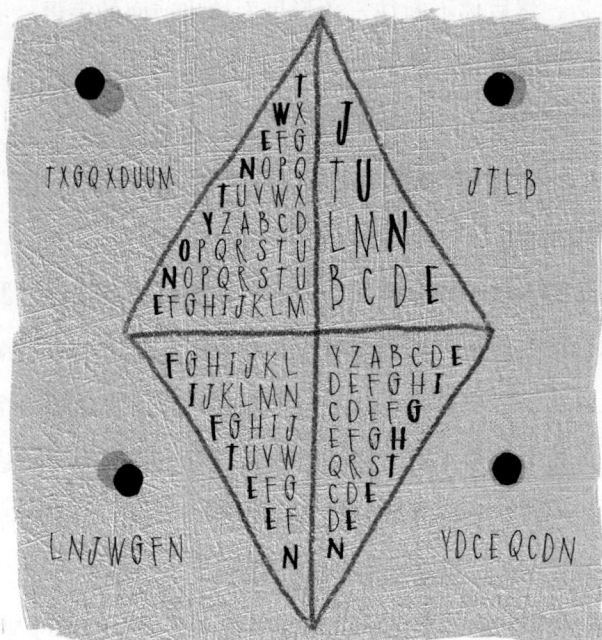

"应该是 6，"她说道，"June 是第六个月。"她在保险箱的密码盘上拨了数字 6。

"后面是 18 和 15。"罗伯特说。

一股湍急水流冲到他的脚边，他被撞得有些站不稳，赶紧抓住旁边的东西，不让自己歪倒。

莉莉在密码盘上拨完最后两个数字，保险箱发出很大一声咔嗒！

她多么希望钻石就在里面。这样，他们就来得及在潮水没顶之前逃出这里了。

保险箱里边的杠杆转动了，她拉开箱门。

架子上散落地放着些旧戒指和小饰品，而其中，有一颗钻石，比其他所有的首饰都要大。这是一块切割得非常完美的红色宝石，至少有其他钻石的五倍大，这就是血月钻石，是莉莉这辈子见过的最让人难忘的珠宝，它色红如酒，变幻多彩。在提灯微弱的灯光中，它明亮如星辰，而它反射出的光，就像炽热的红色水滴，映在她脸上闪闪发光。

这是怎样一颗神奇的宝石呀！白日的光线里，它一定会更加璀璨——如果他们还能有幸活到白天亲眼看到那一幕！要知道，现在的水面已经涨到他们胸前了。好在再没有什么谜题的阻挡了，她顺利从保险箱里取出钻石，高高举过头顶，朝杰克那边走去，另一只手还拉着身后的罗伯特。

杰克高举着提灯，冲下平台的金属阶梯去迎他们。他一把抢过钻石，正要装进自己口袋里，从他身后传来了当啷一声响。

芬洛把手里的铁撬棍架在平台的栏杆上。"爸，你最好把它给我。"他说道，"我知道你擅长玩的那些把戏。我估计你是不打算和我平分这颗钻石的，可是我恐怕不能让你就这么带着它走掉。"

杰克紧紧握住手里那块石头："我在里面待了十五年，小子，就为了等到这一刻。我不会让你有机会把它从我这里拿走的。你要照我说的去做，不然你拿不到你那份报酬的。"

"你这种威胁，"芬洛说道，"我以前会怕得要死，但现在不会了。"

"那你要怎样？"杰克问道，"杀了我？杀了你老爹？"

"如果非得走到那一步，我会的。杰克，你以前那套横行霸道的方法已经行不通了。"芬洛朝他逼近一步，"我现在谁也不怕，我自己说了算。"

"真的吗？"杰克问道，"说不定你还是原来那个哭哭啼啼的可怜虫。"

"不要小看我。"芬洛的脸因为愤怒而涨得发紫，他把铁撬棍高高举过头顶。

莉莉浑身一紧，以为马上就会听到铁撬棍暴击的声音。

可杰克大笑起来，手轻轻一挥，钻石不见了，取而代之的是一把枪，一把小小的转轮手枪。

"你知道你我之间的差别吗，芬洛？"他问道。

芬洛摇摇头。

"我知道什么时候该谨慎行事。"杰克扣下扳机，一颗子弹从手枪枪管中爆射而出。芬洛手里的铁撬棍咣当一下落到平台地上。他紧紧捂住了胸口。

莉莉难以置信地眨了一下眼睛，眼见芬洛的身体朝侧面歪倒过去，越过边上的栏杆，扑通一声落入水中。血在水里渗开。他的身体沉了下去，不一会儿，又随着正在上涨的潮水漂了起来。礼帽从他头上脱落，漂在金属楼梯的底下撞来撞去。

罗伯特喘不过气来，疾走几步爬上楼梯，离那顶帽子远了一点。

杰克杀了自己的亲生儿子，为了什么？就为了一块石头。他不是什么父亲，也不是什么外祖父——他只是一个邪恶、自私的人。

"该走了。"杰克举起提灯，对着他俩挥了挥枪，"我在泰晤士河上准备了一条接应的船。我需要有人划船把我按时送到伦敦塔桥去，盛大的终场演出还等着我出场。我看你俩划船应该没问题。"他露齿一笑，拍了拍他鼓鼓的口袋。莉莉一惊，这才意识到，他先前已经用障眼法把钻石藏到他的口袋里了。

三人回到原先的主干道上，泛滥的舰队河已经淹没了道路。这里水流湍急，水位已到膝盖。莉莉脸色苍白，心神不宁。杰克停下来，查看着挂坠背面的地图，手指顺着上面刻的路线摸索着。等他弄清楚他们所处的位置后，他们继续向前。

但是很快，他们听见有别的脚步声在通道中回响，远处亮起了一抹微弱的灯光。杰克把莉莉和罗伯特推到墙边上，挤在他们身后，吹灭了灯火。"别出声，你们两个，否则……"他说着，举着枪的手放在了莉莉的肩膀上。

莉莉双腿颤抖，她探身向前，眯缝着眼睛，努力想辨认出对面到底是谁。

在微弱的光线中，她依稀看出一个打着灯的人影。那人正蹚着水往前走，脖子上盘着一个毛乎乎的东西，像个披肩，是托里和芒金！

莉莉的心狂跳不止。黑暗中托里肯定看不见他们，而且他不知道杰克手里有武器。

杰克开始瞄准，同时把击锤推了上去。莉莉心里一惊，她知道杰克现在又要开枪了。"托里，"她大声叫道，"快躲！杰克有枪！"

"别过来！"罗伯特也叫道。

托里扑到一个小小的砖墩后面。

"闭嘴！"杰克大声吼叫，一把将他们推开。莉莉的头撞到了砖墙上，她痛得眼冒金星，转头再看杰克时，杰克正拿着枪四下瞄准，辨认着通道中托里的灯光。再等就来不及了……

她猛冲过去，用尽全身力量扑向杰克，用力推了一把。

杰克跌倒在黏滑的地面，翻滚了几下。他大声叫骂，双手拼命抓地想要稳住身体，但是他一下滑倒在污水里。他奋力拔出枪，高举起来开了一枪，但是它哑火了。枪进了水，没用了。

"该死的破玩意儿！"他高声叫道，把枪抛开。

罗伯特闪电般冲向前，一手把住杰克的前胸，一手从他脖子上取下月亮项坠，当杰克忙于对付罗伯特的时候，莉莉瞅准时机，一只手插进杰克衣兜，飞快地掏出了钻石。"哎哟！"杰克疯狂地扑抢，想要夺回他的这些宝贝，但他一时手忙脚乱，不知道该先对付哪边。

突然，他的身子猛地一歪，随着一声大喊，滑跌下去。他在空中一通上下乱蹬，胳膊挥舞。他脸色都变了，大声咒骂着，但是，他还是不可阻挡地跌入了汹涌的水流中。

他立刻被卷到了水底，被激流冲走了。

他们等了一会儿，看他会不会再浮出水面，但杰克再也没有露出头来。

莉莉紧紧抱着罗伯特，站在那里，大口喘息着。她惊魂未定，但感觉心上卸下了一块大石头。杰克被大水冲走了，他们拿到了钻石和月亮项坠——待会儿还得靠这项坠上的地图带着他们逃出去。他们现在还不能完全放心。

托里沿着隧道兴冲冲地跑了过来，与他们俩拥抱在一起。"我们听到扑通一声，"他说道，"谢天谢地，不是你们！"

伏在托里脖子上的芒金，坐起身子舔着他们的脸："哎呀，满脸都是垃圾味！"

"你们应该半小时之前就能接应我们的。"莉莉说道，"你们去哪儿了？"

狐狸看上去有点怂。"到处那么黑，我们迷路了。"他说道。

"我们什么都没找着，"托里说道，"后来听到这边有声音，还以为是安娜终于带着警察来了。刚才多亏你们提醒，要不我肯定猜不到杰克和你们在一起。掉到水里的是他吗？"

莉莉点点头："他再也没从水里浮起来。"

"哇，好啊，这下少了一个祸害。"托里说道，"希望他跟着下水道的污水一直被冲到海里去。但是，还有一个呢，是他儿子对吧？"

"已经被杰克杀了。"罗伯特颤抖着手摁住了太阳穴。他现在还觉得头晕眼花，那声枪响似乎还在他脑海中回荡。

这一切，都好像把当时他爸爸去世的情形在他眼前重现了一遍。虽然他恨芬洛，恨他做了那些事，但罗伯特还是为他感到难过。芬洛之所以参与他父亲的这个计划，似乎也不光是为了钱，他还想讨好他父亲。可是，谁能让像杰克这样一个父亲感到满意呢？谁也不可能做到。杰克就是个冷血的杀人犯，在他的眼中，一块宝石比他自己亲生骨血更重要。罗伯特怎么会甘心成为这样的家庭的一分子？当然，他其实根本不需要成为他们的一员，完全不需要。他已经拥有莉莉和约翰了，他爱他们，他们也爱他。他的家就是和他们共同拥有的那个家。如果他还能活着走出去，他一定要把这些话亲自告诉他们。而且现在，杰克和芬洛这两个威胁都消失了，他希望他妈妈和凯迪从此平安无事。

"天哪……"托里突然向后望着他们来时经过的通道。浩浩荡荡的舰队河奔涌着，冲过整个河堰。"我们估计没法从原路返回了。"

"我们得找到另外一个出口，"莉莉指着罗伯特手中的坠盒，"通往泰晤士河的出口在月亮项坠上有个标注。那是个雨水管道，在黑衣修士桥底下。杰克跟我说过，他在那里泊了一条船。我们跟着地图走，应该可以找到。"

"谢天谢地！"芒金说道，"说起来，血月钻石现在怎么样了，这么多人为了它拼死拼活的？"

"我趁乱把它从杰克衣兜里偷出来了。"莉莉张开手掌，钻石熠熠生辉。

"嗬，以其人之道，还治其人之身！"芒金说道，"看来他写的书也还是有点用处的。"

莉莉把钻石放进衣兜里。"等我们出去之后，"她说道，"我就把它物归原主。在那之前，至少我们都得活着出去，大家一起努力。"

"要想活着出去，咱们得赶紧往前走了！"托里说道。

罗伯特点了点头，他刚才一直在查看月亮项坠背面的地图。"我觉得，应该是朝这边走。"他一边说一边指向远处。大家立刻出发，按照地图的指引，向前走去。

第二十四章

　　他们走在主隧道里的时候，偶尔还有一阵新鲜空气吹进来。莉莉很高兴他们所有人历尽艰辛都能安然无恙。他们现在拿回了月亮项坠，也取到了钻石。很快，他们就会找到出口了，一切即将圆满结束。

　　"我在这下面待得越久，我身上就越臭，"芒金伏在托里肩膀上抱怨道，"我跟你们说，这地方比掉了鼻子的狗还臭！"

　　"是吗？"托里问道，"掉了鼻子的狗闻起来什么样？"

　　"简直没法闻！"

　　罗伯特勉强笑了笑，他开始觉得疲乏了。莉莉的脚步也慢了下来，生怕掉进边上汹涌的水中。芒金和托里在前面带路。托里把提灯举得高高的，罗伯特时不时对照着月亮项坠背后的地图大声指引方向。

他们沿着通道走了很久了，但是现在似乎很快就要走到尽头。他们一转弯，看见远处有灯光照进来，每个人都长舒了一口气。走到近前，墙上有个椭圆的洞，洞口装着一个格子栅栏，光从外面漏进来。水自栅栏下面涌出，流进河里。

"看这潮水都涨这么高了！"罗伯特有点绝望地喊道。

"我们得涉水过去打开铁栅。"莉莉说道。

"我不去，"芒金一边对她说着，一边从托里后背跳下来，"我不能进水。"

"如果我们掉下去，"罗伯特说，"一定会被水卷走。"

"我们可以手挽着手，然后我抓住那个。"莉莉说着，用手指了指她刚刚发现的一个金属环，它就在他们这条路的侧壁上。

她下定决心，深吸了一口气。三个人牢牢挽住手，跳进水里。水流大力冲撞着他们的腿，简直让人站不稳。莉莉使劲抓住那个黄铜环，两腿尽量叉开点站稳，努力维持平衡。罗伯特和托里也照着她的样子，努力站稳。

他们小心翼翼，每人把一侧肩膀抵住铁栅，绷紧肌肉一起用力。

"三，二，一！"托里大声喊着，大家同时使劲一推。

只听到一声低沉的嘎吱声，铁栅微微开了条缝。

"太好了！"莉莉叫道，"动了！"话音未落，水倾泻而出。

那一刻，她真希望他们有更多的人手——要是有像弹簧船长和锈夫人那样的帮手在一起就好了，要是有个足够壮实的人，就能轻而易举拉开铁栅让他们出去，而此刻他们只有自己。

而且还有汹涌的水流重重地撞击在他们身上，实在是让人心惊胆战。

他们齐心协力，又推了一次，门终于打开了。

障碍解除了，雨水合着污水从出口冲泻而下，流入河流。莉莉、罗伯特和托里紧紧攀住隧道墙壁，努力站稳身体。

外面，日出的第一缕阳光，染红了浓云的边界。河岸边停泊着木船和蒸汽船，为了当天下午的女王庆典，人们用彩带把它们装饰一新。在一阵呼啸的风中，这些船只来回晃荡着。迷雾飘荡在船身周围，闷热潮湿的空气中似乎都弥散着一种紧张的感觉。风暴越来越近了，但是还没有发作。

"一旦狂风大作，"芒金又开始信口开河了，"潮水说话之间就到了，那我们可都得淹死！"

"我们得把船划到登岸码头去。"托里指着杰克事先准备的小船说道。那条小船就在黑衣修士桥下漂荡着，离从通道中流出的瀑布只有一两米远。顺着墙上一段生锈的维修梯爬下去就可以上船。

"我先上去，"托里说道，"然后，我来接应你们上船。"

他站在门口，伸手向旁边抓住了梯子。

"快！"莉莉叫道。

他纵身一跃，落到梯子上，水溅了他一身。一道闪电劈下来，把桥底照得雪亮。

"赶紧！"托里大声叫道，"把芒金递给我，我带他下去——"

他的声音被一阵隆隆的雷声淹没了。雨下得更急了，雨水如根根疾飞的长矛插入河中，黑色的泰晤士河面被划成无数碎片。莉莉抓起芒金，迅速递到托里手中。托里抱住狐狸，一手扶着梯子爬下去，跳进小船。

"你快跟上，莉莉，"他喊道，"爬到梯子上去！"

莉莉睁大眼看看外面的暴风雨，望着罗伯特说："我不敢，闪电会受金属吸引。如果闪电击中我的心，我可能会爆炸的。"

"但我们非得走啊，"罗伯特大声回道，"在大水涨上来之前必须走！"

又是一道闪电划过天空。

"大水会把我们直接卷进水底，而我不会游泳，记得吗？"

莉莉深吸一口气。潮湿的空气中充满恐惧。她等着恐惧慢慢消退，可它丝毫不减。"好吧……那么……"她终于说道，"我们一起走。准备好了吗？"

罗伯特点点头。

她仔细看了看通道口外面，估量着通往梯子的距离。身旁，急流雷鸣般冲过出口。她努力不受这一切的干扰，集中心思。她松开攀手的墙，纵身向前，踩到了梯子上。

罗伯特也一样跳了过来。这时，他们听到一阵奇怪的轰鸣声朝他们这边传来。

"涨水了！"莉莉大声叫道！

他们抬眼一看，污水的洪流就像一堵高墙向他们猛拍过来，里面还有个什么东西在游动着，像淹得半死的老鼠。

"是杰克！"罗伯特高声喊道，"他还活着！"

随着震耳欲聋的声音，大水哗一下吞没了他们。但当洪水把他们从上面掀进汹涌河水中的时候，杰克居然顺势一把抱住了他们两个。

莉莉奋力把头抬出水面，看到罗伯特正在她旁边挣扎，胡乱蹬踢着，还有杰克，瞪着愤怒的双眼，紧紧揪住他们不放。

芒金和托里只剩下一点遥远的影子了，他们的船被冲到了远处。泰晤士河水拉扯着莉莉、罗伯特和杰克一路往前，湍流和漩涡裹挟着他们离岸边越来越远。狂风肆虐，暴雨如注，劈头盖脸。

一道离岸水流袭来，把罗伯特从杰克手中冲开。莉莉伸手要拉他，但杰克死死勒住了她的脖子。杰克一边踩着水，一边腾出另外一只手去翻她的衣兜。

"钻石还给我！"

一道闪电打下来，照亮了晦暗的河面。

莉莉费力地呼吸着。她转过头，看见罗伯特正在水中胡乱挣扎。"蹬腿呀，罗伯特！"她大声喊着，"保持头在水面以上！"但她的嗓子已经嘶哑了。突然，一阵惊天动地的雷声更是完全淹没了她的声音。

莉莉看着罗伯特越漂越远，眼看河水就要将他吞没，而她却一筹莫展。杰克死死地抓住她，他们被河水一路冲向下游的风暴中心。

浮标！波浪间浮荡着一个浮标。浮标顶上，铃铛叮叮当当发出响亮的声音。他们从浮标边上漂过，杰克奋力伸长胳膊，抓住了浮标侧面的一个金属拉环，用力一拽之下，他和莉莉都浮出了水面。莉莉想要逃开，但杰克又把她猛地拉回自己身边。莉莉不断地踢着水挣扎。

暴风雨蓄势待发。闪电撕破了天空，一道叉形闪电劈在圣保罗大教堂的避雷针上，另一道闪电击中了河岸边一艘船的钢制桅杆。一时间，四面八方都是电光闪烁。

"把钻石给我。"杰克命令道。

"它不是你的。"莉莉把钻石紧紧地抓在手里。

"那你说是谁的？"杰克用力去捏她的手，钻石的尖锐的棱角直刺进她的手心里。

两人推搡争抢着，水中的浮标被震得摇来晃去，金属铃铛也叮当直响。但杰克很快占了上风，把她的手一点点掰开，到后来，她已经无法抓住钻石。最后，钻石从她水淋淋的冰凉手指里滑下来。她向后一仰，倒进了水里。

"最终还是我的！"杰克得意地大叫，把钻石紧紧握在胸前。

莉莉在水里挣扎着，大口喘着气。这时，一道闪电划过天际，像一条巨大的白蛇起伏扭动着……刹那间，它击中了那个浮标，电荷嘶嘶作响地穿过整个相连的架子，随即再听得一阵噼啪作响，电流穿过了杰克的身体。他的嘴扭曲地张着，闪电在他的指尖爆起火花，钻石折射着这些火花，闪耀出无数细碎的红色光柱。

杰克僵止不动了，他的脸化为一副扭曲的面具。钻石从他僵硬的手中落下，叮叮当当地在浮标底座上滚了一圈，渐渐停下。杰克的身体再次撞响了那个铃铛，栽进水中，被泰晤士河下的潜流卷走了。

不远处的莉莉愣愣地又踩了一会儿水，几乎无法相信她刚刚亲眼看到的这一幕。她小心地游到浮标跟前。钻石在它落下的地方闪着光。她伸手去抓，没抓稳，钻石绕着浮标底座滚开了。钻石里面的光耀在逐渐暗淡，她得快点，否则，黑暗中就找不到它了。她伸长胳膊，抓住了它。这一次，它再也不会从她手指间滑落了。接下来，她只需要找到罗伯特了……

她离开浮标，奋力向前游去。她看见有一双手在五六米远的地方扑腾着……

再看时，有八九米远了……

再然后，她就什么也看不见了。

四处望了一圈，她只能猜了一个方向拼命游过去。

最后一刻，在翻滚的波涛中，她终于发现了目标，罗伯特的手指正慢慢没入水中。

莉莉在逆流中猛蹬几下，屏住呼吸，潜入水中。可是水下浑浊晦暗，她几乎什么也看不见。这时，又是一道闪电划过，她立刻看见了罗伯特，他就漂在她脚下，慢慢沉向深渊。

她游下去，抓住他的腰部，用尽全身的力量把他向上拖。

他们露出水面，罗伯特吐出水来，呛得连连咳嗽。他脸色苍白，粘在额前的一绺头发就像个问号，失神的通红双眼里满是惧色。可他还活着！莉莉的心如释重负地欢跳起来。

"抓牢我，"她说道，"我会把你救上去的，我保证！"

罗伯特一只手搭着她的肩膀，和她一起向河岸游去。莉莉能看见前面有个码头，如果他们能游到那里，那么他们很快就能上岸了。"使劲蹬，"莉莉大声说道，"我们一起使劲蹬！"

罗伯特拼命蹬着水，但他的重量还是拖累了莉莉划水的速度。河浪越来越汹涌了。他们离河岸还是那么远。事实上，似乎还比刚才更远了一些……河水正把他们推向远离河岸的地方，推向伦敦塔桥的混凝土桥墩那边。

正当莉莉心中上岸的希望越来越渺茫的时候，她听到一声长长的低嚎。她疯狂地四下张望，发现他们身后的方向有只小船。一个小小的人影，蓬着一头黑发，正奋力划着桨，在波峰浪谷里上上下下。芒金站在船尾，狐狸脑袋东张西望的，正在搜寻他们的踪影。

"在这里呀！"莉莉大叫起来，然后看见芒金先竖起了耳朵，而后冲着托里吠叫。莉莉这才终于松了口气。托里调转船头，朝她这边划来。"这边！"她一遍一遍地叫喊着，好让他们清楚她在浪里的位置，喊到喉咙都嘶哑了。

小船终于划过来了，托里和芒金把他们两人从舷缘拉上了船。他们扑通倒在船尾，仰面躺着，直勾勾望着天。

罗伯特在莉莉身边蜷起身子咳嗽着，哭得身体直抖。

小船在暴风雨中艰难地颠簸起伏，但是托里硬是以一己之力把船划到了伦敦塔桥下面。等他们划过桥下，再抬头看向天空，暴风雨已经移动到上游更远的地方了。莉莉坐在船尾，疲惫地四处望着。她可以看见远处教堂塔尖上空那雪亮的闪电，一闪一闪的照亮了天空。罗伯特伸出一只手臂，搂了搂她。

"你们后来到底怎么了？"托里问道。

"杰克已经葬身水底了。"莉莉对他说道，"他被闪电击中了。"

"我在水里挣扎的时候，也看见了那道闪电。"罗伯特说道，"这真是我见过的最可怕的一场雷暴雨。当时那道闪电照亮了整个天空，击中杰克的时候，光照在那颗钻石上，折射出千万道光亮……"他一下呆住了。"啊，钻石……"他说道。

"还在我这里！"莉莉松开拳头，血月钻石就在她的掌心。

"太神奇了！"托里说道。

莉莉向河面望去。西边的月亮就像一枚影影绰绰的一便士硬币，渐渐暗淡隐去；而东方，暴风雨正在消散，一道晨光初现，天就要亮了。莉莉说："爸爸和警察肯定正在什么地方找我们呢，还有安娜。"

"我希望凯迪和妈妈都平安无事。"罗伯特说道。

"她们现在想做什么都可以了。"莉莉说道，"别担心，我相信他们一定没事的。"

"我们赶紧划到岸边，上岸去找他们吧，"芒金急切地说道，"这礼拜以来，我们似乎有一半时间都泡在水里，我觉得我不怎么喜欢这个类型的冒险！"

　　"遵命！我们这就上岸去！"托里说着拿起了一把船桨，罗伯特马上抄起了另一把。他们合力把小船朝着一个摇摇欲坠的旧码头划去。

第二十五章

　　伦敦一直都是一座散发着怪味的城市。马粪、垃圾、蒸汽机排出的烟雾，所有这些异样的风味，往往都会附着在人们身上。但在那天，全伦敦再也找不出第二波人能臭成罗伯特、托里、芒金和莉莉那样，即便他们已经在泰晤士河里充分浸泡，又在滂沱的暴风雨中冲洗了一晚上，可所有的这些工序，都没能除去他们浑身散发出的下水道气味。他们走到哪里，这气味便飘散到哪里。这天早晨的街道上，当他们一行朝着来参加女王庆典的人群走去时，就像摩西带着族人穿过红海的景象——人群像海水一般，自觉地朝两边分开，为他们闪出一条道来。

　　他们快到机械师协会时，附近的圣保罗教堂钟楼正在敲响九点的钟声。他们一路走着，都是人未到味先至，那股气味总比他们要领先几分钟到达。事实上，他们还在大门口按铃的时候，身上的味道早已进了门，甚至已经抢先上了楼梯。前厅边上几间房里的教授已经纷纷推开窗户，大声抱怨这股味道是多么可怕。

门房先生为他们打开门的时候，一时间竟不知如何是好，自己是应该赶快让他们进来，还是应该赶紧跑掉？他们很快从他身边闯过去，跑过了走廊，直冲进爱丽芳姐所在的那间爸爸的工作室。爸爸正围着爱丽芳姐不停地踱步，一只手使劲挠着头发，另一只手扶着鼻子，好像在努力思索。安娜和弹簧船长也急得在房里团团转，但爸爸看起来格外地焦急，格外地慌张。

等他踱到了爱丽芳姐侧面，突然看见心心念念的孩子们就站在他眼前，一时间又恍惚又震惊，还混杂着狂喜和迷惑，各种情绪一股脑涌上心间。同时他也发现，原来这几位就是那股让人难以置信的恶臭之源。

"是莉莉和罗伯特，谢天谢地，你们都平平安安的！"爸爸激动地大声喊道。他颤抖着双臂，先抱住了莉莉，又给了罗伯特一个大大的拥抱。"芒金也好好的。"他抱起狐狸，亲着他毛乎乎的前额，然后高兴坏了的他也抱住正要闪到一边的托里亲了一口。

"昨天我真是担心得快要发疯了，尤其是你，莉莉。昨天晚上我一回来，发现你们跑了，我真是哪里都找遍了。我就知道，你一定是去找罗伯特了。"

"然后，我就到了。"安娜接着说，"我跟他说了你们破解出来的线索，还说我之前让托里送你回了协会。但是很显然，你们根本没有回来。"

"我们后来一直在地下的下水道里面。"莉莉开始解释。可她又停了下来，前前后后太多事情了，一时间她简直不知道该从哪儿开始说起。

"我妈妈呢？"罗伯特脱口而出，"还有凯迪？警察找到她们没有？她们安全了吗？"

约翰一手搭在他肩上："她们没事，孩子，詹金斯警官来过，第一件事就是来通知我们她们母女已经被救出来了。为了引起人们注意，凯迪还专门从窗户里甩了一条床单下来。探长应该很快就会把她们也带到这里来了。他觉得让我们大家凑在一起，把线索串起来看看，说不定就可以找到你们。"

这下罗伯特总算放心了。但他也不确定，赛琳娜对芬洛和杰克的死会不会有什么反应。无论他们多么恶劣，他们总是她的家人，好吧，其实也是他的家人。但也许，现在的赛琳娜已经完全摆脱了那段黑暗的过去，她的想法可能也会有所改变？也许，他们这几个流落在外的家庭成员可以重新组成一个家庭？不，也许不行……他瞥了一眼约翰和莉莉，他们正开心地聊着，他真的能够融入他们家吗？

他正左思右想着，赛琳娜和凯迪冲了进来，还有费斯克探长也来了。

"罗伯特，我心爱的宝贝，我亲爱的孩子，我勇敢的儿子！"赛琳娜拉过罗伯特，把他搂得紧紧的。

"看到你好好的，真是太开心了，"凯迪说道，"我们一整晚都在担心你！"

"我担心死了，"赛琳娜接着说道，"我们一醒来，就发现你已经不见了。我告诉探长，他们一定是把你带去女王新月街的舰队河……"

"这位奎因小姐也把你的去向告诉了我们，"探长向安娜点头示意，安娜也对他们笑了笑，"但我们赶到那里，发现那地方空无一人。房子被人撬过，但据房东太太说，啊，她应该是在我们去的时候才被吵醒的，她说没有丢失任何物品。我们找到了房子底下通往下水道的入口，但打开下水道井盖的时候，水位已经非常高，我们当时以为你们可能已经……而且，那儿连一张钻石 J 纸牌这样的线索都没有！"

"我们现在都没事了。"罗伯特说道。他亲了亲妈妈的脸颊，然后把月亮项坠从自己身上取下来，挂到她的脖子上。"这是你的，对吧？"

"谢谢你。"她拿起来低声说着，在手中转动着。"它给我带来的，除了麻烦就是麻烦，就像那个钻石的传奇故事一样，这件东西给德沃一家带来了多少祸端啊。"

"噢，对了，钻石！"莉莉把钻石从衣兜里取了出来。阳光下，它璀璨无比，闪耀出明亮的红色光彩，辉映着整间工作室。"我们把它给找回来了。我们应该立刻让它物归原主。"

"我相信，女王一定会喜出望外的。"费斯克探长说道。

"我说的不是女王，我说的是爱丽芳姐。"

莉莉朝那头机械兽走去，工作台上之前堆放的那些齿轮和部件已经一一安回了她的身体里，但她仍然一动不动。因为她还需要加上莉莉手里这个关键部件才能运转。

爸爸举起一只手，想阻止她爬上爱丽芳姐侧面斜靠的梯子，她才不理他呢。她爬到梯子顶上，小心翼翼地把钻石装在爱丽芳姐额顶，再拿起那个爱丽芳姐脖链上拴着的巨大的发条钥匙，插入钻石边的锁孔，给她上好了发条。

莉莉从梯子上下来，站到一旁。只听爱丽芳姐胸腔里发出一阵声音，好似在她体内有上千架的落地大摆钟在嘀嗒嘀嗒地律动着。

爱丽芳姐眼睛眨动了一下，然后睁开她大大的木制眼睛，皱巴巴的卷心菜似的皮质耳朵也扇动起来，长鼻子上拼在一起的所有部件都动了起来。她卷起鼻子晃动着，突然发出喇叭声一样的吼叫，震得工作室里每一罐齿轮都在摇晃。

"我说，"探长高举双臂说道，"大家都往后退，天知道这头野兽要干什么。"

爱丽芳姐转身看着他，用优美而响亮的声音说道："我可不是野兽，我行为端正，礼仪完美。如果要说谁像野兽般粗野，先生，那只会是你。我沉睡了太久了，我都以为我会永远这么睡下去了……而这位女孩唤醒了我。我不会忘记她。永远不会。"她翘起鼻子对莉莉微笑，"孩子，你叫什么名字？"

"莉莉。"

"莉莉，很高兴遇见你。"

这时，爸爸插话了："我们得征求一下你的意愿，你愿意参加女王的钻石庆典游行吗？"

"还是同一位女王吗？"爱丽芳妲问道。

"是的，维多利亚。"安娜说道。

"既然是这样，"爱丽芳妲说道，"我想我愿意参加的，但是，我想要莉莉和她的朋友们也能受邀参加。"

莉莉激动地拍起手来，赶紧看向大家。芒金正坐在爸爸身边，罗伯特站在他妈妈和妹妹中间，托里和安娜站在一起。

"我想，在讨论这个之前，他们需要先回答几个问题，"探长说道，"关于德沃先生的问题。"

"要不然，还是等庆典完成之后再问吧？"爱丽芳妲说道，"这个游行是什么时候开始？"

"大约三小时以后。"爸爸告诉她说。

莉莉坐在爱丽芳妲背上的象轿上，能隐约看见维多利亚女王矮矮胖胖的身影，大约在他们前面三十多米远的地方。女王乘着双排座活顶四轮马车，车前八匹白色的骏马安静地候着，等待钻石庆典正式开始。女王穿着她最常穿的黑色丧服，这是为了纪念阿尔伯特亲王殿下。她撑着一把白色阳伞，遮挡正午的阳光。经过清晨那番狂风暴雨的洗刷，晴空中的太阳就像一枚璀璨的珠宝，光芒万丈。

女王的马车出发了。游行队伍紧随其后，迤逦而行，穿行在格林尼治的低层建筑之间。爱丽芳姐把莉莉、罗伯特一家外加安娜和托里都载在背上，走在游行队伍里面靠后的位置。

他们每个人都凑到象轿的护栏边缘，探着身子，看着下方移动的城市。芒金干脆立起身子来，从护栏横杆间探出头去，享受无遮无挡的完美视野。

街道上的人们都用英联邦旗帜的红、白、蓝三色装扮起来。游行路线上许多路口搭起了拱门，点缀着鲜艳的花束，有红色的玫瑰、蓝色的风铃草和白色的百合花。人群挥舞着彩旗，高喊着、欢呼着，在这六月的热浪中，大家都显得非常开心。

在爱丽芳姐背上的莉莉、罗伯特、托里和凯迪，也不停向人群挥着手，但芒金只挥了几下就放弃了，他声称他的爪子无法胜任这么没完没了的挥舞。

虽然他们差不多是处在长长的游行队伍的尾端了，但是他们发现，只要看见爱丽芳姐走过来，观看游行的人们还是会大声欢呼，疯狂地挥动旗帜。除了女王本人，爱丽芳姐就是大家最关注的焦点了。莉莉有些得意，这关键的钻石可是她和罗伯特他们找回来的，而且还是她用钻石唤醒了爱丽芳姐。爱丽芳姐坚持要他们一起参加盛典游行的时候，她真是开心极了。

这样的殊荣让他们觉得，那天早上的冒险是值得的，也让他们可以暂时不去想过程中的那些恐怖经历。他们有足够的时间梳洗和打扮自己。他们还找到了一套漂亮的备用粗花呢衣服给托里穿，把芒金也洗刷得干干净净，而且为了更加应景，配合这欢腾喜庆的场面，莉莉还在他脖子上系了一个大大的蓝色蝴蝶结。狐狸极不买账，大叫大嚷，但莉莉不予理睬，忙着给自己也换上了爸爸从家里给她带来的干净衣服。她必须承认，终于能彻底摆脱那可怕的阴沟味道，真是让人如释重负。而且，今天能够穿戴着这么漂亮的绿色新裙子和帽子，坐在罗伯特身边参加游行，她感觉特别自豪。罗伯特也穿了一身时髦的黑色西服，看上去风度翩翩。下面人声鼎沸，彩旗飘扬，音乐嘹亮，莉莉拥抱了罗伯特，夸奖他真是太帅了。

"谢谢你。"他露齿一笑。他正要再说点什么，忽然听到爱丽芳姐的吼叫声，这时，莉莉的爸爸、芒金、托里还有他的妈妈和妹妹都同时欢呼起来。

游行队伍就要到达河边时，人们发现头顶上有影子飞过。罗伯特和莉莉向上一望，哇，带着皇家飞艇公司金色标志的飞艇组成的整支队伍，正在表演同步飞越伦敦塔桥！伦敦河中映出它们圆滚滚的身姿，同时，驳船、小船和桨轮蒸汽船组成的一支舰队也正在进行他们的水上展示。

女王乘着马车驶过伦敦桥时，她依次向河中的船队，向桥旁和塔上的人们挥手致意。莉莉想，女王的手一定累得都酸痛了吧，可女王始终高高地举着手，一刻都没放下过。

很快，整个游行队伍走到了伦敦塔。伦敦塔高墙上轰然发射了二十一鸣礼炮，爱丽芳姐照样泰然自若地走着，眼睛都没有多眨一下。

到达黑衣修士桥后，他们进入法林顿街，这条街道的地下就是舰队河的河道。莉莉看看脚下的路面——简直难以想象，昨晚他们就在这条街的地下深处历经冒险！

游行队伍朝卢德盖特山走去，经过老贝利刑事法庭，然后走向装扮一新的圣保罗大教堂。午后的阳光下，它洁白无瑕，像一座巨型的结婚蛋糕。

爱丽芳姐来到大教堂前，人们正为女王的到来高声欢呼。有人上前扶着女王走下马车。按计划，她会踏上石阶，穿过庄严肃穆的对开门入口，进入教堂。

大家都在翘首以待。但女王却一路走过游行队伍，来到了爱丽芳姐旁边。爱丽芳姐看着女王，女王也看着爱丽芳姐。

"下午好。"爱丽芳姐说道。

"下午好。"女王答道。

莉莉觉得她们说话风格非常相似。

维多利亚的眼睛闪闪发亮，她看着爱丽芳姐，笑了起来。"阿尔伯特的钻石。"她喃喃自语，声音很轻，几不可闻，只有探身在象轿围栏上的莉莉听得真切。

这时，女王抬头注意到了她。

"嘿，小姐。"女王说道，"把绳梯放下来吧！"

莉莉依言扔下绳梯，女王爬了上来，一直爬到了这头巨大的机械象的背上。

爸爸赶紧扶着女王的手，帮她在象轿上坐稳。"陛下，您不是要进教堂去吗？去主持仪式？"他问道。

"我一会儿就去。"女王说着，转向莉莉。"你就是帮我找到钻石，唤醒爱丽芳姐的那个小姑娘吗？"她问道，"那个我应该好好嘉奖的小姑娘？"

莉莉努力回忆去年她在斯克林肖女子精修学院学过的礼仪课，对女王行了个尽量标准的屈膝礼。

"是的，陛下。但是也多亏了我这些朋友们的鼎力帮助。"她一边说，一边冲他们挥挥手，"罗伯特·汤森少爷、赛琳娜·汤森女士、凯迪·汤森小姐、巴萨洛谬·慕德拉克少爷……还有芒金。"

"很高兴见到您，陛下。"罗伯特说着，向女王低头行了个礼。

其他人也都照着罗伯特的样子，向女王行了礼。

"还有你呀，"女王接着说道，"肉桂色的猫，多漂亮啊！"她看着芒金，赞叹道。"我个人平时一般更喜欢犬类，说起来，我养了十只狗，主要是西班牙猎犬和波美拉尼亚犬，还有一只是机械狗。但我也挺喜欢猫的，人们都说猫儿也能见女王嘛，哈哈！"

"我是只狐狸。"芒金说。

女王从掩在深深的蓬松裙摆中的裙兜里，拿出夹鼻眼镜，戴在她的翘鼻子上，仔细打量芒金："天哪！真的，而且是只特别优雅漂亮的狐狸！"

她微笑着对大家说："非常感谢你们修好了我们了不起的爱丽芳姐，钻石让她重新焕发了生机，这真是个奇迹！但我对你们的感激，不仅是因为这些……这颗血月钻石非常珍贵，我的意思不是说金钱意义上的珍贵，而是情感意义上的珍贵。它是我的丈夫阿尔伯特送给我的礼物，蕴含着奇异的强大力量，因为它是在一个月全食当夜的满月时分被开采出来的。"

"一八一五年，六月二十一日。"莉莉接着说道。

女王的目光变得柔和起来："正是那天！你怎么知道的？"

"我也是今天刚刚知道的。"莉莉说道。

"你确实是个了不起的孩子！"女王对约翰说，"哈特曼教授，这是你的女儿？"

约翰点点头，对这突如其来的赞美有些诚惶诚恐："她是个好孩子，不过也有让人头疼的一面。"

"至于钻石，"女王继续说道，"人们发现所有的月亮钻石内部都蕴藏着生命能量。你父亲一定告诉过你，每一个机械人或机械动物体内都会有一小片跟这个差不多的血月钻石，它能为他们带来生命的活力。"

莉莉捂住胸口，感受齿轮之心的跳动，里面不知道用的会是什么样子的钻石碎片。

"当年，阿尔伯特委托了机械师协会定制爱丽芳姐。"女王继续说道，"他想用世界上最大的钻石来驱动她，但这是个大工程，花了很长时间才完工，所以他都没能在生前亲眼看到这一伟大作品的诞生。结果，爱丽芳姐第一次出现在公众面前的时候，就是我们大家都知道的那一次，那颗钻石被杰克·德沃当场偷走。"

赛琳娜向女王屈膝说道："女王陛下，杰克是我的父亲，我必须为他的行为向您道歉。"

"谢谢你能这么说，夫人。"女王回答道。她转向莉莉，微笑着说："莉莉，你知道吗？失去自己亲近的人以后，看着他们留下的礼物，就会睹物思人——好像这些东西里融入了一部分他们的生命，而当这些纪念品不知去向的时候，就好像再一次失去了这个人。如果能重新找回来，那一瞬间就像久别重逢，充满了意外的惊喜和幸福感。"

罗伯特想起了爸爸的外套，上面淡淡的烟草味是爸爸的味道；莉莉摸着衣兜里的菊石——这是妈妈留给她最后的礼物。他们都深深懂得女王这番话里的真切感情。而且周围听到这番话的每一个人也都深受触动，他们大家也都曾经失去过自己挚爱的人。

"我来扶您下梯子吧，女王陛下。"约翰提议道。女王这时也突然意识到，自己停留得有些久了，要知道，所有的人都还在等着她呢。

女王斜靠在象轿栏杆边往下看去，王宫侍从已经密密麻麻像蚂蚁一样围聚到爱丽芳姐庞大的身躯周围。他们都默默地握着双手，等待着女王从上面下来，好宣布开始当天下午最重要的环节。在这重要环节里，女王的主要任务就是端端正正坐在一把椅子上，听完所有冗长乏味得超乎想象的发言。

维多利亚摇摇头："我有个更好的主意。如果阿尔伯特还在，他一定会觉得我这个想法很有意思的，而且这也会让人们多年以后都会对这次庆典津津乐道。"

她走到象轿前端，一手放在爱丽芳姐的头上。"爱丽芳姐，"

女王命令道，"我命令你走上大教堂的台阶，从大门一路进去。"

"如您所愿，陛下。"爱丽芳姐说道。她低吼一声，向着游行队伍前端大步走去。

人行道上，女王的扈从和顾问们后退一步，难以置信地瞪大了眼睛，看着爱丽芳姐踱着灰色的大脚从他们身边走过。爱丽芳姐踏上了圣保罗大教堂的台阶，她那宽厚的金属侧腹贴着大教堂高高的圆柱过去，沉重的脚步撼动着整个罗马柱廊和圣者们的雕像。

她在高大宽敞的入口处停了一下。虽然入口的大门都已经全部打开，但她这么大的个头能否进得去，还真难以确定。

她用力吸住腹部，踏步向前。象轿帐篷顶一下子蹭到了大门的过梁石，莉莉随大家一起赶紧扶稳自己的帽子，女王也急忙扶住了头上的钻石冠冕。

里面，一排排前来参加典礼的欧洲王室成员正等着就座，突然看见爱丽芳姐轰隆轰隆地沿着教堂中央过道走过来，大家吓得惊慌失措，跌跌撞撞地纷纷后退。

爱丽芳姐来到了正前方的王位旁。她停住了脚步。一架白色的长梯被推到她身旁，女王从上面款步而下。爱丽芳姐发出一声雷鸣般的吼声，她的声音在教堂里往复震响，震得每一道拱门上都落下许多灰尘来，散在空中，朝着巨大的穹顶飘升。

后来，凡是那天来舰队街观礼的人，无论当时是站在街头还是街尾，都宣称他们真真切切听到了爱丽芳姐的吼声。虽然，莉莉不太相信那吼声能传到那么远，但那确实是振聋发聩的一声大吼，响得整个教堂都在震。她心里清楚地知道，自己一定会永远记得那一刻，这会是她珍贵的回忆。

第二十六章

女王庆典之后的一周里，赛琳娜和凯迪也回到了欧蕨桥，跟哈特曼一家住在一起。一开始，莉莉觉得家里有外人住进来的感觉挺奇特的，不过，她们都是非常好相处的人。

自从她们住过来之后，她发现自己夜里总会梦见妈妈，而且梦境变得格外清晰生动。就好像看见赛琳娜母女的日常相处，会引发她对自己妈妈的思念。

今晚的梦中，妈妈站在自己面前，手里捧着那个承载着所有回忆的红木盒子。她打开盒子，里面是一片月亮和星座环绕的天空。然后，妈妈开始向她解释，每一颗星星其实都来自千百万年前，星辉从过去的时光里穿行而来，照耀着我们。罗伯特刚刚遇见莉莉时也说过类似的话。

"把我记在你的心里。"她对莉莉说道，"你对我的回忆，就会像这些星星一样，绽放出甜蜜强烈的光芒。"

妈妈弯腰亲吻莉莉。然后，莉莉就醒了。

一醒来就发现芒金正在舔她的脸，他的发条晚上已经松了，嘀嗒声眼看就要停了。莉莉拿起钥匙给他上好发条，他跳下床去，奔到门前，各种卖萌要宝咪咪叫，想让莉莉放他出去。

莉莉起身下床，把他放出门去。一切都那么安静，安静得让人心里发慌。今天是赛琳娜和凯迪要离开的日子吧？她们不会已经出发了吧？她走到窗前，把窗帘拉开。

太阳几乎已经升入中天，星星早就隐去，但那轮遥远的细月还挂在天边，若隐若现。它会一点点变得越来越细，但是接着又会慢慢盈满，变成一轮圆月。不过那就要到下个月了。

而在那之前，还有好多的事情要做呢。莉莉能听到锈夫人正在楼下丁零咣当地忙活。她穿上绿色的夏装和无袖罩衫，随手套上了一双拖鞋。然后她叫上芒金，一起去看看能不能找到点什么当早餐。

他们来到厨房。罗伯特的空盘子和大杯子扣在沥水板上，锈夫人正在清洗那些锅碗瓢盆。"罗伯特去哪儿了？"她问道，"他起床了吗？"

"他跟他妹妹和妈妈一起出去了，"锈夫人回答道。"去飞艇站了。她们母女要搭早班的通勤飞艇回伦敦去。"

"她们已经走了吗？"莉莉的心猛地一跳，"他该不会跟她们一起走吧，会吗？"

"噢，我的发条和计时器呀！"锈夫人说道，"这个我可没听说呀！那就得看他怎么决定了，而且，如果他连你都没告诉，那自然也不会告诉我呀，对吧？"

莉莉冲向门口。"快，芒金，"她说道，"我们得去追他！"

"如果他决心走，你别拦着他。"锈夫人追在她身后大声喊道。

"我至少要拦一下试试看啊。"莉莉朝身后大声喊了一声，就这么穿着拖鞋跑过院子，芒金紧跟在她脚边跑着。"不过，就算我无法改变他的决定，我至少还可以现场跟他道个别呀！"

罗伯特和妈妈、凯迪一起站在航空站的月台上。他真的才认识她们七天而已吗？短短的时间里，他们已变得亲密无间。他和莉莉带着凯迪在庄园和花园里游玩，还去了欧蕨桥村和爸爸长眠的教堂墓地。最后，他还带着妈妈去了钟表店那里。

妈妈一到那儿，就哭了起来，罗伯特也哭了。眼前的悲惨景象提醒着她，曾经拥有过的那些美好已不复存在。罗伯特明白她受到的那种冲击。他知道，有时候只有亲眼看见这样触目惊心的景象，才会让人真切地意识到，你所错过的一切是真的已经永远不在了，再也不会回来了。

"罗伯特，如果你愿意，就由你来继承汤森钟表店吧。"妈妈擦干眼泪说道。但是后来，他们回去的时候，妈妈又停下来握住他的手。"或者，"她轻轻地说道，"你愿意跟我们走吗？"

罗伯特叹了口气。之前，他其实暗自希望妈妈和凯迪能留在这里，但她这句话让他意识到这不可能。

接下来的几天里，赛琳娜也没有改变心意。她说，她在伦敦和外省各地都有一长串已经预订好的表演场次在等着。而且，还有好多她无法拒绝的合同和演出机会。

昨晚，她又最后整理了一遍她们的行李，凯迪和罗伯特在一旁伤心地望着。后来约翰也答应到时候让罗伯特送凯迪和妈妈去航空站。

而现在，分别的时刻到了，一瞬间，罗伯特都想要跟她们一起走了。这种想法已经在他心里转悠了很久，而此刻将是他最后的机会：要不要抛开自己过去的一切，成为她们这个巡演家庭的一分子，过一种和以往完全不同的生活。

赛琳娜搭着他的一只肩膀。"你做好决定了吗？"她问道。

"我不知道。"罗伯特回答道，他意识到自己真的难以抉择。选择就像一块岩石，沉沉地压在他心头。"过去这一周……我感觉自己跟你们两个亲近多了，但我还得考虑约翰和莉莉，还有芒金、锈夫人和其他人。在我无处可去的时候，是哈特曼一家人救了我。当时没人关心我，我也没人可以关心了，是他们爱护我、照顾我。他们就像是我的家人一样。"

当时，在地下隧道里的时候，他就是这么想的，这是他真实的想法。家人并非只靠血缘骨肉之亲，也不是枯木上伸出的无用枝条。家人就是你爱的人，还有爱你的人。虽然他跟赛琳娜和凯迪已经建立了感情联系，但是他对莉莉，对约翰，对芒金和家里的机械人还怀有一种不一样的感情。

"我们是爱你的，罗伯特，"赛琳娜说，"但如果你想留下，我也能理解。这是个艰难的抉择。而且我们这么快又要走了，让你难过了。"

"爱和信任，"罗伯特说道，"这两者并非总是一致。我还不清楚，我现在能不能信任你……我觉得，至少现在我不能跟你们走。"

"你说得对，"赛琳娜说道，"我一直没有尽到职责，我作为母亲对你关心得太少，也太迟。我现在明白这一点了。你不必和我们一起走，但是在我走之前，我想给你留下点什么，也好让你看见它就想起我。"说着，她从脖子上摘下月亮项坠，递给罗伯特。

罗伯特接了过来，手里立刻感受到项坠亲切的形状和熟悉的分量。

"打开看看。"她说。

他拨开坠盒的弹扣，两个小盒都打开了，一个里面是小罗伯特和父母的肖像画，另一个里面是一张小小的照片，是几年以后妈妈抱着小凯迪的照片。

"我们全家的肖像是你爸爸画的。"赛琳娜解释道。她半闭着眼睛回忆往事，轻声说着："我和凯迪的照片是用我借来的一台箱式照相机照的，那时候她才刚刚出生不久。"

她探过头来，和罗伯特一起端详着这两张小像。罗伯特闻到妈妈身上的香水味，很清新，有着夏日阳光的味道。"现在，我终于可以不受杰克恶名的影响，可以摆脱德沃家族的阴霾，回去和凯迪一起登台表演，开始全新的生活。"

赛琳娜牵起凯迪的手，然后亲了亲罗伯特的脸颊，退后一步："我们得走了，但我保证，我们很快就会回来的。"

"我明白。"罗伯特点点头说道。

他想把项坠拆开，把凯迪的那一半还给她，可凯迪一个劲地摇头："你都拿着吧，要记得妈妈，也要记得我。这样，你就会把我们永远放在你心里，知道我们是幸福的一家人。"

罗伯特明白，她是对的。这两张小像放在一起，他们家就完整了。可是，这个家现在没有爸爸了，它永远都不会真的完整，永远不会，但不管怎么说，这个家还是他真正心心念念的自己的家。

他把项坠挂在脖子上，放到衬衫底下。他的体温逐渐温暖了它的金属表面。他抬起头，看见赛琳娜正注视着他。

她的眼睛眨了好几下，罗伯特想，妈妈是不是哭了？但她只是擦了擦眼睛，还是牵着凯迪转过身去，踏上步桥，走向飞艇的入口。

"等等。"他大声叫道，这时，她们几乎已经走到门口了。她们转过身来，最后再一次凝望着他。

"我会想念你们的，"他大声喊道，"我会思念你们，就像太阳思念着月亮！"

赛琳娜笑了，她好像还说了些什么。

"什么？"罗伯特大声呼喊。飞艇的引擎嗡嗡作响，他几乎什么都听不见。

妈妈来到登艇平台边沿，身子斜倚在栏杆上，就好像她在一个舞台上一样——这可是世上最高处的舞台了，而他就是台下的观众之一。

"这话要反过来说，"她说着，举起了双臂伸向罗伯特的方向，"我会想念你，就像月亮思念着太阳。太阳总是照耀着月亮，没有太阳，月亮就不见了，正是这缕来自太阳的光明，让她在最黑暗的夜晚里也能银光闪耀！"

她动身走向飞艇门廊，可还一直扭头望着他，最后才恋恋不舍地点了点头，算是道别。跟在她身后的凯迪，在进舱之前朝罗伯特用力挥着手。

"我爱你，哥哥，就像从这里跑去月亮又跑回来那么多的爱！"

她们进去后，机械行李员关上舱门。她们就这样走了。

罗伯特还在月台上等着。步桥被移开了，飞艇的锚也收起了。然后，飞艇徐徐上升，轻盈地飞向天空。

罗伯特目不转睛地凝望着，一直到飞艇已经消失在远处的云团中，可他仍然望着它消失的方向。怎么会这样？他在心中感慨。这么庞大和真切的东西，怎么会一分钟前还在此处，而一分钟后却不见踪影？感觉这么不可思议，可是同样的事情每天都在发生。

他举起月亮项坠。这时，云被风吹散了，斑驳的阳光照在那奇异的银色地图上，反射出耀眼的彩虹，映在他的手指上。等他再次抬头望向飞艇刚刚所在的位置，它已经消失在远方，取而代之的是天边那轮淡淡的残月，迎着清晨明亮的亮蓝色光芒，它变得越来越苍白。

"罗伯特！"一个欢快的声音在叫他。罗伯特转过身来。

是莉莉，她骑着自行车穿过停机坪，朝他这边直冲过来。芒金坐在她自行车前端的篮子里，尖鼻子抽动两下，愉快地嗅着清新的空气。

"你留下来啦，真是太好了！"莉莉说道。她稍稍一侧身，停住了自行车。

她从座位上跳了下来，把自行车往边上一扔，给了罗伯特一个大大的拥抱。

"小心点！"芒金生气地喊道。他从翻倒的车架和打着转咔嗒直响的车轮下钻了出来，也跑到罗伯特跟前。

"我也很开心你还在这儿！"机械狐狸热情地舔着罗伯特的手指表达喜悦。

罗伯特长叹了一口气。"我哪儿都不会去，"他说道，"至少现在不会！"

"太好了，"莉莉说道，"因为我们还有好多事要做。爸爸需要有人时时刻刻看着他一点，我们还有这么多的机械人需要照顾，没有你在，我一个人真是忙不过来！你是我最好的朋友，罗伯特。我们说好了的，记得吗？无论我们遇到什么，好的、坏的，我们都会彼此相互照应。"

"走吧。"她扶起自行车，一条腿率先跨过了横梁。

"你就穿着拖鞋来的？"罗伯特问她。

"是呀，那又怎么了？"她说道，"我没时间穿戴齐整而已。来吧，我们一起骑回去。如果你愿意，你坐在座位上，我来站着蹬车吧。芒金，你可以回到篮子里去，给我们导航。"

"我真不明白，为什么总要让我待在篮子里。"芒金说道，"我是说，我又不是一条面包。"

"因为没有谁像你这样小巧，正好能装得进去呀。"莉莉说道。

芒金吼了一嗓子以示不满，但他到头来还是高高兴兴跳进了篮子，翘起脑袋，吐出舌头，示意他已经做好了准备。

莉莉踩着自行车踏板，带着他们摇摇摆摆地沿着小路前进。知道罗伯特决定留下之后，她的心里满是欢喜。她就知道，他会留下来的。

说起她的心……通过这次冒险，莉莉感觉自己对它更了解。自从她八个月以前第一次得知自己体内有一颗齿轮之心，她总觉得这颗心像是异物，一个安放在她体内的外物，某种让她觉得自己有别于他人的东西。

她经常意识到自己一直在质疑，拥有这样一颗心脏的人，能够对他人付出真实的友情和爱吗？但现在，她明白她之前完全想错了。在她周围有这么多朋友陪伴着她，她也真诚地爱着他们每一个人，对罗伯特尤其如此。

　　齿轮之心是她的一部分，就像她的胳膊和腿、她的思想，或者她的那些情绪感受，全都属于她自己。不论她是什么样的人，不论她将来要成为什么样的人，齿轮之心都是这个她的一部分。有时她的心会为失去而痛苦难过，有时这颗心又会因为获得而快乐开怀。不论是喜是悲，她都能感到她已经和这颗心融为一体了。

　　其实，莉莉思索着，现在的她，不仅是融合了自己的心，而是融入了这个世界。如果你不去刻意对万物进行类属和等级的划分，一切事物生灵的本质都是一样的，如浪涛之于海洋、清晨之于黄昏、声响之于寂静。生命是一条有着确定方向、万物相连的河流，这条河流流淌在机械人、机械动物的体内，也流淌在人类、动物的身体里，乃至所有的星球里。一切曾经存在过的，或者将要到来的万物，都混合一体，栖身于这充满了生机、呼喊、跳跃、改变和跌绊的洪流之中。就像是生命初现时的那一缕光，万物诞生的回响——她的生命便是那回响。但又不止于此，是绵延不绝的神奇瞬间；是点燃永恒之路的一星火花，这火花一路烧到时光的终点，余烬寂灭。

　　他们马上就要到欧蕨桥庄园了。罗伯特坐在自行车上，一手搂住莉莉，仰面望向天空。

　　头顶这片自由自在的蓝天上，妈妈和妹妹不知已经飞到了哪里。

　　他们共同生活的这段时间里，他能感到他与她们母女之间，有着一种钻石般闪闪发光的深沉依恋，这种感情，让他全身心都沉浸其中，照亮了他灵魂的四野。可是，他还是决定要留在欧蕨桥。他相信，这是目前最好的选择。赛琳娜和凯迪很快就会回来，也许还能带回一些新奇的故事来分享——这还是有生以来第一次，他对一件事毫无怀疑，她们当然会回来的。尽管，还是难免会有想念的煎熬。其实，他也有点想跟她们一起离开，可他还没准备好去面对这样的冒险。还没准备好，还不是时候。赛琳娜过去曾让他深深失望，他需要靠自己的力量，走好自己的路。

他最后选择了留下来，跟莉莉、约翰、芒金和机械人一起生活。这次历险已经结束，但他相信新的历险很快又会出现。他们都是他的家人，欧蕨桥就是他的家——他属于这个家。在这里，无论走进哪个房间，他都能感受到友谊和关怀，大家都真心地关爱着他。在这里，大家相处融洽，充满欢欣和热情。在这里，到处都有笑脸相迎。每张笑脸都在告诉他：罗伯特，你有着自由的灵魂，就像你妈妈；你也是个心灵手巧的创造者，就像你爸爸。你的温暖热诚，和你妹妹一模一样。我们是真正的一家人——你把大家凝聚在一起，有你在，我们的家就永远存在。

而其中，有一个人的笑脸，对他来说尤为重要。这是一位名叫莉莉的美丽女孩，她的友情真诚深切，是他永远的朋友。

路边树篱上新生的枝条伸出来，挡在他们的路上，罗伯特伸出一只手来，把它们一一推开。夏日的清风拉扯着他的衬衫袖，他脖子上的项坠发出轻轻的叮当声。

　　莉莉的鬈发飞扬着，映在天光里仿佛是红色的丝带。她骑着车转了个弯，开始冲上坡去，罗伯特紧紧地抓住她。他们的车骑得好像飞起来一样，朝着前方家的方向飞去。

·好奇小词典·

包括了各种读者可能不常见的词汇

巴泽尔杰特：这是个人名。约瑟夫·巴泽尔杰特是一位土木工程师，他设计完成了伦敦最早的下水道系统，有效阻止了霍乱在城市里的传播。伦敦的下水道系统被视为现代工业奇迹之一。（虽然莉莉和罗伯特在这番历险归来之后，可能会有不同意见。）

逃脱术师：某种专业表演者，表演内容通常是在手被铐住或者绳子捆住等危险场景中成功逃脱。

象轿：安在大象背上供人乘坐的座椅，不管是机械大象还是真的大象都可以用上。

改造人：身体有一部分由机械构成的人。

机械动物：纯机械制成的动物，比如芒金。

麻絮棚：麻絮是一种表面涂了柏油的材料，主要用于修船。维多利亚时代的监狱里，由犯人把涂了柏油的旧绳子拆开制成麻絮材料。不过杰克·德沃在他胆大包天的越狱行动中，选择直接使用没有拆开的麻絮绳。

《惊魂便士》：刊载惊险故事的杂志，通常是关于著名的罪犯（比如臭名昭著的杰克·德沃）、侦探或者超自然神秘现象的故事。这些杂志每周发行，只卖一便士，因此而得名。通常被视为不正经的读物，但是如果你胆子够大，可以偷偷夹在书里看。

卡姆登少年感化院：一个慈善机构，收容无家可归的孩子，给他们提供教育，帮他们找工作，免得他们流落街头。托里就是被他们收留的！

齐柏林飞艇：飞船的一种。它上方是椭圆的气球形状，里面用金属框架撑住，塞满一袋袋气囊，保持船体飘浮。乘客和船员所搭乘的船体，通常悬挂于气球的下方，乘坐空间可以相当宽敞。（不过，如果你搭乘的是瓢虫号，那就会比较狭小了。）